19.7.17

300/-

कहानी संग्रह

2017

शाप और अन्य कहानियाँ

कहानी संकलन

पाप और अन्य कहानियाँ

पारमिता शतपथी

अनुवाद
राजेन्द्र प्रसाद मिश्र

राजकमल प्रकाशन

ISBN : 978-81-267-3017-9

मूल्य : ₹300

पहला संस्करण : 2017

प्रकाशक : राजकमल प्रकाशन प्रा.लि.
1-बी, नेताजी सुभाष मार्ग, दरियागंज
नई दिल्ली-110 002

शाखाएँ : अशोक राजपथ, साइंस कॉलेज के सामने, पटना-800 006
पहली मंजिल, दरबारी बिल्डिंग, महात्मा गांधी मार्ग, इलाहाबाद-211 001
36 ए, शेक्सपियर सरणी, कोलकाता-700 017

वेबसाइट : www.rajkamalprakashan.com
ई-मेल : info@rajkamalprakashan.com

मुद्रक : बी.के. ऑफसेट
नवीन शाहदरा, दिल्ली-110 032

PAAP AUR ANYA KAHANIYAN
Stories by Paramita Shatpathi
Translated by Rajendra Prasad Mishra

क्रम

पाप

आधी दूर गया था कि बुनू को याद आया, वह बिना कुछ खाए स्कूल जा रहा है। याद आ गया और पेट में हुत्-हुत् आग लग गई। कैसे नहीं दिया अम्मा ने कुछ खाने को?

आँखें भर आईं उसकी। माँगा था या नहीं उसने? माँगा तो था। क्या कहा था अम्मा ने? कुछ नहीं है घर में अभी। जा-जा, स्कूल से लौट पखाल-भात और आलू का भर्ता बनाकर रखूँगी।

—पखाल-भात और आलू का भर्ता!

मुँह में पानी आ गया बुनू के। पखाल-भात और आलू का भर्ता सुबह क्यों नहीं बन पाया? सुबह का मतलब कितनी सुबह? साढ़े नौ बजे का स्कूल है। वह सात बजे जग चुका था। कैसे पता चलता है बुनू को समय का? घर के पिछवाड़े दीवार पर कहाँ धूप पड़ेगी सात बजे और कहाँ नौ बजे, वह जान जाता है। स्कूल से लौटता है एक बजे। बस, इतना सिखा दिया है अम्मा ने।

—पर खाने को कुछ कैसे नहीं दिया अम्मा ने?

कल रात क्या खाया था उसने, याद नहीं। शाम को ही सो गया था। धुँधली-सी याद है—माँ ने नींद से जगाकर कुछ गाढ़ी-गाढ़ी-सी चीज पिलाई थी। मुँह का स्वाद तो छोड़ो, पेट भी नहीं भरा था।

अन्दर से उमेठने लगा बुनू का पेट। छोड़ो, अब कौन जाए स्कूल! वह घर लौट आया। बप्पा काम ढूँढ़ने गया है। छोटे भाई-बहन दोनों दिख नहीं रहे। अम्मा रुनू को गोद में लिये बैठी है। दूध पिला रही है शायद।

"अम्मा! मानू-कुनू कहाँ गए?"

"क्या पता! कहीं लोट रहे होंगे धूल में।" अम्मा का दो-टूक जवाब था। बरामदे के नीचे चींटों की कतार ताक रही थी वह।

"भूख लगी है, कुछ है खाने को?" बुनू ने धीरे से पूछा।

चौंक उठने-सी लगी अम्मा।

"अरे, क्या तू अब तक स्कूल नहीं गया? जाने को कहा था न!"

"कहा तो था, पर मैं कुछ खाया जो नहीं। आधे रास्ते से लौट आया। कुछ खाकर जाऊँगा।"

"क्या पढ़ाई तेरे लिए बैठी रहेगी? नालायक कहीं का! क्या खाएगा? कुछ नहीं है आज। चल, जा स्कूल या फिर मर कहीं जाकर।" माँ चिड़चिड़ाई, "ये सब मुझे लील जाएँगे..."

रुनू की ओर देखा बुनू ने। परम तृप्ति से घूस-चूसकर माँ का सारा दूध पी रही थी वह। मन-ही-मन खीझ उठा बुनू उस पर। जी कर रहा था, उसे खींचकर वहाँ से हटा दे और खुद वहाँ मुँह लगाकर चूसना शुरू कर दे। दूसरे ही क्षण सोचने लगा वह—छी:-छी:, कितने शर्म की बात है! अम्मा हमेशा कहती है—अब तू बड़ा हो गया है। दस साल का हो गया है। क्या अब पहले की तरह पी सकेगा वह?

पर दूध कैसा लगता होगा रुनू को? न जाने उसने कब पिया था दूध? अब स्वाद याद नहीं उसे। किन्तु जरूर बहुत अच्छा लगता होगा। दुबारा तिरछी नजर से रुनू की ओर देखा उसने और झट मुँह फेर लिया। पीने दो उसे। मेरी ही तो छोटी बहन है। कहीं नजर न लग जाए!

अम्मा उसे भूलकर सूनी निगाह से दीवार की ओर ताक रही थी। बाड़ी की ओर चला गया बुनू। मानू और कुनू नीचे बैठे खेल रहे थे। रूखे बालोंवाली मानू उसे देखते ही खुशी से चिहुँक उठी, "अरे भाई, चल आ जा, कुछ खा ले।"

बुनू ने देखा उसकी ओर। बाईं नाक बह रही थी उसकी। दाएँ गाल में मिट्टी चिपकी हुई है। मटमैले, घुँघराले, जटादार बालों में पीछे की ओर रबर बँधा है। एक कन्धे से खिसक गई है फ्रॉक, मानू से भी बड़ी किसी और की जो है। शायद माँ माँग लाई थी कहीं से। वैसा ही उसका पैंट था। पैंट की ओर हाथ चला गया बुनू का। और थोड़ी जोर से कस ली उसने गाँठ। मानू के बताए खाने की ओर देखा उसने। तीन-चार सिकोरों में रखे हुए थे कुछ कंकड़, रेत, फूल और पत्तों के छोटे-छोटे टुकड़े। पास ही रखा था एक अरवी का पत्ता।

"यह भाई खाएगा।" सिकोरों से निकालकर थोड़ा-थोड़ा कंकड़, फूल, पत्ते अरवी के पत्ते पर रखा मानू ने और अपने बुनू भाई की ओर आग्रह से देखने लगी।

"चल हट पगली कहीं की!" उसके गाल पर एक चाँटा लगाया बुनू ने और वहाँ से भाग गया। थोड़ी दूर बावड़ी के पास रुककर मुँह फेरकर देखा, झबरे बालोंवाली मानू दोनों हथेलियों से आँखें मल रही है।

जब घर में कुछ खाने को नहीं होता, तब जोरों से भूख क्यों लगती है? कल रात तो बिना कुछ खाए ही सो गया था वह। कहीं भूख तो नहीं लगी! यह भूख भी बड़ी अजीब होती है। मन से कितना ही निकालने की कोशिश क्यों न करें, जबर्दस्ती दबोचे रहती है। भूख के सिवा और कहीं नहीं लगता मन।

तालाब किनारे चला गया बुनू। इस समय गाँव में कोई भी दोस्त नहीं था। सभी स्कूल गए थे। घाट पर बैठकर एक-एक कंकड़ पानी में फेंक रहा था बुनू। इस तालाब में, कहते हैं, बहुत मछलियाँ हैं। कुछ दिनों पहले सामूहिक भोज हुआ था गाँव में। मछलियाँ पकड़ी जाएँगी, यह देखने के लिए उसके सभी दोस्त तालाब किनारे इकट्ठे हुए थे। सुबह से मछली पकड़ने का दौर चला। एक-एक करके बालिया, भाकुर, रोहू और छोटी-छोटी तरह-तरह की मछलियाँ। छोटी मछलियों को जाल से निकालकर फिर से पानी में छोड़ देता था मछुआरा। बुनू और उसके दोस्तो के लाख माँगने पर उसने उन्हें एक नहीं दी थी। दोपहर बीत जाने के बाद सारी मछलियाँ चबूतरे पर लिटा दी गई थीं और उसके बाद बँटवारा हुआ था। शोर-शराबा, लड़ाई-झगड़े भी हुए थे। गाँव के सभी घरों में कटी हुई या साबूत मछलियाँ भेजी गईं।

उनके हिस्से एक बड़ी बालिया मछली आई थी। हालाँकि बप्पा ने नाराजगी दिखाई थी कि उन्हें रोहू मछली नहीं मिली, पर अन्त में वही बालिया मछली लेकर घर लौटे थे, साथ में बुनू और उसके भाई-बहन भी। अम्मा के उसे काटकर तरकारी बनाने तक दिन काफी चढ़ चुका था। भात सुबह से ही बना रखा था। वे लोग कितनी खुशी-खुशी भात की हाँड़ी और मछली की कड़ाही घेरकर खाने बैठे थे! याद आ गया बुनू को। मुँह में लार आ गई थी उसके। वाह, कितना आनन्द भरा दिन था वह! बप्पा भी काम पर नहीं गया। मछली की तरकारी खाने को रुक गया था।

काश, एक बड़ी मछली उछलकर हाथ में आ जाती—वह झट से पकड़कर अम्मा को ले जाकर दे देता बनाने को! पर वैसा कुछ नहीं हो रहा था। खीझ से भर गया बुनू का मन। सहसा कुछ याद आ जाने-सा, खड़ा हो गया बुनू और सीधे घर की ओर चल पड़ा।

"अम्मा, भात बन गया?" अम्मा की ओर देखे बग़ैर मुखिया की तरह पूछा बुनू ने।

"कैसा भात रे? दिन के दस बजे भात माँग रहा है! अभी कैसे बनेगा? चल जा यहाँ से, घर भर का काम पड़ा है मेरा और यह आया है भात माँगने!" अम्मा मन-ही-मन न जाने क्या कुछ बड़बड़ा रही थी।

"उस धान का चावल कहाँ गया? मेरे हिस्से के धान का?" बुनू अम्मा की बात न सुनने-सा गम्भीर हो पूछा। इस बार भी अम्मा की ओर नहीं देखा उसने। उसे भीतर ही भीतर डर लग रहा था, अम्मा कहीं फिर से स्कूल जाने को न कह दे।

"कौन-सा धान? बड़ा आया अपना धान याद दिलाने!" अम्मा इस बार गुस्सा होने-सी लगी।

"क्यों, वही धान जो मैं समेटकर लाया था? धान कटाई के समय—महांति बाबू के खलिहान से, वही है मेरा धान—उसी चावल का भात बनाकर दे मुझे।"

इस बार और भी गम्भीर स्वर में न्याय पाने की उम्मीद में कहा बुनू ने। शायद अम्मा स्कूल की बात भूल चुकी है—बुनू का साहस बढ़ गया।

ठहाका मारकर हँसने लगी पहले उसकी माँ। एक मिनट के बाद चुप हो गई और झपट पड़ी बुनू की ओर, "क्यों रे, तू तो काफी समझदार हो गया है! किलो भर धान लाया था दस दिनों में समेटकर। छह महीने हो चुके हैं। क्या उसका चावल अभी तक बचा है जो तू निगलेगा? रात-दिन पाँच प्राणी-कुटुम्ब जो भात निगलते हो, वो कहाँ से आया? कहता है कि मेरा धान! उस धान का चावल! बित्तेभर का लड़का, दिमाग तो देखो इसका! जाता है यहाँ से कि लगाऊ दो डंडे? दोपहर से पहले भात-वात कुछ नहीं मिलेगा, समझा?"

अम्मा के इन आखिरी शब्दों में एक तरह की हताशा झलक रही थी। न जाने क्या समझा बुनू ने, मुड़कर बाड़ी के रास्ते बाहर चला गया वह।

आखिर अम्मा भी क्या करे? बुनू खुद ही जानता है कि घर में खाने के लिए कुछ नहीं है। उधार देने को मधु साहू ने मना कर दिया। वह खुद भी कई बार उसकी दुकान से खाली हाथ लौटा है। माँ पूछेगी—'क्यों रे, मिन्नत भरे स्वर में माँगा था न? बोला था या नहीं कि दो दिन बाद पैसे दे जाऊँगा? दो किलो न सही, एक किलो भी नहीं दिया उसने?' माँ के स्वर की वह हताशा आज भी सुनाई दी उसे।

चौराहे वाले हलवाई की दुकान की ओर दोनों पैर खींच ले गए बुनू को। वह जानता था कि वहाँ जाने का कोई लाभ नहीं। भूख और भड़क जाएगी खाने की अच्छी-अच्छी चीजें देखकर। पर न जाने कैसे वह अपने अनजाने ही खिंचा चला गया उस ओर। दुकान के आगे जाकर खड़ा हो गया। सामने अल्यूमिनियम की थाली में दस-बारह दाल के बड़े और थोड़े से पकौड़े पड़े थे। सुबह बने थे शायद, बिक नहीं पाए, इतने बच गए हैं। हँह! दुपहरी हो गई है—भला अब क्या बिकेंगे बड़े-पकौड़े! लोग घर जाएँगे भात खाने। इतने जरूर बच जाएँगे और जगुअन्ना किसी को बुलाकर यों ही दे देगा; बुनू ने मन-ही-मन सोचा और एकटक ताकता रहा उस थाली की ओर।

"क्यों रे, क्या स्कूल नहीं गया? दुकान के आगे क्यों खड़ा है? चल भाग यहाँ से!" चिल्लाया जगुअन्ना।

बुनू वहाँ से नहीं खिसका। एक बार उस थाली को और एक बार जगुअन्ना की ओर देखा। जगुअन्ना चाय के लिए पानी चढ़ा रहा था केतली में। दुकान की बेंच पर सिर्फ दो लोग थे—एक के हाथ में चाय का गिलास, दूसरे का हाथ खाली। उस खाली हाथ वाले आदमी के लिए शायद जगुअन्ना चाय बना रहा है। पर क्या वे लोग ये ठंडे बड़े-पकौड़े अभी खाएँगे? बिलकुल नहीं, सोचा बुनू ने। क्या माँग ले दो बड़े? बुनू के बीच गले में रुक गई वह बात।

"जाता है या बताऊँ अभी? स्कूल न जाकर यहाँ मँडरा रहा है! रुक जा, कहता हूँ तेरे बाप से!" गुस्से से चाय की केतली पटकते हुए उठकर खड़ा हो गया

जगुअन्ना। लाल अँगोछे के ऊपर उसका काला ढोलनुमा पेट और भी बाहर लटक आया था।

कैसे दुतकार दिया, जरा देखो तो! बुनू वहाँ से लौटते समय मन-ही-मन सोच रहा था। सभी कहते हैं, स्कूल जाओ। क्या कभी किसी ने कहा है कि तूने तो कुछ खाया ही नहीं, तेरे पास पैंट-शर्ट नहीं हैं, चप्पलें नहीं हैं, खाता-किताबें रखने का बैग तो मैला-कुचैला पुराना पड़ चुका है कब से, कैसे जाएगा?

क्या वह स्कूल नहीं जाता? कक्षा तीन में है वह, कक्षा दो पास किया है। पिछले साल दोपहर में खिचड़ी खाने को देते थे स्कूल में। तब वह रोजाना स्कूल जाता था। भर पेट खिचड़ी खाकर घर लौटता था। खुशी मन से। अभी छह महीने हो गए, न ज़ाने सब क्यों बन्द है! उसके पिछले साल मिलती थी बड़ी-बड़ी फूली-फूली डबलरोटियाँ। वाह, कितना स्वाद होता था उनमें! छेना की तरह। गाँव की सीधी राह छोड़कर खेतवाली ऊबड़-खाबड़ राह पकड़ी बुनू ने।

खेत खत्म होते ही एक झाड़ी है। वहीं ठिठककर रुक गया वह। क्या है झाड़ी में? झाड़ी के और करीब गया वह। अरे, यह तो मुर्गी है—दाना ढूँढ़ रही है यहाँ-वहाँ—अकेली—लाल मुर्गी। यहाँ अकेली कैसे? इसके साथी कहाँ गए? इधर-उधर नजर दौड़ाई बुनू ने। नहीं, कोई भी नहीं। कुतूहलवश वह दौड़ा उसकी ओर। पहले बुनू की ओर ध्यान दिए बगैर वह लाल मुर्गी माटी में अपना आहार ढूँढ़ती रही, पर जब बुनू उसके नजदीक पहुँचा, वह वहाँ से कुछ दूर भाग गई। बुनू ने फिर उसके निकट जाने की कोशिश की। मुर्गी इधर-उधर दौड़ने लगी। बुनू की जिज्ञासा और बढ़ गई। इस बार छका-छकाई खेलते समय बुनू ने कुछ सतर्कता से उसका पीछा किया। मुर्गी भी तिरछी नजर से उसकी ओर देखने लगी। बुनू झाड़ी के पिछवाड़े चला गया और झाड़ी की ओट में खुद को छिपाकर एक-एक डग आगे बढ़ाने लगा। मुर्गी चुपचाप अपनी जगह खड़ी थी। इतनी देर तक दौड़ते-दौड़ते शायद कुछ थक चुकी थी। उसने सिर उठाकर इधर-उधर देखा और बुनू को न देख पाकर राहत की साँस ली और फिर से माटी में अपनी खुराक ढूँढ़ने लगी। बुनू ने धीरज के साथ इन्तजार किया कुछ देर—उसके बदन से पसीने की धार बह चली थी और उसकी धड़कनें बढ़ गई थीं। मुर्गी के बिलकुल निश्चिन्त हो झाड़ी के पिछवाड़े आने तक उसका इन्तजार किया बुनू ने और बगैर आहट किए दबे पाँव जाकर झपट्टा मारकर पूरी तरह लेट गया मुर्गी पर। मुर्गी इस तरह के अचानक आक्रमण के लिए तैयार नहीं थी। उसने बिना बाधा के आत्म-समर्पण कर दिया। शायद ऐसी अनुभूति उसके लिए पहली नहीं थी। मालिक के छोटे-छोटे बच्चे उसके साथ लगभग इसी तरह खेला करते थे। कुछ देर मुर्गी की स्थिरता का एहसास करने के बाद बुनू विजयी होने के गर्व से मुर्गी के साथ उठकर खड़ा हो गया। इस बार वह अपने दोनों हाथों से मुर्गी को अपने पेट पर भींचकर पकड़े हुए था।

"चल, तुझे तेरे घर छोड़ आऊँ। दास बाबू के घर की ही तो मुर्गी है तू! यहाँ अकेली क्या कर रही है? क्या सियार-बिलाव का डर नहीं तुझे?" बुनू ने मुर्गी से पूछा।

मुर्गी ने स्थिर अविचलित भाव से बुनू के पेट की गरमाहट लेने की सोच ली थी। कोई शोर-शराबा नहीं कर रही थी वह।

कुछ दूर चलने के बाद बुनू खड़ा हो गया और उस लाल मुर्गी की ओर देखने लगा। वह एक गोलमटोल बड़ी मुर्गी थी। सिर पर नारंगी रंग की एक छोटी-सी कलगी। उसके पेट में कितने अंडे होंगे? अंडे की भुजिया कितनी स्वादिष्ट होती है! कभी बचपन में खाई थी उसने। दास बाबू के घर के बच्चे तो रोज खाते होंगे। उनके घर में तो ढेरों मुर्गियाँ हैं। उनके खलिहान में दाना चुगती हैं। दो गंजे मुर्गे और ढेरों मुर्गियाँ! बीच-बीच में चूजे होते हैं। घेरे के बाहर से देखा है बुनू ने। बहुत मन करता है उसका, उनमें से एकाध चूजा पकड़कर ले आता और मानू के साथ खेलता। पालता उसे। वह भी बड़ा होकर अंडा देती। पर चूजे बड़े होकर जाते कहाँ हैं? कहीं दास बाबू के घरवाले मारकर खा तो नहीं जाते? हाँ-हाँ, जरूर मारकर खा जाते होंगे। मुर्गे का मांस! कैसा लगता होगा? मास्टर साब कहते हैं कि शरीर की ताकत के लिए अंडा, मांस चाहिए। तभी तो दास बाबू के घर के बच्चे इतने चिकने और ताकतवर हैं। भात और मांस की तरकारी खाकर अपनी शान दिखाते हैं। भात और मांस की तरकारी! बुनू के पेट में फिर से सुबह की भूख लौट आई। इस लाल मुर्गी का मांस खाए तो कैसा लगेगा? पर कैसे खाएगा? इसे मारना होगा पहले—उसके बाद पंख नोचकर छोटे-छोटे टुकड़े काटने पड़ेंगे—तब जाकर पकेगा।

इतना सोचते-सोचते बुनू विपरीत दिशा में मुड़कर चल पड़ा और फिर उसी झाड़ी के पास लौट आया, जहाँ मुर्गी को पहली बार देखा था। वह मुर्गी को गोद में लेकर वहीं बैठ गया। मुर्गी का छोटा-सा सिर बाहर निकल आया था। उसकी गर्दन पर हाथ मारा बुनू ने। पतली पर मजबूत थी गर्दन। गर्दन को हाथ से दबाया बुनू ने—पहले धीरे और फिर जोर से। मुर्गी ने कुछ चकित होकर सिर घुमाने की चेष्टा की। बुनू ने खूब जोर से दबोच लिया उसे और साथ ही उसकी गर्दन भी दबाने लगा। कुछ नहीं हुआ। मुर्गी आतंक से अपनी गर्दन लम्बी करके इधर-उधर घुमाने लगी। उसकी लम्बी गर्दन को पकड़ लिया बुनू ने और पूरी ताकत लगाकर मोड़ने लगा। मुर्गी बुरी तरह से तड़पने लगी उसकी गोद में। अपने नाखूनों से बुनू की जाँघ खरोंचने लगी। बुनू पूरः दम लगाकर उसकी गर्दन मरोड़ने लगा। मुर्गी का खरोंचना बन्द हो गया। बुनू ने गर्दन छोड़ दी। मुर्गी का सिर एक ओर लटक गया। बुनू उसे नीचे गिराकर खड़ा हो गया। नीचे गिरते ही पैर के नाखूनों से मिट्टी खरोंचने लगी वह मुर्गी और पंख फड़फड़ाती रही। बुनू ने इधर-उधर देखा—एक बड़ा-सा पत्थर उठाकर मुर्गी की गर्दन और सिर कुचलने लगा। दो-तीन चोट के बाद मुर्गी वहीं ढेर

हो गई। उसकी टूटी गर्दन से खून निकलकर मिट्टी पर बह चला। मुर्गी की अधखुली आँखें धीरे-धीरे मुँदने लगीं और आँखों को पीले रंग के छोटे गोल परदे ढक गए। बुनू ने उसे जमीन से उठाया, इधर-उधर देखा—स्कूल की कमीज के भीतर पेट पर भींचकर पकड़ लिया और तेजी से घर की ओर दौड़ने लगा।

बुनू की माँ उस समय चूल्हा जलाने बैठी थी। कुछ आहट सुनकर पीछे मुड़कर देखा और भय-आश्चर्य से माँ की आँखें खुली की खुली रह गईं। बुनू की स्कूल की कमीज पेट के पास खून से गीली थी। देर किए बिना बुनू रसोई की मिट्टी की फर्श पर घुटनों के बल बैठ गया और कमीज के भीतर से मरी हुई मुर्गी निकालकर फर्श पर रख दी। माँ की ओर एक भी बार नहीं देखा।

''अरे, ये क्या है? किसकी है? कहाँ से लाया?'' उसकी माँ के हैरतभरे सवाल थे।

बुनू ने सभी प्रश्नों के उत्तर नहीं दिए। सिर्फ दो ही शब्द कहे, ''खलिहान में मिली।''

''किसकी है, बता?'' माँ का फिर से तीखा सवाल था।

झूठ में सिर हिलाया बुनू ने, 'नहीं मालूम।' इस बार भी उसने माँ की ओर नहीं देखा।

''हम मांस की तरकारी बनाएँगे।'' धीरे-धीरे कहा उसने और माँ का चेहरा देखने लगा।

बुनू की माँ का कठोर मुख और ललाट की सिकुड़ी हुई रेखाएँ धीरे-धीरे सरल होने लगीं—आँखों में खुशी खिल उठी। फिर भी चेहरे से वैसे भाव प्रकट नहीं कर रही थी।

''तेरे स्कूल की कमीज तो गई काम से! सुन, इसे जल्दी से उतारकर उस हाँड़ी के नीचे छुपा दे। जा, मुँह-हाथ धोकर बाहर खेल। हाँ, मानू को भेज दे मेरे पास।''

उसकी माँ की आवाज में गजब की तत्परता थी। माँ ने मानू को अपनी छोर से निकालकर पाँच का नोट दिया और दुकान से एक किलो चावल लाने को कहा। बाकी के पैसे बप्पा के काम से लौटने पर भेज देगी, ऐसा कहने के लिए समझा दिया उसे।

माँ ने बुनू के हाथों कुएँ से पानी मँगवाकर उसकी कमीज घर के अन्दर ही धो दी। मुर्गी को काट-कूटकर उसके पंख, पैर और सारी गन्दगी खाली हाँड़ी के नीचे छुपा दिया। भात और मांस की तरकारी बनाने बैठ गई।

बप्पा दोपहर बाद घर लौटा। अम्मा ने संक्षेप में उसे सारी घटना बता दी। बप्पा ने खीझते हुए—बड़ा शैतान लड़का है तू—कहकर एक घूँसा बुनू की पीठ पर जड़ दिया। पर बुनू को दर्द नहीं हुआ। बप्पा से और अधिक दंड की उम्मीद की थी उसने इस अपराध के लिए।

बुनू ने देखा कि सभी ने खूब आनन्द से भात और मांस की तरकारी खाई। मिर्च के कारण छोटी बहन मानू के मुँह और नाक से तो सिर्फ पानी बह रहा था। किन्तु वह खुद खुले मन से नहीं खा पा रहा था। रुक-रुककर उसकी गोद में शान्त बैठी वह लाल मुर्गी और उसके मरने के बाद आँखों के ऊपर के पीले परदे याद आ जाते थे बुनू को। फिर भी घर के सभी लोगों के लिए ऐसा अभूतपूर्व खाना जुगाड़ कर पाने का एक छुपा हुआ गर्व उसके मन को अधिक देर तक दुखी नहीं रहने देता था।

रात को बुनू का बप्पा कुदाल और बुनू की अम्मा हाँड़ी में रखे मुर्गी के पंख आदि लेकर बाड़ी की ओर गए और चुपचाप सारी चीजें गाड़ आए। बुनू की अम्मा ने रसोईघर लीप-पोंछकर साफ कर दिया। उसके बाद वे लोग शान्ति से सो गए।

सुबह उठकर स्कूल की कमीज सूखी या नहीं, यह देखते समय बुनू को कुछ शोर सुनाई दिया। मुड़कर देखा तो दास बाबू का मँझला बेटा और उसके साथ एक सिपाही था। बप्पा चबूतरे पर बैठा था। शायद आज उसे काम पर नहीं जाना था।

"यही चोर है। देखिए सर—किस तरह बैठा है ईमानदार बना!" यह कहते हुए दास बाबू के मँझले बेटे ने बुनू के बप्पा की ओर अँगुली दिखाई।

गम्भीर होकर उस सिपाही ने बुनू के बप्पा पर एक नजर डाली और दनदनाता हुआ घर के भीतर घुस गया और सीधे रसोईघर की ओर चला गया। उसके पीछे-पीछे दास बाबू का मँझला बेटा भी। बुनू की अम्मा सिर पर पल्लू डालते हुए अस्त-व्यस्त-सी रसोईघर के पास पहुँच गई। बुनू का बप्पा भी उनके पीछे-पीछे था।

"महक देख रहे हैं न सर, ये ही लोग मारकर खा गए। देखिए, देखिए, ठीक से देखिए।" दास बाबू का बेटा कहता चला जा रहा था।

बुनू की अम्मा दीवार से सटी खड़ी थी, मानो दीवार में घुस जाएगी। बुनू का बप्पा चुप था। सिपाही ने महक सूँघने के लिए नाक सिसकारी और फिर रसोईघर से बाहर आँगन में चला गया—पीछे-पीछे दास बाबू का मँझला बेटा और बुनू के बप्पा।

बुनू की धड़कनें तेज हो गई थीं। दास बाबू के मँझले बेटे को वह अच्छी तरह जानता है। सबमें वही सबसे बड़ा गुस्सैल है। दो साल पहले उनकी बाड़ी से दो ककड़ी तोड़कर भागते समय इसी मँझले बेटे के हत्थे चढ़ गया था बुनू। दो तेज तमाचों की झनझनाहट अभी तक भूला नहीं है वह।

रात के अँधेरे में छूट गए किसी सुराग के सहारे दास बाबू के मँझले बेटे ने माटी खोदकर मुर्गी के पंख, पैर आदि निकाले और उठकर इस तरह खड़ा हो गया, जैसे कोई गढ़ जीत लिया हो। सिपाही कुछ पूछ रहा था बुनू के बप्पा से और बुनू का बप्पा सिर हिलाकर मना कर रहा था। बुनू कुछ दूरी पर खड़ा था।

"यह बड़ा चोर है सर! हमेशा हमारे घर से छोटी-मोटी चीजें चुराता रहता है।

पिछले साल मेरी माँ के जो गहने चोरी चले गए थे—वे इसी ने चुराए थे। बेच-बाचकर खा गया। देखिए न, एक मुर्गी तक नहीं छोड़ी!'' ऊँची आवाज में कहा दास बाबू के मँझले लड़के ने।

''क्या कहा? कहता है, गहने मैंने चुराए हैं? बड़ी हिम्मत है तुझमें!'' बुनू का बप्पा दौड़ पड़ा दास बाबू के मँझले लड़के की ओर।

''तूने नहीं तो और किसने चुराए? आज पकड़ में जो आ गया।'' ताने देने के स्वर में सिपाही ने कहा।

''मैंने कुछ नहीं चुराया साहब। आप उसकी बात बिलकुल मत सुनिए।'''बुनू के बप्पा ने उलाहना देते कहा।

''चुप्प बे! चोरी के गहने बेचकर जोरू के कनपासे बनवाए हैं—कपड़े खरीदे हैं, क्या मैं नहीं जानता?'' दास बाबू के मँझले बेटे ने ऊँची आवाज में कहा।

''अब थाने चलकर चकिया पीसने से पता चलेगा।'' सिपाही ने बुनू के बप्पा के घुटने को डंडे से ठुनकाते हुए कहा।

''क्या आप भी इनके साथ मिले हुए हैं? खिला-पिलाकर जो रखते हैं! ये लोग झूठ भी कहेंगे तो आप सच मान लेंगे।'' गुस्से से गुर्राने लगा बुनू का बप्पा।

''अच्छा, बहुत मुँह चला रहा है! चोर कहीं का! चल, सुनते हैं तेरी बात।'' इस बार सिपाही ने बुनू के बप्पा के घुटने से जोर से मारा और बैल हाँकने-सा डंडे से धकेलते हुए घर से बाहर ले गया।

''उन्होंने कुछ नहीं किया, बेटे ने मार डाला अनजाने में! छोड़ दीजिए उन्हें! हम मुर्गी खरीदकर दे देंगे!'' बुनू की अम्मा दौड़ते हुए आई उनके पीछे। क्षणभर रुक गए सभी।

''चोर ने कैसे सच कबूल लिया, देखा सर आपने?'' दास बाबू के मँझले बेटे ने गर्व से कहा। ''हमारे गहने लौटा दो। शान्ति से रहने तक नहीं देते। जोरू अपने खसम को बचाने के लिए किस तरह बच्चे पर इल्जाम मढ़ रही है, देखिए सर। लाज भी नहीं आती!'' दास बाबू के मँझले बेटे ने ढेर सारा थूक जमीन पर फेंका।

बुनू के बप्पा के चेहरे का भाव बदला हुआ था। सिपाही ने कसकर एक डंडा जमा दिया उसकी पीठ पर। फिर बुनू की अम्मा की ओर एक नजर डाली और उसी तरह बुनू के बप्पा को डंडे से धकेलते हुए गाँव से बाहर ले गया।

बुनू के दोनों पैर मानो जमीन में गड़ गए थे! बप्पा, पुलिस और दास बाबू का मँझला बेटा नजरों से ओझल होने तक वह वहीं खड़ा रहा और उसके बाद एक-एक डग बढ़ाता बाड़ी की ओर चल पड़ा। जिस गड्ढे में मुर्गी के पंख, पैर और सिर गड़े थे, वह गड्ढा खुदा पड़ा था और पंख इधर-उधर बिखरे पड़े थे। काश, उस गड्ढे में उसे कोई गाड़ देता! दिन चढ़े भी एक अनजाने दुख की ठंड से उसके हाथ-पैर काँप रहे थे।

रोज सुबह वह सोचा करता—आज बप्पा लौट आएगा। सुबह उसके जगने तक बप्पा चबूतरे पर बैठा काँसे के गिलास में चाय सुड़क रहा होगा। किन्तु वह तसवीर उसकी भावनाओं में ही रह जाती। अम्मा कितनी उदास, सूनी आँखों से राह निहारती बाहर चबूतरे पर ही बैठी रही! गोद की रुनू के अपने मुँह में मिट्टी भरने पर भी न नाराज होती, न ही उसे डाँटती। अब बुनू भूख लगने पर भी खाना नहीं माँगता था। दिन में दो बार माँड़ पीकर ही वह रह जाता था। पेट की भूख से भी बड़ी एक भूख उसे परेशान करती रहती थी—बप्पा को देखने और अम्मा के चेहरे पर एक मुस्कान देखने की भूख।

"बप्पा कब आएगा, अम्मा? हम उन्हें लाने चलें?" बुनू ने कुछ दिनों बाद अम्मा से पूछा।

"क्या पता!" एक सपाट-सा उत्तर लम्बी उसाँस के साथ निकला अम्मा के मुँह से।

"चल, चलते हैं—मैं सिपाही जी से कह दूँगा कि मुर्गी मैंने चुराई थी। मुझे रख लो, बप्पा को छोड़ दो।" बुनू ने गम्भीर होते हुए कहा।

"कोई लाभ नहीं होगा। प्रधान भैया कह रहे थे, वे लोग तेरे बप्पा को गहने चोरी करने की वजह से ले गए हैं। उसे पीटते हैं ताकि..." अम्मा का गला भर आया।

"मैं जाऊँगा अम्मा। मैं सिपाही जी को सच-सच बता दूँगा।" बुनू ने ठान लेने-सा कहा।

"खबरदार! तुझे कहीं नहीं जाना। जो कुछ किया, वह किया, अब वहाँ जाकर जेल में ठुँसवाना चाहता है? ये बातें दिमाग से निकाल दे।" अम्मा के अन्दर मानो एक दबा हुआ क्रोध घुमड़ रहा था।

बुनू की आँखें भर आईं। वह बाड़ी की ओर भाग गया। उकड़ूँ होकर बैठ गया और अपने घुटनों के बीच सिर छुपाकर काफी देर तक जोर-जोर से रोता रहा। मानू या कुनू कोई नहीं थे उसके पास उस समय।

एक दिन सुबह कई बाल्टी पानी कुएँ से लाकर घर में भर लेने के बाद बुनू ने देखा कि मामा आए हैं और बरामदे में बैठकर अम्मा से बातें कर रहे हैं।

"अरे, वह देखो, बुनू आ गया। यह तो बड़ा समझदार दिखने लगा है!" मामा उसके सिर पर थपकी देते हुए बोला।

बुनू की अम्मा ने कोई जवाब नहीं दिया। बुनू को न जाने ऐसा क्यों लग रहा था कि बप्पा को जिस दिन से पुलिस ले गई है, अम्मा उससे नाराज है, भले ही उसने खुलकर कुछ कहा नहीं।

"बुनू, तू मेरे साथ चल। यहाँ तो तेरा स्कूल जाना बन्द हो गया है। मामी के पास रहकर पढ़-लिख लेना। बप्पा घर लौट आए तो तू भी लौट आना।" मामा ने उसका सिर सहलाते हुए कहा।

बुनू हतप्रभ्-सा अम्मा की ओर देख रहा था। इस समय बप्पा नहीं है घर पर। वह घर छोड़कर कैसे चला जाए मामा के साथ? अम्मा तो हमेशा कहती है कि वह सयाना हो गया है। अब छोटे भाई-बहनों की जिम्मेवारी छोड़कर कैसे चला जाए? लेकिन अम्मा ने बुनू की आँखों से आँखें न मिलाने की मानो कसम खा रखी थी!

'यहाँ तो इतने लोगों के खाने को नहीं है। एकाध जोड़ी पैंट-कमीज भी इसके पास नहीं हैं। यहाँ इसका इस तरह बने घूमने से क्या लाभ?' मामा मन-ही-मन सोच रहा था।

हाँ, सचमुच घर में खाने को नहीं है। बप्पा जब जितना रुपया-पैसा लाता था, उसी से गुजर-बसर होती थी। इस वक्त बहुत तंगी है। सबके बाल रूखे पड़ चुके हैं, चेहरों पर धीरे-धीरे उदासी छाती जा रही है। तो फिर अम्मा वह अच्छा खाएगा, अच्छा पहनेगा और स्कूल जाएगा, सोचकर उसे ममाने भेज रही है। उस जैसे खराब बेटे के लिए माँ को कितनी चिन्ता है! आँखें छलछला आईं बुनू की।

''बप्पा के लौट आने पर मैं जाऊँगा।'' बुनू ने फैसला सुनाते हुए कहा।

''यह सब भूल जा। चल, जल्दी तैयार हो जा।'' अम्मा का कड़ा स्वर सुनाई दिया।

''हाँ, मामी वहाँ अकेली है। बारह महीने की छोटी बिटिया है, बहुत परेशान करती है। जल्दी लौट आने को कहा है।'' मामा उठकर खड़ा हो गया।

क्या अम्मा उसे घर से निकाल रही है? बप्पा को जेल भिजवा दिया, उसी गुस्से से? बुनू का मन कर रहा था, गला फाड़-फाड़कर रोए। किन्तु वह घर के भीतर चला गया, स्कूल का फटा थैला और उसमें दो फटे पैंट-कमीज डालकर बाहर निकल आया। उसका गला भर आया था। वह किसी से नहीं मिला। मानू, कुनू से नहीं—अम्मा की गोद में लटकी रुनू को भी प्यार नहीं किया। मामा के पीछे-पीछे जाते समय झुकी हुई आँखों से उसे सिर्फ अम्मा की गन्दी साड़ी का निचला घेर और दो पैर दिख गए उसे। गाँव के छोर पर बने मन्दिर के पास पहुँचकर मुड़कर देखा उसने, अम्मा की धुँधली-सी छवि घर के बाहर दिख रही है—रुनू गोद में कुछ उचक रही-सी लग रही है।

ममाने में उसकी खोई हुई भूख मानो लौट आई। खाने को ढेर सारा और तीन बार मिलता था यहाँ। अम्मा कई बार कहा करती थी कि ममाने में खाना-पीना अच्छा है। मामा ने स्कूल में उसका नाम नहीं लिखाया था। बोले, छह महीने तो निकल चुके हैं, अब पढ़ाई पूरी करना आसान नहीं है। अगले साल तीसरी ही कक्षा में फिर से नाम लिखाया जाएगा। इस बीच वह घर पर ही पढ़े। जब अपने गाँव में था, स्कूल न जाने पर खुश होता था वह। लेकिन यहाँ वह चाहता है कि स्कूल जाए—कुछ वक्त कट जाएगा उसका। हालाँकि स्कूल जाने को समय ही नहीं बचता था उसके पास। मामा बार-बार कहता, मामी के नया बच्चा होगा, भारी काम वह कर नहीं सकती। कुएँ से पानी खींचना, बर्तन माँजना, कपड़े धोना, घर बुहारना-

पोंछना सब बुनू को करना पड़ता था। मामी रसोईघर में घुसने नहीं देती थी। रसोई की साफ-सफाई खुद करती थी। उतनी देर तक छोटी बच्ची को सँभालना पड़ता था बुनू को।

कुछ ही दिनों में खाने के प्रति रुचि कम हो गई बुनू की। सिर्फ अपनी अम्मा और भाई-बहन से मिलने को मन करता। मामा से लगभग रोजाना पूछता, बप्पा लौट आए या नहीं और वह गाँव जाना चाहता है। मामा बताते कि बप्पा नहीं लौटा और जाड़े के बाद उसे गाँव छोड़ आएगा। इस बीच मामी के लड़का हुआ। लाल और गोल-मटोल छौना। बुनू का काम कुछ बढ़ गया। बच्चे के टट्टी-पेशाब के ढेर भर कपड़े होते। बुनू को इसके लिए कोई आपत्ति नहीं थी। किन्तु मामी इस बीच खूब चिड़चिड़ी हो गई थी। तीन-चार बार माँगने के बाद थोड़ा रुककर खाना देती थी। इधर-उधर की गालियाँ देना शुरू कर दी थी।--राक्षस है, बैठे-बैठे मुस्टंडा हो गया है—जैसी माँ है, बेटा उससे बढ़कर है...इस तरह की तमाम अनर्गल बातें। मामा कभी-कभी सुनता तो कहता कि मामी की बातों का बुरा मत मानना—बच्चा होने के बाद से ऐसा चिड़चिड़ा स्वभाव हो गया है उसका। पर बुनू को कुछ भी नहीं सुहाता था। याद आते थे अपना गाँव, बाड़ी, बावड़ी जो इस आधे शहरनुमे ममाने से अलग था।

एक दिन सुबह-सुबह उनके गाँव से प्रधान मामा आए थे। मामा को बुलाकर न जाने क्या बातें कीं और उसके बाद मामा ने मामी को बुलाकर उसके कानों में कुछ कहा। जल्दी से दो गिलास शर्बत लाने को कहा और जल्दी-जल्दी कमीज-पैंट पहनकर प्रधान मामा के साथ निकल गया। मामी घर के बाहर-भीतर आ-जा रही थी और अपने दोनों बच्चों पर थू-थू करके बार-बार थूकती जा रही थी। बड़बड़ाती जा रही थी—सत्यानाशी है रे, यह क्या किया...

उस रात मामा नहीं लौटा। मामी ने बुनू को बाहर चबूतरे पर घर की रखवाली करते हुए सोने को कहा। उसे लगभग पूरी रात नींद नहीं आई। सुबह-सुबह मामा लौटा—सिर के बाल बिखरे हुए और मुँह भनभनाया हुआ। आते ही सीधे कुएँ के पास गया और दो-तीन बाल्टी पानी खींचकर उड़ेल लिया अपने ऊपर। उसके बाद उसकी ओर देखते हुए बोला—चल आ, एक बाल्टी पानी खींचकर तू भी नहा ले।

धीरे-धीरे मामा के घर लोग इकट्ठे होने लगे। कोई-कोई उसे अपने पास बुलाकर उसका सिर सहला देता। बुनू ने जानने की कोशिश की, इस आकस्मिकता का कारण क्या है!

कहते हैं, उसकी माँ मानू, कुनू और रुनू—तीनों बच्चों को लेकर बाड़ीवाले कुएँ में कूद गई आधी रात में! सुबह उनकी मरी देह निकाली गई है। पुलिस आई थी। मामा यहाँ से गया था। बप्पा को जेल से लाया गया था। शव जलाते-जलाते आधी रात हो गई। मामा काम खत्म करके सुबह-सुबह यहाँ लौट आया।

किससे क्या पूछे बुनू? किससे क्या कहे? मामी पड़ोस की औरतों के बीच बैठी रोती जा रही है। मामा बार-बार अँगोछे से आँखें पोंछ रहा है। हर कोई कुछ न कुछ कह रहा है, बुनू कुछ सुन नहीं पा रहा था। इस बीच भोंथरी हो आई उसकी बोध-शक्ति मानो कुछ समझ नहीं पा रही थी।

मामा ने कहा है, तीन दिन बाद उसे साथ लेकर उसके गाँव जाएगा। तीन दिन बाद उसके गाँव पहुँचने पर क्या सचमुच वहाँ कोई नहीं होगा? अक्सर पिटनेवाला कुनू, सिकोरों में उसे दाल-भात परोसनेवाली मानू, उसे देखते ही अम्मा की गोद में चिहुँक उठनेवाली रुनू—क्या ये लोग सचमुच गाँव में नहीं होंगे? और अम्मा? उसके सिर में मानो कुछ विस्फोट हो गया। अम्मा भी नहीं होगी घर में? अभी नहीं, कल उसके गाँव पहुँचने पर नहीं—और कभी नहीं! कैसे सम्भव है यह? उनका घर—माँ के बिना, वह कल्पना नहीं कर पा रहा था। मरने का मतलब, क्या फिर कभी नहीं होंगे वे लोग? रातभर उसे नींद नहीं आई। याद आ गई—पिछली बरसात की बात। बप्पा काम से लौटा नहीं था। मूसलाधार हो रही थी बारिश। दो सालों से छप्पर न छाए उनके छपरैल की विभिन्न सूराखों से पानी की असंख्य धारें गिर रही थीं। वे तीनों एक-दूसरे पर लदे-फँदे एक कोने में सिमट गए थे। अम्मा ने उनके ऊपर एक फटी चटाई ढक दी थी। उन्हीं के पास उन्हें घेरकर बैठी रही अम्मा। गोद में दो महीने की रुनू बुखार से काँप रही थी। सारी रात उठती-बैठती घर पोंछती रही अम्मा।

जिस दिन बुनू मामा-मामी के साथ अपने गाँव पहुँचा, उस दिन उसकी अम्मा और भाई-बहनों को मरे पाँचवाँ दिन था। आज ही कुछ क्रिया-कर्म थोड़े में होगा, मामा ने बताया। बप्पा को आज के लिए जेल से नहीं छोड़ा गया। बुनू को ज्यादा कुछ नहीं करना होगा। घड़ी भर में पंडित जी सारा कुछ करा देंगे। सिर्फ बुनू श्राद्ध में बैठेगा—पंडित जी जो कुछ कहेंगे, थोड़ा-बहुत इधर-उधर कर देगा। जल्दी-जल्दी काम निपटाकर दिन डूबने से पहले लौट आएँगे, मामा रास्ते भर बुनू को समझाता रहा।

बुनू को कभी उसका घर इतना गन्दा, वीरान और अलग नहीं लगा था। गाँव पहुँचते ही मामा क्रिया-कर्म करने के लिए जल्दबाजी करने लगा। उन्हें देखकर धीरे-धीरे पास-पड़ोसी भी वहाँ इकट्ठा होने लगे।

'कुएँ में तो पानी नहीं था। शायद दो हाथ पानी और दो हाथ कीचड़ होगा। उसमें कोई कैसे डूब गया? बच्चे ही डूबे होंगे लगता है—किसी ने कहा।

'डूबे क्या होंगे? बैठकर सिर डुबाकर किसी तरह मर गए होंगे,' किसी दूसरे ने जवाब दिया।

'खुद तो डूबी ही। काश, बच्चों को ही छोड़ देती! अपने ही बच्चों को भला कोई इस तरह मारता है! कितनी खूँखार रही होगी वह माँ!' किसी की लम्बी साँस सुनी बुनू ने।

बुनू ने उनकी ओर नहीं देखा। अपनी झोंपड़ी में चला गया। माँ के मुलायम हाथ का स्पर्श हठात् याद आ गया उसे—आधी रात को जगाकर माँड़ पिलाते समय उसकी साड़ी की गन्ध! उसे लगा, उसके समझ आने जैसे चित्र बना गई है अम्मा पूरी दीवार पर—किस तरह वे लोग दिन-दिन भर उपासे रहे—किस तरह भूख से रोते-बिलखते रहे मानू और कुनू—किस तरह बुखार में पड़ी रही रुनू। मिट्‌टी, पत्ते, जड़-मूल जो भी पाया, खाया उन्होंने। किस तरह उधार में चावल भी नहीं मिला कहीं से। किस तरह लाज-शर्म से मुँह छिपाकर घुसे रहे घर ही में—क्योंकि उसके बप्पा चोर थे। अचानक कुछ बिंध-सा गया बुनू की छाती में।

बप्पा जेल गया, क्योंकि उसने मुर्गी चुराई और उसे मार डाला इसलिए! आह! उसी की वजह से यह सब हुआ।

बुनू एक-एक डग बढ़ाता बाड़ी की ओर कुएँ के पास गया। अन्दर झाँका। कीचड़ ही दिख रहा था। पानी लगभग नहीं था—उलीचा गया है। कीचड़ उस ओर पड़ा है। क्या इस कुएँ में होंगे अम्मा, मानू, कुनू और रुनू के भूत? नहीं-नहीं, वे लोग भूत नहीं बने होंगे। वे आत्मा बने होंगे। क्या वे लोग उसे देख रहे होंगे? बुनू ने मन-ही-मन कहा—मुझे माफ कर दो अम्मा, मानू, कुनू, रुनू सभी। मेरी ही वजह से यह सब हुआ। बुनू ने इन्तजार किया, शायद उनमें से किसी की आत्मा उसकी बात सुनकर जवाब दे।

"अरे, बुनू कहाँ गया? जल्दी से काम खत्म करके लौट चलना है। कमर दुखने लगी है इस बच्चे को गोद में लिये-लिये। बुनू, चल आ इधर।" मामी की ऊँची आवाज सुनाई दी।

कुएँ के भीतर खामोशी थी। आत्माओं ने कोई उत्तर नहीं दिया।

"आया मामी," फिर एक बार कुएँ में झाँककर लौट पड़ा बुनू। सहसा उसका कन्धा झुक गया। आसमान तक लगे थाक के थाक पापों के बोझ से झुक गया उसका कन्धा। सिर झुकाए साढ़े दस साल का बुनू एक-एक बोझिल डग बढ़ाता झोंपड़ी की ओर चल पड़ा।

कादम्बरी

कम उम्र में ऐसी छोटी-छोटी बातें कितनी महत्त्वपूर्ण लगती थीं, याद कर-करके हँस रहे थे वे लोग। दिल्ली-जयपुर राजमार्ग पर तेज रफ्तार से दौड़ी चली जा रही थी उनकी कार और वे अन्दर बैठे बचपन की छोटी-छोटी बातें याद करके हँस-हँसकर लोट-पोट हो रहे थे। वे लोग यानी नीरद, नीलिमा और निर्मल। ठहाका लगा 'न' क्लब की बात याद करके। कॉलेज के एक ही ट्यूटोरियल ग्रुप में थे वे तीनों। एक दिन अचानक उन्हें पता चला कि उन सबके नाम की शुरुआत 'न' अक्षर से है, मानो सच में यह पृथ्वी का आठवाँ आश्चर्य हो! खूब खुश भी हुए थे उस दिन वे लोग। उस प्रसंग से धीरे-धीरे उनमें मित्रता भी बढ़ी और हर कहीं वे तीनों लगभग एक साथ देखे जाने लगे। उन्हें देखते ही हर कोई हँसी-मजाक में कहता—वो देखो! 'न' क्लब के मेम्बर आ गए। उन तीनों ने उस लघु परिहास को स्वीकार कर लिया था। लम्बी छुट्टियों के दिनों में और पढ़ाई समाप्त होने के बाद एक-दूसरे को चिट्ठी लिखते समय सबसे पहले वे 'न' क्लब शीर्षक दिया करते थे।

"तुम तो बातें करते समय हकलाया करते थे। बहुत शर्मीले भी थे तुम निर्मल। आश्चर्य है कि तुम इतने बड़े वकील बन गए! न जाने बड़े-बड़े केस में तर्क कैसे करते होगे? क्या अब भी हकलाते हो?" नीलिमा ने मुस्कराते हुए कहा।

"हकलाता है! उस बारे में पूछना बेकार है। काले को सफेद साबित करने में इसका मुँह तो क्या, हृदय भी नहीं हकलाता।" नीरद ने बात आगे बढ़ाते हुए कहा।

"याद है, तुम पुराना टायर मोची से कटवाकर उसकी चप्पलें पहना करते थे—अपने को गांधीवादी कहा करते थे? अब तो तुम्हारे बूट चमचमाते रहते हैं। बेटा अमेरिका में पढ़ता है। घर पर फोर्ड आइकन गाड़ी। गांधीवादी नीतियों को कार्यान्वित करने से पहले ही उन्हें चलता-फिरता कर देते हो तुम। रुको, एक पी.आई.एल. फाइल करता हूँ स्साले तुम जैसे ब्यूरोक्रेट के खिलाफ।" निर्मल ने दाँतों तले होंठ दबाया।

"चलो, छोड़ो, तुम दोनों की यह पुरानी आदत अभी तक नहीं गई है। पाँच मिनट भी एक साथ रह गए तो तर्क-वितर्क, लड़ाई-झगड़ा शुरू। मैं तो काफी अरसे

से नहीं हूँ यहाँ। वाकई कैसे मिटते होंगे तुम दोनों के लड़ाई-झगड़े? कौन हार मानता है पहले?'' नीलिमा ने बातचीत का रुख बदलने की कोशिश की।

''अरे नहीं। तुम्हारे आने पर ही आज हम इकट्ठा हुए हैं, वरना पिछले एक साल में बड़ी मुश्किल से एक या दो बार किसी मीटिंग में मुलाकात हुई होगी। एक साथ बैठकर कुछ मिनट बातें करने का अवसर तक नहीं मिला, तर्क-वितर्क करने की बात तो छोड़ो। सचमुच, जीवन-जंजाल इतना फैल गया है कि...'' सीट से टिकते हुए नीरद ने कहा।

कुछ देर चुप रहे वे लोग। समय के साथ जीवन अपना रास्ता बनाता चलता है। वाकई एक अरसा हो गया इस तरह इकट्ठा होकर पुरानी बातें याद किए, जबकि इस समय ऐसा लग रहा है मानो बीच में इतना सारा समय था ही नहीं। उनके यूनिवर्सिटी में पढ़ने के समय और वर्तमान के बीच जैसे कि कुछ हो ही नहीं!

किन्तु इस बीच काफी कुछ बीत चुका है। इस समय वे सभी पचपन या छप्पन साल के हो चुके हैं। घटनाओं की एक लम्बी नदी बह चुकी है इस बीच। अनुभव, अनुभूति और उपलब्धियों से भरी, प्राप्ति-अप्राप्ति से गहरी, सौभाग्य-दुर्भाग्य का तेज प्रवाह—सचमुच, एक नदी ही बह रही है!

नीलिमा ने गाड़ी के शीशे से बाहर की ओर देखा, नीरद गाने का वॉल्यूम कम करने को कहकर सीट से टिक गया और निर्मल ने अन्यमनस्क-सा सिगरेट का पैकेट खोला।

बहुत साल पहले वे साथ पढ़ते थे। भावुकता, स्वप्न और सौगन्ध भरे दिन थे वे। जिन्दगी ने कई तरीके से तोड़-मरोड़कर अपनी तरह से साँचे में ढालकर बदल दिया था उनके व्यक्तित्व, विश्वास और लक्ष्य को। शादी के बाद नीलिमा अमेरिका चली गई थी अपने इंजीनियर पति के साथ। वहीं समाज-सेवा में मास्टर्स और पोस्ट डॉक्टरल करके यूनिवर्सिटी में पढ़ाती है। नीरद और निर्मल दिल्ली में रहते हैं। नीरद एक सरकारी निगम में मैनेजिंग डाइरेक्टर है। निर्मल सुप्रीम कोर्ट में प्रैक्टिस करनेवाला एक नामी वकील है। जीवन में वे लोग अपने-अपने क्षेत्र में सुप्रतिष्ठित, प्रशंसित और सफल हैं। अभी तक एक-दूसरे से सम्पर्क बना रखा है उन लोगों ने, भले ही लगभग दो साल बाद इकट्ठा होना सम्भव हुआ हो उन तीनों का इस बार।

निर्मल के बगीचे में पहुँचने तक शाम के छह बज चुके थे। अब भी शाम की ढलती धूप थी और उससे बगीचे में करीने से बढ़े पेड़-पत्ते चमक रहे थे। ग्लाडिवोला और गुलाब की क्यारियाँ बेहद रंगीन और आकर्षक लग रही थीं। रजनीगन्धा के गुच्छे भी लदे पड़े थे। बावड़ी के किनारे-किनारे थे पपीतों से भरे पेड़। कुल मिलाकर हर तरह से परिपूर्ण था बगीचा—नीलिमा प्रशंसा कर रही थी। वे लोग

बगीचे के बीचोबीच बने मकान की छत पर चले गए निर्मल की सलाह मानकर। छत से सूर्यास्त देखना अति दर्शनीय और स्मरणीय अनुभूति होती है—निर्मल बोल रहा था।

ठंडी हवा, गोधूलि और बगीचे का पेड़-पौधों भरा परिवेश अति सुन्दर था। छत पर खाने-पीने की रुचिकर व्यवस्था थी।

''इतने सालों से रह रही हो अमेरिका में नीलिमा, कैसा लग रहा है वहाँ का जीवन?'' नीरद ने पूछा।

''हाँ, शुरू-शुरू में कुछ दिक्कत होती थी। किन्तु 'इनका' ग्रीनकार्ड बनने और मुझे नौकरी मिलने के बाद आसानी से गुजारा होने लगा। अब हमने अपना मिसिगन का मकान छोड़कर शिकागो में खरीद लिया है। यहाँ दिल्ली में भी दो प्लॉट खरीदे हैं। 'ये' अपनी नौकरी से खूब सन्तुष्ट हैं। भले ही 'इन्हें' बहुत सारे टूर करने पड़ते है दुनिया भर में। बेटी और बेटा दोनों खूब खुश हैं। स्वतंत्र रूप से बड़े हुए हैं दोनों। बेटा अभी नहीं, कुछ देर से शादी करने को कह रहा है। वह अपने कारोबार को लेकर व्यस्त है। लड़की का अमेरिकन बॉयफ्रेंड है। मैं कुछ चिन्तित हो उठी थी किन्तु 'इन्होंने' समझा दिया मुझे। वे लोग अमेरिकन की तरह पले-बढ़े हैं। इसमें उन लोगों की कोई गलती नहीं है।...सबसे बड़ी बात तो यह है कि जिस हालत में मैं भारत में हुआ होता, उससे कहीं अधिक सुखी और समृद्ध हूँ यहाँ।' तुम अपनी सुनाओ, नीरद—बहुत दिनों से तुमसे बात ही नहीं हुई।'' नीलिमा ने कहा।

''मेरा सब ठीक-ठाक चल रहा है। लड़के दोनों बाहर हैं। खूब कमा-खा रहे हैं। मेरी सरकारी नौकरी के बारे में तो जानती ही हो, आसानी से प्रोमोशन हो जाता है। अब तक तो मुझे अच्छी-अच्छी पोस्टिंग मिलती रही है। कुछ खास दिक्कत नहीं हुई कभी। बड़ी बात तो यह है कि हम चौदह सालों से दिल्ली में ही हैं। जिन्दगी को लेकर मुझे कोई शिकायत नहीं है। इससे भी अधिक कुछ हो सकता था, उस बारे में नहीं सोचता मैं। एक यू एन पोस्टिंग मिल जाएगी इस बीच, उसके बाद रिटायरमेंट। अब तक नहीं सोचा, उसके बाद हम दिल्ली में रहेंगे या भुवनेश्वर लौट जाएँगे। शायद दिल्ली में ही रहना पड़े!'' नीरद ने अपना गिलास मुँह से लगा लिया।

''और तुम? तुम्हारा कैसा चल रहा है?'' नीलिमा ने प्रश्नवाची दृष्टि से निर्मल की ओर देखा।

''अच्छी निकली तकदीर। मैंने तो कभी सोचा ही नहीं था कि जीवन में इतना ऐशो-आराम भी मिलेगा! याद है, कैसे मर-मरकर पढ़ा करते थे हम? बाद में समझ आ गया कि किताबी कीड़ा बनने में कोई लाभ नहीं। दिल्ली आकर 'लॉ' पढ़ा; तब से यहीं हूँ। इस काम में कुछ गुर सीख लेना काफी है। हालाँकि मेरा दिल्ली का काम बढ़ता जा रहा है, फिर भी मुम्बई और बंगलौर में दो और ऑफिस खोल दिए।

जूनियर बहुत हो गए हैं। बेटा लन्दन से पास होकर आ जाएगा अगले साल और आकर चैम्बर ज्वाइन करेगा। प्लान के मुताबिक चल तो रहा है सब कुछ अब तक।'' निर्मल ने अपने गिलास में व्हिस्की उड़ेली।

''चल क्या रहा है? अरे बोल, हीरे की चप्पलें पहन रहा है आजकल!'' नीरद ने मजाक किया उससे।

''और तू क्या कम बड़ा साहब बन गया है! मिलने के लिए दो दिन पहले अप्वाइंटमेंट लेना पड़ता है।'' निर्मल ने कहा।

कुछ देर चुप बैठे रहे वे लोग। आकाश में अनेक तारे और आधा चाँद दिखने लगा था तब तक।

''हम किसी न किसी चीज के पीछे भागते रहते हैं जिन्दगी भर, क्यों?'' अपना खाली गिलास भरवाने के लिए निर्मल की ओर बढ़ा दिया नीलिमा ने।

''क्या कभी रुककर उसी एक स्थान पर स्थिर रह पाए हैं? क्या रुककर, पीछे मुड़कर देखा है? शायद नहीं।'' नीलिमा ने फिर कहा।

''समय के साथ-साथ अवसर भी नहीं रुके हमारे लिए। हम कैसे रुक जाते किसी एक निर्दिष्ट बिन्दु पर? जीवन में आगे बढ़ने का नशा सवार है हम पर। आगे से आगे बढ़ते भी जा रहे हैं हम। जहाँ पहुँचे हैं, वहाँ से और आगे बढ़ना है।'' निर्मल ने ककड़ी का एक टुकड़ा उठाया।

''क्या वाकई कोई ऐसा नशा सवार है हम पर? कौन जाने!'' कहा नीरद ने।

''हाँ, वाकई। ऐसा कौन-सा नशा है यह, आगे बढ़ते चले जाने का? क्या सचमुच नशा है यह? कभी-कभी लगता है, ऐसा कुछ भी तो नहीं है। मानो कोई असल चीज तो मुट्ठी से निकल गई है—निकलकर न जाने कहाँ कितने पीछे छुप गई है! चाहकर भी न तो वह ढूँढ़ी जा सकती है, न ही पकड़ी जा सकती है।'' नीलिमा ने गर्दन उठाकर आसमान की ओर देखा।

''ठीक कहती हो नीलिमा! कभी-कभी लगता है, इन्हीं सब ऊपरी दिखावों में डूबे हुए हैं हम—इच्छा और प्राप्ति की जकड़ में। यदि आगे बढ़ने का नशा न होता, तो और क्या होता हमारे पास? पर इस सफल होने का भी क्या अर्थ है? यदि न होती इतनी सम्पत्ति और क्षमता तो क्या हो जाता? कभी-कभी लगता है कि यह सब छोड़-छाड़कर कहीं चला जाऊँ। लगता है, मानो यह नशा अब चढ़ नहीं रहा है पूरी तरह। आज भी चढ़ने जैसा नहीं लग रहा—चार पैग व्हिस्की ले चुका हूँ मैं—कहीं, जरा भी नहीं चढ़ी।'' निर्मल आँखें बन्द करके कह रहा था।

अपनी-अपनी कुर्सी से टिक गए सभी—नीरद, नीलिमा और निर्मल। जिन्दगी की होनेवाली शाम में शायद ढूँढ़ रहे थे—सोचने की चेष्टा कर रहे थे, क्या हो सकती है वह आसक्ति, जो उनकी स्थिति और चेतना को भुला सकती थी? व्हिस्की के साथ उस अवस्था में पहुँचने की चेष्टा कर रहे थे वे लोग पिछले कुछ घंटों से।

"नीरा की याद है तुम्हें, नीलिमा? कई साल पहले तुम्हें लिखा था मैंने, मेरी ट्रेनिंग के समय?" सहसा नींद से जगने-सा पूछा नीरद ने।

"हाँ, एक बार की याद है—एक अरसा हो गया—क्या हुआ उसे?" नीलिमा के स्वर में उत्कंठा थी।

"मेरे बैच की थी वह—साथ ट्रेनिंग लेते समय मुलाकात हुई थी, मित्रता बढ़ी और...। बहुत शान्त थी वह लड़की। खूब पढ़ी-लिखी और अति संकोची लड़की थी वह। अपने जीवन में कभी उस जैसी किसी और लड़की के सम्पर्क में नहीं आया मैं।" नीरद चुप हो गया।

"असली बात क्यों नहीं बताता? साहब उसके प्यार में डूब जो गए थे!" निर्मल ने चुटकी ली।

"उन दो वर्षों में सखी कहो, संगिनी कहो, सबसे घनिष्ठ मित्र कहो—सब कुछ थी वह मेरे लिए। हाँ, खूब चाहती थी मुझे। मैं तो क्या, कोई भी पड़ जाता उसके प्रेम में। तब मुझे आश्चर्य हुआ था, ऐसा क्या देखा उसने मुझमें! यह बात सभी क्लासमेट जान चुके थे। किसी-किसी ने तो उसे 'भाभी' तक कहना शुरू कर दिया था।"

"फिर क्या हुआ? इतना कुछ हो गया, तूने तो मुझे कभी बताया ही नहीं? तुम जैसे जवाँ मर्द ने उससे शादी क्यों नहीं की?" निर्मल ने पूछा।

"आज तक मैं जब भी खुद से सवाल करता हूँ, जवाब नहीं पाता। कर्नाटक की लड़की थी वह। बहुत अच्छे परिवार की। उसके माँ-बाप हमारे रिश्ते के बारे में जानते थे और उन्हें इसमें कोई आपत्ति नहीं थी। मुझसे कई बार कहा था नीरा ने घर में बताने के लिए, पर न जाने क्यों, मैं बता नहीं पाया। दो साल की ट्रेनिंग खत्म होने के बाद पोस्टिंग से पहले महीने भर के लिए छुट्टी पर घर गया था। हमने तय किया था कि इस छुट्टी में घर के सभी लोगों को राजी कर लूँगा। बड़ी झिझक के साथ माँ से कहा था। दूसरी जाति, दूसरी भाषा की लड़की के बारे में सुनकर माँ ने अपना सिर पकड़ लिया। बड़ी बहन ने कहा, 'अक्सर अच्छी नौकरी करनेवाली लड़कियों को शादी के लिए लड़के नहीं मिलते, तभी ट्रेनिंग के समय ही वे डोरे डाल देती हैं अच्छे लड़के देखकर।' पिताजी किसी भी सूरत में राजी नहीं हुए। उन दिनों तो फोन की इतनी सुविधा थी नहीं। मैं नीरा को ठीक से खबर तक नहीं कर पाया। घरवालों ने दो-तीन लड़कियाँ पसन्द कर रखी थीं। जिसे मैंने चुना, उससे शादी हो गई।" लम्बी साँस छोड़ी नीरद ने।

"यह क्यों नहीं कहता कि भाभी की खूबसूरती देखकर सब कुछ भूल गया? पूरे ओडिशा में यह बात फैल गई कि भाभी जैसी खूबसूरत लड़की पूरे इलाके में नहीं है।" निर्मल ने कहा।

"उसके बाद क्या हुआ नीरद? क्या कहा नीरा से?" नीलिमा ने उत्सुक हो पूछा।

"कुछ कहने का अवसर ही नहीं मिला। मैं खुद को गुनहगार समझने लगा। एक चिट्ठी तक नहीं लिख सका। मेरी पोस्टिंग चंडीगढ़ हो गई। गाँव से सीधे जाकर वहाँ ज्वाइन किया।"

"और नीरा?"

"खबर मिली थी कि नीरा ने लम्बी छुट्टी ले रखी है। उसने ट्रेनिंग के बाद फिर ज्वाइन ही नहीं किया। करीब एक साल बाद सुना कि उसने इस्तीफा दे दिया है। उसके कई सालों बाद खबर मिली थी कि उसने कोई स्वयंसेवी संस्था ज्वाइन कर ली है और मंगलौर के पास एक गाँव में रहती है...जहाँ तक मैं जानता हूँ, उसने शादी नहीं की थी..." नीरद ने लम्बी साँस छोड़ी। "बहुत-से अन्तरंग समय हमने साथ-साथ बिताए थे। एक-दूसरे की चाहत और आन्तरिकता की वे घड़ियाँ समय-असमय याद आ जाती हैं। ब्रेकफास्ट के बाद मैं दूध पीना अक्सर भूल जाया करता था। नीरा ट्रेनिंग क्लास में जाते समय मेरे कमरे के बाहर खड़ी हो जाती थी। बाएँ हाथ में डायरी और एक किताब छाती से सटाकर पकड़े रहती—कन्धे पर बैग—दाएँ हाथ में दूध का गिलास—जिद किया करती थी कि मैंने दूध न पिया तो वह दरवाजे से नहीं खिसकेगी और क्लास मिस हो जाएगा।" नीरद ने अपने हाथ का गिलास टेबल पर रख दिया, दोनों हाथों से मुँह पोंछा और आसमान की ओर ताकने लगा।

"वाकई, यह जिन्दगी बड़ी अद्भुत है! इतना लम्बा सफर करने के बावजूद..." नीलिमा कुछ देर चुप रही। फिर बोली, "तुम लोग तो एम.ए. की परीक्षा खत्म होते ही दिल्ली चले गए। मैंने ऐडहॉक में अध्यापन किया कुछ दिनों तक। समीर ने मुझसे दो महीने पहले नौकरी शुरू की थी। भद्र, सुशील और एक तरह से भावुक-सा दिख रहा था वह। वैसे भी उसकी ओर उतना ध्यान नहीं दिया था मैंने। एकाध बार हम सम्बलपुर से साथ-साथ आए थे। कटक बस अड्डे पहुँचकर मैं रिक्सा ले लेती और वह भी अपने घर चला जाता। एक बार आधी रात को रेढ़ाखोल जंगल के बीचोबीच बस खराब हो गई। किसी भी तरह स्टार्ट नहीं हुई। काफी देर तक बस में बैठे रहने के बाद नीचे उतरकर चहलकदमी करने के लिए मैंने समीर से कहा था। शायद अक्टूबर महीने का अन्त था; गुनगुनी ठंड पड़ने लगी थी। फक्क सफेद चाँद-चाँदनी और ओस से भीगता रहस्यमय जंगल दोनों ओर। सड़क पर साथ-साथ चल रहे थे हम दोनों। अचानक समीर रुक गया और उसने मेरा दाहिना हाथ पकड़ लिया। अब भी मुझे याद है, किस तरह मेरी हथेली अपनी मुट्ठी में दबा ली थी उसने और किस तरह काँप रहा था उसका हाथ।

"'मैं तुम्हें चाहता हूँ,' ये चन्द शब्द मुझे आश्चर्य में डालते हुए मानो जंगल और खामोशी को चीर रहे थे। काफी देर तक हम चुपचाप खड़े रह गए।" नीलिमा कुछ देर चुप रही।

'मेरे जीवन में वैसी रहस्यमय, विह्वल, निर्जन और घनी रात शायद फिर कभी नहीं आई।' मन-ही-मन खुद ही को कहने-सा कहा नीलिमा ने।

"उसके बाद?" निर्मल ने पूछा।

"मैं और दो अन्य अध्यापिकाएँ किराए पर मकान लेकर साथ रहते थे। समीर और उसके दोस्त मेस में रहते थे। वह अक्सर आया करता था हमारे मकान पर। भात और मांस की तरकारी घंटों पकती रहती स्टोव पर। कहानियाँ और कविताएँ पढ़ने का सिलसिला चल पड़ता। मेरी सहेलियाँ उसको बहुत पसन्द करती थीं। हम दोनों के साथ-साथ घूमने-फिरने की बातें वे दूसरों से छिपाकर रखतीं।

"'रिक्शे में किसके साथ घूमती हो सम्बलपुर में?' एक बार पिताजी ने पूछा था। पिताजी के आगे हम मुँह नहीं खोलते थे। बड़ी मुश्किल से बताया। पिताजी ने कहा, बहुत हो चुकी नौकरी, अब छोड़ दो,' बस, मेरा इस्तीफा जबरन लिखवाकर भेज दिया गया। चट मँगनी, पट ब्याह हो गया। कुछ महीने बाद मैं अमेरिका चली गई। शुरू-शुरू में छुपाकर-छुपाकर खूब रोई, किन्तु उनके प्रेम और ऐश्वर्यमय नए जीवन ने मेरे सारे घाव सुखा दिए।"

"और समीर?" नीरद ने पूछा।

"'तुम मेरी जिन्दगी की सबसे बड़ी एचीवमेंट हो,' कई बार कहा करता था वह। खबर मिली थी कि ओडिशा छोड़कर वह कहीं चला गया है। माँ-बाप का इकलौता बेटा था। खूब ढूँढ़ा गया था। कई महीनों, सालों वर्गीकृत विज्ञापनों और अखबारों में उसका नाम निकलता रहा—सुना था। परन्तु वह नहीं लौटा। सुना है, बुढ़ापे में उसके माँ-बाप भुवनेश्वर में एक फ्लैट लेकर रह रहे हैं, बस।" उठकर खड़ी हो गई नीलिमा। "'पागल था वह,' बहुत दिनों पहले एक बार माँ ने यह बात कही थी, जब मैंने उनसे समीर के बारे में पूछा था। लेकिन मैं जानती हूँ...वह पागल नहीं है।" नीलिमा का गला भर आया था।

रात गहराती जा रही थी। निर्मल के परिचारक तरह-तरह का खाना परोसकर चले जाते उनके बीच से। एक अद्‌भुत रात थी वह उनके लिए। अतीत और स्मृतियों के पन्ने खोलता चला जा रहा था उस 'बगीचा-घर' का परिवेश।

"दीक्षा का नाम सुना होगा तुम लोगों ने—दीक्षा भटनागर? शास्त्रीय संगीत के लिए प्रसिद्ध है।" नींद से जगने-सा कहा निर्मल ने। ड्रिंक का गिलास लिये हुए छत के घेरे से टिककर उनकी ओर पीठ किए खड़ा था वह। "दीक्षा से मुलाकात हुई थी बम्बई में। हमारे वकीलों के एक विशाल कॉन्फेरेंस में गाना गाने आई थी वह। खूब सुन्दर और शालीन। कंठ से तो मानो अमृत झर रहा था उसके। प्रोग्राम के बाद डिनर में मिला उससे। खूब आकर्षक लग रही थी। न जाने किस मोह से उसका पता और फोन नम्बर माँग बैठा मैं! उसने तुरन्त दे भी दिया। शायद उसे अच्छा लगा था मैं। उसके अगले दिन जाकर मिला दीक्षा से; फिर अगले दिन। अपने दिल्ली लौटने का

दिन आगे खिसका दिया। और पाँच दिन रह गया बम्बई में। चुम्बक और लोहे की तरह आकर्षित हो गए हम एक-दूसरे के प्रति। बम्बई में अलग-अलग जगहों पर तय समय पर रोजाना मिलते थे हम। मुझे दिल्ली लौटना पड़ा। अब तक याद है, उस बार के दिल्ली लौटने की बात। जरा भी मन नहीं कर रहा था दीक्षा को छोड़कर जाने को। किन्तु मजबूरी थी। होटल से एयरपोर्ट तक की यात्रा अब भी याद हो आती है मुझे। लग रहा था, मानो सबसे प्रिय कुछ पीछे छोड़कर जा रहा हूँ! डर भी लग रहा था, फिर कभी मुलाकात होगी या नहीं दीक्षा से। इतना एकाकी, इतना अनिश्चित मुझे और कभी नहीं लगा था जीवन में।'' निर्मल आकर उसके लिए रखी कुर्सी पर बैठ गया।

''किन्तु मैं दिल्ली पहुँचा ही था कि दीक्षा का फोन आ गया, आश्वासन भरा। अपने वायदे के मुताबिक वह पन्द्रह दिन बाद दिल्ली आई एक प्रोग्राम में। उसके बाद कुछ दिन और रुक गई दिल्ली में। इसी तरह हम दोनों का आना-जाना चलता रहा दिल्ली और बम्बई के बीच लगभग सात महीने।'' निर्मल थोड़ी देर चुप रहा। सिगरेट निकालकर पीने लगा।

''कलाकार शायद इसी तरह भावुक होते हैं। इस बीच अपने पति को बता चुकी थी दीक्षा हमारे रिश्ते के बारे में या फिर उस आदमी को शक होने लगा था। दीक्षा की बेटी और बेटा दोनों काफी बड़े-बड़े हो चुके थे। दीक्षा मुझसे आठ साल बड़ी थी। मेरा छत्तीसवाँ साल चल रहा था उस वक्त। मेरे बेटे का आठवाँ साल। अब दीक्षा मुझे बम्बई अपने घर पर बुलाने लगी। मैं भी मंत्रमुग्ध होने-सा उसके घर पहुँच जाता। अब याद आने पर आश्चर्य होता है, मैं कैसे करता था यह सब! दीक्षा के बड़े-बड़े बेटा-बेटी ने मुझे डैडी कहकर बुलाना शुरू कर दिया था। दीक्षा ने जिद की, अपने पति को तलाक देगी और मेरे साथ दिल्ली में रहेगी। मैं क्या करूँ, सोच नहीं पाया। मेरा कैरियर उन दिनों सफलता की सीढ़ियाँ चढ़ रहा था—अपना परिवार छोड़कर दीक्षा को कैसे अपना लूँ, तय नहीं कर पा रहा था। और फिर दीक्षा के बड़े-बड़े बच्चे। मैंने उससे दूर रहने का फैसला कर लिया।'' निर्मल रुका कुछ देर।

''और दीक्षा?''

''दीक्षा का उसके पति से डिवोर्स हो गया था। कई साल पहले खबर लगी थी कि वह बम्बई में अलग रहती है—अकेले रहती है। उसके बच्चे हॉस्टल चले गए थे। अपने नाम से अथाह सम्पत्ति थी दीक्षा के पास। एक अरसे से उसके किसी प्रोग्राम के बारे में नहीं सुना मैंने, मानो संगीत और बाहरी दुनिया से नदारद हो गई वह!''

खामोशी फैल गई तीनों मित्रों के बीच कुछ देर। कई सालों से बन्द सन्दूक खुल गया था—उसके अन्दर का पुराना गन्ध मानो फैल गया हो आस-पास! उनके सफल और समृद्ध जीवन की छोटी-छोटी साँसों में समाती जा रही थी वह गन्ध!

''अक्सर मुझे लगता है, दीक्षा की हाय लग गई मुझे। कभी-कभी ऐसा लगता, किसी की उसाँसें सुनाई दे रही हैं—दबी-दबी घुटनभरी रुलाई-सी।'' निर्मल सिर झुकाए बैठा रहा।

''असली कादम्बरी का स्वाद तो उन लोगों ने ही चखा था—नीरा, समीर और दीक्षा ने। हम तो बस नशे के इर्द-गिर्द घूमते रह गए जीवन भर। अब तो शाम हो चुकी है। लगता है, भींचकर पकड़ रखने जैसा कोई भी अहसास नहीं कर सके जिन्दगी में।'' नीलिमा ने कहा।

''यहाँ तक कि चार पैग व्हिस्की से भी नशा नहीं चढ़ रहा।'' निर्मल ने कहा।

''हम इसी तरह पीते रहेंगे जिन्दगी भर और कभी भी नशा न चढ़ने की प्यास से तड़पते रहेंगे।'' नीरद ने एक लम्बी साँस भरते हुए कहा।

दलाल

"तुम वहाँ क्या कर रहे हो?"

"सर, नमस्कार। बताता हूँ सर।" धीमी आवाज में कहते हुए दाहिने कन्धे पर सिर झुकाकर, दाहिने कान पर दाहिने हाथ की हथेली से मोबाइल दबाए खुद को आधा झुकाए हुए, आधा चलने और आधा दौड़ने की तरह जयदेव-भवन सभागार से बाहर निकल आया वह आदमी। बाहर बरामदे में आकर सीधे खड़ा हो गया। मुस्कराहट खिल उठी उसके चेहरे पर।

"यों ही चला आया था सर! अमुक कॉरपोरेशन के एम.डी. ने साथ चलने को कहा कि पन्द्रह-बीस मिनट मुँह दिखाकर लौट आएँगे, उन्हीं के साथ चला आया था, सर!"

"वहाँ क्या चल रहा है?"

"न जाने क्या है? शायद कोई जयन्ती-सयन्ती है, किसी पुराने बड़े कवि की। उनका बेटा विदेश मंत्रालय में सर्वोच्च पद पर था। उनके छोटे भाई के दोस्त हैं ये एम.डी. जिनके साथ आया हूँ। उनसे काम था मुझे। उनके ऑफिस गया था तो बोले, चलो, पन्द्रह मिनट में लौट आएँगे—उन्हें भी अकेले आना अच्छा नहीं लग रहा था।"

"किसकी जयन्ती मना रहे हैं?"

"किसी ओड़िया कवि की सर! बाहर लिखा है, अन्दर स्टेज पर भी लगा है बैनर। नाम याद नहीं आ रहा। देखकर बताऊँ क्या सर? मैं सभागार में जाकर देख आता हूँ।"

"अरे, नहीं-नहीं।"

बातें खत्म होने पर मोबाइल बन्द कर दिया उस आदमी ने।

यह एम.डी. बहुत बोर कर रहा है। पर क्या किया जाए? मन-ही-मन मुस्कराया वह। कुछ भी कहो, जाल में अच्छी तरह फँस चुका है यह ऑफिसर। शुरू-शुरू में तो इस तरह बन रहा था मानो हरिश्चन्द्र का अवतार हो! किन्तु किस तरह चारा डाला जाता है, ठीक से जानता था वह आदमी। थोड़ा वक्त जरूर लिया उस ऑफिसर ने,

चलो, ठीक है। इस लाइन में धैर्य और मीठी-मीठी बातें करना सबसे बड़ा गुण है। इधर-उधर निगाह डाली उस आदमी ने और पुनः राहतभरी साँस लेते हुए मुस्करा दिया। घड़ी की ओर देखा। साढ़े सात बज चुके थे। एम.डी. कर क्या रहा है भीतर?

कितनी मुश्किल से शीशे में उतरा है—लगभग छह महीने लग गए इस प्रोजेक्ट पर। शायद एम.डी. भी कविता-फविता कुछ लिखता है। दो-दो किताबें छपवा चुके हैं। उनके लोकार्पण के लिए भी बड़ा समारोह और भाषण। बाध्य होकर दोनों बार समय बर्बाद करके उनमें गया था वह आदमी। पहले सिर्फ नजरें घुमाकर देखता कि ऑफिस से कौन-कौन बड़े ऑफिसर आए हैं, उसके बाद सबसे अलग बैठकर अपने हाथ की हथेली जितने बड़े मोबाइल से अब तक उत्तर न दिए गए ई-मेल भिजवा दिए। इस धन्धे में जाने-पहचाने लोगों को बीच-बीच में फोन करना चाहिए, कुशल-क्षेम पूछना चाहिए, उन्हें किसी चीज की जरूरत हो तो बताने के लिए अनुरोध करना चाहिए, कुछ अच्छे-अच्छे मैसेज़ मोबाइल में भेजना चाहिए। ई-मेल के जवाब और मैसेज भेजने के काम वह बाध्य होकर ऐसी सभा-समितियों में बैठकर कर लेता है। गाड़ी में अकेले बैठे होने पर फोन करके कुशल समाचार पूछ लेता है गण्यमान्य लोगों से।

यह स्साला एम.डी. अभी तक नहीं निकला। पौने आठ बज चुके हैं। किसी स्वर्गीय कवि पर भाषण देने के लिए पाँच-पाँच लोग बैठे हैं मंच पर, इधर-उधर की हाँक रहे हैं—ऐसे थे, वैसे थे, इतना अच्छा लिखते थे। अरे भाई, जो भी करते-धरते थे, अब तो मर चुके हैं। इतना भाषणबाजी, इतनी सभा-समितियाँ क्यों करते हैं उस पर? ये लोग भी इसी तरह अपना समय बर्बाद करते हैं।

अपने ड्राइवर को बुलाया उस आदमी ने और कहा कि हमारे साथ जो साहब आए थे, वे जहाँ जाना चाहें, उन्हें पहुँचा देना। जब तक कहें, उनके साथ रहना। यह भी कहा कि वह खुद कब निकल गए, उस बारे में कुछ मत बताना। सड़क किनारे से ऑटो रिक्सा पकड़ा उस आदमी ने और मार्केट बिल्डिंग की ओर चलने को कहा उसे। एम.डी. को मैसेज कर दिया, बेटे की तबीयत खराब होने की खबर घर से आई थी, इसलिए जल्दी में निकल रहा हूँ, गाड़ी छोड़ आया हूँ आपके लिए।

रास्ते से पत्नी को फोन लगाया। "आज बहुत बड़ी डील हो गई। जल्दी निकलकर अमुक होटल में डिनर करेंगे दोनों।"

"वाकई?" मानो खुशी से नाच उठी उस ओर पत्नी फोन सुनकर। "किन्तु आज तो मैंने बालूगाँ से बड़ा केंकड़ा मँगवाया था, टुनू खा चुका है। कह रहा था, बढ़िया है। आज होटल रहने दो, घर ही में खाएँगे।" कुछ देर चुप रही उसकी पत्नी। "अरे हाँ, आज मैं हनुमान मन्दिर गई थी, चमकीले लड्डू चढ़ा आई हूँ। पिछले दिनों तुम काफी व्यस्त रहे। कहाँ हो इस समय? मन्दिर अभी भी बन्द नहीं हुआ होगा। जाओ, जाकर मत्था टेक आओ।"

'ठीक ही तो है,' सोचा उस आदमी ने और ऑटोवाले से ऑटो घुमाकर हुनमान मन्दिर चलने को कहा। मोबाइल फिर बज उठा।

"उसने कहा था न! दो महीने पहले एक हार बनने को दिया था। हल्के सोने में सिर्फ बारह नग जड़े हैं हीरे के। डेढ़ लाख का हो जाएगा, ऐसा कहा था। आज सुबह से ही मुझे लग रहा था कि कुछ अच्छा होनेवाला है। शाम को वह हार ले आने को कहा है मैंने।" उसकी पत्नी ने लाड़ भरे स्वर में कहा।

"ठीक है, जो चाहो, करो।" वह आदमी वाकई बेहद खुश।

'आज का दिन बहुत शुभ है।' मन्दिर से लौटते समय सोच रहा था वह आदमी। छह महीने तक लगातार लगे रहने के बाद वह प्रोजेक्ट सही जगह पहुँचा दिया उसने। खुद को शाबाशी दी उसने। शुरू में तो लग ही नहीं रहा था कि दाल गलेगी। वह ऑफिसर बड़ा दबंग था और बहुत चुपचाप बैठा करता था। सीधे-सीधे देखता तक नहीं था किसी की ओर। सचमुच डर गया था वह आदमी। काफी जुगत लगाकर धीरे-धीरे उसके विश्वास-क्षेत्र में घुसना पड़ा उस आदमी को। क्या कुछ नहीं किया उसने उनके लिए! कनिका के मच्छर भरे जंगलों में घुसने से लेकर ऋषिकुल्या में आधी रात को नींद खराब करके कछुआ के बच्चे पैदा होते देखना, ऐसे न जाने कितने ऊल-जलूल काम! यह ऑफिसर वन-जंगल, जीव-जन्तु प्रिय है—साफ शब्दों में कहें तो सरल है किन्तु मनाना था किसी तरह। अमेरिका से दर्जन भर वन्य-जीवों पर लिखी कीमती किताबें और सी.डी. मँगवानी पड़ीं। खैर, छोड़ो! क्या-क्या करना पड़ा, उस बारे में सोचकर अब क्या लाभ! असली बात तो यह है कि तीर निशाने पर लगा है। न लगकर जाता कहाँ? कितना होशियार कलाकार है वह, सिर्फ उसे ही मालूम है। सीट से टिककर बैठ गया वह।

जिस आदमी को साँचे में ढालना हो, पहले उसे बड़े ध्यान से देखना होता है। उसकी बातचीत सुननी होती है। जानना होता है कि उसका स्वभाव कैसा है—सरल, खल या चतुर! उसके बाद उसे किन चीजों की जरूरत पड़ती रहती है, उसकी एक फेहरिस्त मन-ही-मन बनानी होगी। समय देखकर उन पहाड़-सी जरूरतों और उन्हें न पा सकने का अफसोस धीरे-धीरे कुरेदना पड़ेगा, ताकि कोई जान न सके, उसके बाद क्या मिल सकता है जीवन से। कैसे बदल सकता है सब कुछ, उसका एक छलभरा ब्यौरा देना होगा उदाहरण के साथ। इसी तरह काफी कुछ...।

उसकी विशेष रुचि और शौक का ध्यान रखना होगा। उसे भी वे चीजें पसन्द हैं, यह बीच-बीच में जताना होगा अलग-अलग तरीकों से। थोड़ा समय, क्षमता और पैसे खर्च करने होंगे उन चीजों के पीछे। सबसे बड़ी बात तो यह है कि धीरज रखना होगा और अति मृदुभाषी होना होगा। दूसरे शब्दों में कहें तो उसकी हर बात पर हामी भरनी होगी। 'बिलकुल ठीक, ठीक ही कह रहे हैं सर,' यह बार-बार दोहराना होगा। किन्तु उसका फल भी तो देखो! कहाँ से कहाँ पहुँच गया वह! पन्द्रह साल

पहले सेकंड हैंड चेतक स्कूटर खरीदा था उसने, अब तीन बड़ी-बड़ी गाड़ियाँ हैं। ड्राइवर को एक स्कूटर, रसोइए को एक मोपेड दिया गया है। ऊपरी मंजिल का दो कमरोंवाला किराए का मकान छोड़कर अब वे लोग शहर के बीचोबीच एक विशाल कोठी में रहते हैं। मकान क्या बना है, राजमहल जैसा! इतना ही नहीं, मुम्बई, दिल्ली, कोलकाता, बंगलौर और हैदराबाद जैसे मेट्रो शहरों में भी एक-एक मकान है, वह भी काफी कीमती। दिन-ब-दिन उनकी कीमत हहाकर बढ़ती जा रही है। ओडिशा के अलग-अलग स्थानों पर पाँच-छह बाग-बगीचे हैं—उनमें से तीन में तो मकान भी बन चुके हैं।

शादी में पत्नी को उसकी पसन्द के सोने के सुन्दर कनपासे नहीं दे सका था वह। अब लगभग हर महीने उसकी पत्नी हीरे-जड़े गहने खरीदती है। सोना-चाँदी अब पूछता ही कौन है? घर में पाँच-छह नौकर-रसोइया, हर तरह की सुख-सुविधाएँ, बड़े-बड़े लोगों को खिला-पिलाकर खातिरदारी करना और घूम-घूमकर लोगों से कहते फिरना कि ये-ये लोग मेरे मित्र हैं। लगभग सभी राजनेता, अधिकारी, उद्योगपति उसके मित्र हैं। असल बात यह है कि बड़े लोगों की बड़ी-बड़ी अन्दरूनी कमजोरियाँ और बातें कमोबेश मालूम हैं उसे। उनका विश्वास-भाजन और प्रिय पात्र बनने के लिए समय-असमय उन्हें उन बातों की याद दिलाकर उनका पक्ष लिया करता है वह।

लेकिन कोई बुरी आदत नहीं है उसमें। वाकई खुद पर नाज होना चाहिए उसे। वह शराब नहीं पीता, सिगरेट या नशीली चीजों की लत नहीं है उसे। बुरी संगत या नारी-संगत का दोष भी नहीं है। भगवत् विश्वासी है वह, पूजा-पाठ में मन लगाता है, किसी का कुछ नुकसान नहीं करता। किन्तु शत्रु लोग कहते हैं, वह बड़ा धूर्त है। कहते रहें। ये सब उनकी ईर्ष्या के उद्‌गार हैं। उससे वह दुखी क्यों हो? औरों की तरह वह भी पैसे कमाने की दौड़ में शामिल है। निकम्मे लोगों की निन्दा आखिर वह क्यों सुने?

आज दो सौ पचहत्तर करोड़ रुपए के प्रोजेक्ट की मंजूरी की बात तय हो गई। यह कोई छोटी बात नहीं है। उसका दस प्रतिशत नीचे से लेकर ऊपर तक लेन-देन में चला जाएगा, किन्तु उसका अपना तो बँधा-बँधाया कमीशन एक परसेंट है। दो करोड़ पचहत्तर लाख। और फिर जिन ऑफिसरों को जितना मिलना है, वे लोग भी उसके आगे-पीछे चक्कर लगाएँगे अपना धन कहीं निवेश करने के लिए। उसके ब्याज के रूप में जो मिलेगा, आधा उनका होगा और आधा उसे मिलेगा। कुल मुनाफे का अन्दाजा तो अभी लगाया ही नहीं जा सकता।

सीना खुशी से फूल उठा उस आदमी का। अपनी काबिलीयत की बार-बार तारीफ किए बगैर वह रह न सका। उसके विवेक ने उससे बार-बार कहा कि आगे उसकी तकदीर इससे भी अच्छी है। जिन्दगी में शायद ही कोई इतना कामयाब होता

है। सम्भवत: उसके जैसा चतुर और होशियार होते हुए भी कई लोग इतना आगे नहीं बढ़ पाते। कहीं न कहीं दबकर रह जाते हैं। उसके ही कई मित्र केंचुए की तरह से रहे हैं अभी तक। इस समय भाग्य और भगवान दोनों उसके पक्ष में हैं।

'जय हनुमानजी!' दोनों हाथ जोड़कर अदृश्य में प्रणाम किया उसने। पत्नी से कहकर अगले मंगलवार को हनुमानजी की सन्तुष्टि के लिए यज्ञ और ब्राह्मण-भोज कराएगा वह।

फोन की घंटी बजी।

"तुम नाहक परेशान हुए मेरे लिए। कार्यक्रम इतना अच्छा था कि मैं बैठा रह गया वहाँ।" उसी एम.डी. का फोन था।

"नहीं-नहीं, आप भी कैसी बातें कर रहे हैं साहब! मुझे भी बहुत अच्छा लग रहा था, पर क्या करूँ, घर से गाड़ी मँगवा ली थी। बेटे को जरा डॉक्टर के पास ले जाना पड़ा। ठंडा बुखार था, अब वह कुछ ठीक है। आपका समारोह कैसा रहा?"

"बहुत अच्छा। मैं सोच भी नहीं सकता था कि इतना सुन्दर समारोह हो सकता है। न गया होता तो अवश्य कुछ मिस किया होता। पहले वक्ता ने क्या कहा, वह तो तुमने सुना ही होगा—प्रेम के कवि मानसिंह के बारे में कहते हुए उनकी लिखी कविता पंक्ति-प्रति-पंक्ति गाते चले गए। कितनी सुन्दर और भावपूर्ण थी वह प्रेम कविता :

इस आम के पेड़ तले
उस दिन प्रिया ने
गलबहियाँ डाली थीं।

"भूल नहीं पा रहा बिलकुल। अच्छा भैया, धन्यवाद! आ जाओ एकाध दिन बाद, मिलते हैं।" रिसीवर रख दिया सरकारी कॉरपोरेशन के एम.डी. ने।

उसकी उत्साहभरी बातें गूँज रही थीं उस आदमी के कानों में। सचमुच, ऐसी ही कुछ-कुछ बातें तो उसने भी सुनी थीं, हालाँकि वह उन्हें ठीक से समझ नहीं पाया और न ही उसमें समझने का आग्रह ही था। अच्छा, तो मानसिंह था उस कवि का नाम। उये यह याद नहीं आ रहा था। और वह प्रेम कविता? भाषण देनेवाला व्यक्ति तो विभोर होकर गाता ही चला जा रहा था—प्रेम कविता!

तो क्या यह एम.डी. भी प्रेम कविता लिखता है? दो महीने पहले उसकी जिस किताब का लोकार्पण हुआ था—होटल में पार्टी का इन्तजाम उसी ने किया था। एम.डी. ने उस दिन किताब की दो प्रतियाँ उसके हाथों में इस तरह थमाया था, मानो सोने की दो ईंटें दे रहा हो! बोला, जरूर पढ़ना और बताना, कैसी लगीं। घर पर एक-दो पन्ने पलटे थे उस आदमी ने। किन्तु ओड़िया पढ़ने की आदत खत्म हो चुकी थी—अखबार के सिवाय। और फिर यह कविता-फविता पढ़कर समझ पाना बड़ा

मुश्किल है। कविताएँ कभी उसे अच्छी नहीं लगतीं। वह समझ नहीं पाता कि इतने लोग नाहक ही कविता के दीवाने क्यों होते हैं!

उसने पत्नी से कहा था कि एम.डी. की एक-दो कविताएँ उसकी डायरी में पीछे की ओर उतार दे, कभी मुलाकात हुई तो उसी को पढ़कर सुना देगा। कह देगा कि अच्छी लगीं। पत्नी उस दिन शाम को किताब लेकर उसके पास गई और कोई गम्भीर बात कहने की मुद्रा में बोली, "इस सज्जन की कविताएँ बहुत अच्छी हैं। एकदम रसीली प्रेम कविताएँ। सुनो—तुम्हारी नीली-नीली आँखों की गहराई में..."

उस दिन एक अजीब-सी खीज और नीरसता भर गई थी उसमें। अभी पत्नी ने उतना ही पढ़ा था कि मोबाइल बजने लगा और वह 'जी सर, कहिए' कहकर सँभलकर बैठ गया। बातचीत में काफी समय बीत गया। शायद पत्नी कुछ देर इन्तजार करने के बाद वहाँ से चली गई थी। उसके बाद वह कविता की बात पूरी तरह भूल गया था।

किन्तु प्रेम! क्या है यह प्रेम?

हालाँकि वह सभी से अपनी उम्र पचास साल बताता था, उसे मालूम है कि वह इक्यावन साल पूरे कर चुका है—बावन चल रहा है अब। सिर के आधे से अधिक बाल पक चुके हैं, दस सालों से रँगना पड़ रहा है। बड़ा बेटा अमेरिका में पढ़ता है, बेटी पी.जी. कर रही है और छोटा बेटा इस साल प्लस-टू की परीक्षा देगा। हाँ, जीवन के अनेक वर्ष कट चुके हैं, प्यार के बारे में कभी सोचा तक नहीं उसने। व्यक्तित्व या आकर्षण कुछ भी नहीं था उसमें। पढ़ाई में भी औसत दर्जे का था। उसे याद नहीं आ रहा था कि स्कूल में कभी किसी लड़की से बात हुई हो उसकी। हालाँकि दसवीं-ग्यारहवीं कक्षा में पढ़ते समय नजरें बचा-बचाकर लड़कियों को देख लिया करता था वह और तब किस तरह तेजी से धड़क उठता था सीना उसका! कॉलेज में बी.ए. तक की जो चार साल की पढ़ाई की थी उसने, तब रंग-बिरंगे फूलों की तरह, झुंड की झुंड किचिर-मिचिर करती चिड़ियों की तरह, लड़कियों के हवा में उड़ते दुपट्टे, छाती फुलाकर चलने का अन्दाज, हँसते-हँसते लोटपोट हो जाने की हालत वह दूर से देखा करता। कभी गलती से भी किसी लड़की के सामने जाकर खड़ा नहीं हुआ वह। उन दिनों शूरवीर बुद्धिमत्ता से भरपूर उसके मित्रों के प्रति लड़कियों का अनुराग उसकी नजरों में न पड़ा हो, ऐसा भी नहीं था, किन्तु उसमें शामिल होना उसकी क्षमता से परे था।

बी.ए. पास करते ही नौकरी की चिन्ता सताने लगी उसे। घर का बड़ा बेटा होने के कारण छब्बीस साल की उम्र में शादी करने को बाध्य कर दिया था माता-पिता ने। काफी विरोध किया था उसने—इतनी कम तनख्वाह में परिवार नहीं चला सकता वह। पिताजी ने कहा था कि परिवार वे चलाएँगे। लड़की देखने भी वे गए थे। एक साधारण परिवार की सामान्य शिक्षा-दीक्षा वाली लड़की से शादी हो गई थी उसकी।

न तो पत्नी के साथ अपने रिश्ते को उतनी अहमियत दी थी उसने और न ही किसी दूसरी नारी के प्रति आकर्षित होने की हालत ही थी उसकी। धनवान बनने का नशा बुरी तरह सवार था उस पर।

'जानते हो, सिर्फ एक नारी को भोगनेवाले पुरुष की आयु कम होती है।'

लगभग आठ-दस साल पहले किसी पुराने दोस्त ने यह बात कही थी उससे। उस दोस्त को कुछ पैसों की सख्त जरूरत थी जो कि तुरन्त दे दिये थे उसने। उसी को साथ लेकर पहली बार कोलकाता गया था वह और पाँच सितारा होटल में ठहरकर कॉल-गर्ल की फरमाइश की थी।

किन्तु वह अनुभव कोई खास आनन्ददायक नहीं था उसके लिए। इसलिए अपनी ओर से अधीर होकर उस घटना की पुनरावृत्ति नहीं की थी उसने। पर अधिकतर दौरे पर रहने और होटलों में टिकने के कारण कभी-कभार...

—लेकिन प्यार किसे कहा जाएगा?

घर पहुँचकर वह सरपट अपने ऊपरी मंजिल के शयन-कक्ष में चला गया और पत्नी को पुकारा। पत्नी हड़बड़ाकर ऊपर गई और अलमारी खोलकर हीरे के हार वाला डिब्बा निकाल लाई प्यार से पति को दिखाने के लिए। उस ओर ध्यान नहीं था उस आदमी का। "तुम मुझे चाहती हो? मतलब प्रेम करती हो मुझसे?" पत्नी का दोनों कन्धा पकड़कर अपनी ओर घुमा लिया उस आदमी ने और उसकी दोनों आँखों में झाँकते हुए सवाल किया।

शुरू-शुरू में पत्नी के भेजे में शायद यह बात नहीं घुसी। वह हैरत से उस आदमी की ओर ताकती रह गई। हीरे के हार वाला आधा खुला डिब्बा उसके दाहिने हाथ में था।

"सच-सच बताओ, प्यार करती हो मुझसे?" उस आदमी ने अधीर होकर प्रश्न किया।

पत्नी का चेहरा सहज हो आया। उसने कन्धे उचकाकर पति के दोनों हाथ नीचे खिसका दिए और मुड़कर ड्रेसिंग टेबल पर हीरे के हार वाला डिब्बा रख दिया। दाहिनी ओर सिर घुमाकर तिरछी नजरों से देखा पति को। "क्या मतलब? बड़ी अजीब बातें कर रहे हो! तुम्हें नहीं चाहती तो और किसे चाहती हूँ? तुम ऐसी बातें क्यों कर रहे हो? चलो-चलो, नीचे टेबल पर खाना लग चुका है कब से, ठंडा हो जाएगा।" पत्नी जितनी हड़बड़ी में आई, उतनी ही हड़बड़ी में नीचे उतर गई।

प्रश्न का यह तो सटीक उत्तर नहीं है! क्या उसकी पत्नी जान-बूझकर उसका प्रश्न टाल गई? सुबह जल्दी-जल्दी ऑफिस जाते समय उसकी नजर पड़ गई सरकारी एम.डी. की किताब पर—अमुक की प्रेम कविताएँ। किताब उठाकर उसने अपने बहुमूल्य चमड़े के बैग में रख ली और गाड़ी में बैठ गया। बार-बार अन्यमनस्क होने लगा वह। ऑफिस में आमतौर पर ऐसा नहीं होता उसे। कुछ उदासी-सी भी

लग रही थी उसे। उसने प्रेम कविता संग्रह निकाला। दो-तीन पृष्ठ पलटे। खिड़की के काँच से बाहर की ओर देखा और उठकर खड़ा हो गया। घड़ी में चार बजे थे। ड्राइवर को घर चले जाने को कहकर अपनी बड़ी-सी गाड़ी में बैठकर राजमार्ग पर चल पड़ा। उसे किसी निश्चित जगह नहीं जाना था। अचानक सड़क किनारे बने एक सफेद विशाल मन्दिर पर उसकी नजर पड़ी। उसने गाड़ी रोक दी मन्दिर के आगे। इतनी बार इधर से आया-गया है वह, अभी तक उसकी नजर में कैसे नहीं पड़ा यह मन्दिर? प्रवेश-द्वार से अन्दर चला गया वह। साफ-सुथरा मन्दिर, अन्दर भीड़ भी अधिक नहीं। सीढ़ियाँ चढ़कर मुख्य मन्दिर के आगे पहुँच गया—जगन्नाथजी का मन्दिर है। सामने भजन चल रहा है। इधर-उधर निगाह डाली उसने। साड़ी पहने बैठी वह लड़की हरमोनियम बजाकर भजन गा रही है। अन्दर चला गया वह आदमी और जगन्नाथजी को प्रणाम करके एक खम्भे से टिककर बैठ गया।

तन्मय होकर भजन गा रही है वह लड़की। आवाज मीठी है। कुछ लोग चारों ओर बैठे हैं।

गोरी-चिट्टी न होने पर भी उसके चेहरे पर एक चमक थी और बड़े करीने से साड़ी पहन रखी थी उसने। ध्यान से देख रहा था वह आदमी उसकी ओर। राधा का कृष्ण के प्रति प्रेम-भाव थे उस भजन के। यहाँ भी प्रेम! दो-तीन भजन गाने के बाद हारमोनियम बन्द कर दिया उस लड़की ने। उसके बाद खुली रखी डायरी भी। उसके चारों ओर बैठे लोग भी धीरे-धीरे उठकर चले गए। वह लड़की कुछ देर बैठी रही वहीं। उसने एक लम्बी साँस छोड़ी और उठकर प्रभु जगन्नाथजी की मूर्ति के सामने जाकर खड़ी हो गई। आँखें बन्द करके प्रार्थना की शायद एक मिनट, फिर साड़ी का पल्लू कन्धे पर लपेटकर नीचे घुटनों के बल बैठ गई और सिर जमीन से लगाकर प्रणाम किया। उठकर सीधे मन्दिर के द्वार की ओर चल पड़ी। वह आदमी भी अपनी जगह से उठा और लड़की के बिलकुल पीछे-पीछे मन्दिर की सीढ़ियाँ उतरने लगा।

"बहुत सुन्दर गाती हो। तुम्हारी आवाज मीठी है और तुम्हें ताल का भी अच्छा ज्ञान है।"

वह लड़की सिर झुकाए चल रही थी। सहसा चौंक उठने-सी एक पल रुकी और उस आदमी की ओर देखा। चेहरे पर थोड़ी प्रसन्नता उभर आई उसके।

"इतने अच्छे भजन गानेवाले आमतौर पर नहीं मिलते हैं। आजकल के भजन और उन्हें गाने की शैली बदल चुकी है।" इतना कहते हुए उस आदमी ने अपना बटुआ निकाला और पाँच-पाँच सौ के दो नोट निकालकर उस लड़की की ओर बढ़ा दिया।

लड़की की आँखें जल उठी-सी लगीं और वह चिढ़ गई। "मैं श्रोताओं से पैसे नहीं लेती। मन्दिर में भजन गाती हूँ और इसके लिए मन्दिर से मुझे वेतन मिलता है। यदि आपको दान करना हो तो जाइए, हुंडी में डाल दीजिए।"

उस लड़की की बातों से सहम गया वह आदमी। उसने अपना बढ़ा हुआ हाथ अपनी ओर वापस ले लिया।

बिना कुछ कहे वह लड़की चली गई प्रवेश-द्वार की ओर। नजर से ओझल होने तक वह आदमी वहीं खड़ा देखता रहा उसे। उसके बाद पुनः सीढ़ियाँ चढ़कर ऊपर गया और दोनों नोट हुंडी में डाल दिए। लौटते समय एक तरह से अन्यमनस्क था वह और अन्दर ही अन्दर मुस्करा रहा था।

उसके अगले दिन अपने सारे काम जल्दी-जल्दी निपटाकर लगभग चार बजे खुद गाड़ी चलाकर उसी मन्दिर में जा चहुँचा वह आदमी। मन्दिर में भजन चल रहा था। कल की तरह खम्भे से टिककर बैठ गया वह और उस लड़की की ओर देखने लगा।

कल से अधिक सुन्दर लग रही थी आज वह। उसी तरह तन्मय होकर भजन गा रही थी। कौन-सा भजन गा रही थी, पकड़ नहीं पा रहा था वह, सिर्फ उस लड़की को एकटक निहार रहा था।

कल की तरह भजन खत्म होने के बाद लोग उठ-उठकर चले गए और उस लड़की ने जाकर प्रभु जगन्नाथ को साष्टांग प्रणाम किया। प्रणाम करके जाते समय जमीन पर बैठे उस आदमी पर उसकी नजर पड़ गई। ऐसा लगा मानो सारी मुस्कराहट फैल गई उस लड़की के चेहरे पर और वह तरोताजा लगने लगी। उसने पहचानने-पहचानने-सी अन्दाज में देखा उस आदमी की ओर।

वह आदमी उठकर खड़ा हो गया और उस लड़की के निकट चला गया।

''आज भी आपका भजन बहुत अच्छा लगा।''

इस बार कुछ ज्यादा मुस्कराई वह लड़की।

''पढ़ती हो?''

''नहीं, पढ़ाई कब की खत्म हो चुकी है।'' उत्तर दिया लड़की ने। ''हिस्ट्री से एम.ए. किया था।''

''अच्छा!'' उस आदमी ने सोचा नहीं था कि लड़की इतनी पढ़ी-लिखी होगी। ''इन दिनों क्या कर रही हो?''

''कुछ खास नहीं। एक प्राइमरी स्कूल में अंग्रेजी पढ़ाती हूँ।'' सीधे-सीधे कह दिया लड़की ने।

''रहती कहाँ हो?''

शहर के किसी इलाके का नाम बताया लड़की ने।

''मैं भी तो उसी रास्ते शहर जाऊँगा। घर ही जा रही हो न? चलो, मैं छोड़ दूँगा।''

उस लड़की ने पल भर उस आदमी की ओर देखा। शायद आत्मीयता और भरोसा तलाशने की कोशिश कर रही थी।

''रहने दीजिए, आप क्यों परेशान होंगे! मैं लाइन-बस में जाती हूँ रोजाना, चली जाऊँगी।''

"इसमें परेशानी कैसी? मैं तो उसी रास्ते लौटूँगा।" उस आदमी ने अपनी कार का दरवाजा खोल दिया।

कुछ दुविधा में पड़ गई वह लड़की। गाड़ी के भीतर झाँका एक बार उसने। साथ जाना ठीक होगा या नहीं, सोच रही थी। न जाने क्या सोचकर कार की अगली सीट पर बैठ गई।

"जिस स्कूल में पढ़ाती हो, क्या वह सरकारी है?"

"सरकारी स्कूलों में नौकरी कहाँ! यह प्राइवेट है।"

"तनख्वाह कितनी देते हैं?"

"अधिक नहीं।"

वह आदमी समझ गया कि तनख्वाह के अंक बताने का मन नहीं है उस लड़की का। वह कुंठा अच्छी लगी उसे।

"और मन्दिर से?"

"कोई खास नहीं। पर मन्दिर में आकर भजन गाना अच्छा लगता है। वापसी में चौराहे के पास दो ट्यूशन करके घर लौटती हूँ।"

"ओह!" पुनः आश्चर्य हुआ उस आदमी को। कितना कष्ट करना पड़ता है इस लड़की को गुजर-बसर के लिए!

"और घर पर? परिवार?" शायद वह आदमी जानना चाहता था कि लड़की विवाहित है या नहीं।

क्षण भर चुप रही वह लड़की। "पिताजी, माँ, दो छोटे भाई हैं।"

"पिताजी क्या करते हैं?"

इस सवाल का जवाब नहीं दिया उस लड़की ने। शायद देने की इच्छा नहीं हुई उसकी।

"यहीं, बस, यहीं सर। यहीं चौराहे पर रोक दीजिए।" लड़की ने सहसा कहा।

चौंक उठने-सा हुआ वह आदमी और उसने गाड़ी रोक दी। लड़की तपाक से उतर गई और थैंक्यू कहने के बाद मुड़कर तेजी से चल पड़ी।

वह आदमी कुछ देर उसी तरह बैठा रहा गाड़ी में। इतनी सुन्दर और गुणी युवती कितना कष्ट करती है! ऐसी जिन्दगी के बारे में काफी दिनों से भूल चुका था वह।

एक तरह से बेचैन-सा रहा वह पूरी शाम और अगले दिन भी। अपने सभी जरूरी काम अगले दिन के लिए रखकर ठीक चार बजे मन्दिर जा पहुँचा वह। उस वक्त वह लड़की हारमोनियम खोल रही थी। उसके पहुँचते ही उस लड़की ने उसे देखा और एक मीठी-सी मुस्कान बिखेर दी। वह आदमी भजन खत्म होने का बड़ी बेसब्री से इन्तजार करने लगा।

भजन खत्म होते ही अति सहज रूप से वह लड़की उसकी गाड़ी में बैठ गई और चौराहे के पास न उतरकर बाईं ओर लगभग दो किलोमीटर अन्दर की ओर चलने

को कहा उस आदमी से। घर तक यह गाड़ी नहीं जा पाएगी—कहकर उतर गई और कहा कि आज ट्यूशन नहीं है इसलिए सीधे घर जा रही है। उस आदमी ने कल उसके साथ मुलाकात होगी, कहा और अपने बायोडाटा की एक कॉपी साथ लाने का अनुरोध भी किया उस लड़की से।

लौटते समय वह आदमी रास्ते में सोच रहा था कि यदि उस लड़की को आज ट्यूशन पढ़ाने नहीं जाना था तो उसे ड्राइव पर कुछ दूर ले जाया जा सकता था। एक ऐसा अवसर खोने का अफसोस हुआ उसे।

अगले दिन मन्दिर में मिला उस लड़की से और गाड़ी में बैठाकर उसके घर की ओर चल पड़ा।

"आज ट्यूशन नहीं जाओगी तो नहीं चलेगा?"

"चलेगा।" मुस्करा दिया उसने।

"थोड़ी लम्बी ड्राइव पर चलेंगे।"

रास्ते भर अपने प्रारम्भिक कष्टमय जीवन के बारे में बताने लगा वह उस लड़की को। लड़की ध्यानमग्न होकर सुनती जा रही थी। अपनी जद्दो-जहद भरी जिन्दगी की बातें बता रहा था वह आदमी। अपनी बीती जिन्दगी के बारे में कई सालों से किसी को कुछ बताया नहीं था उसने। उस समय की बातें याद भी अभी आ रही थीं उसे। किन्तु उस लड़की के आगे बड़ी सहजता से सब कुछ बताने में उसे अच्छा लग रहा था।

"वैसे देखा जाए तो तुम्हारी और मेरी जिन्दगी में कोई खास फर्क नहीं है। तुम्हारी तरह मैंने भी जीवन में खूब संघर्ष किया था कभी। अपनी मेहनत और तकदीर के सहारे आज यहाँ तक पहुँचा हूँ।" उस लड़की का हाथ पकड़ लिया उस आदमी ने। लड़की ने कोई विरोध नहीं किया। हाथ छोड़कर उसकी पीठ के पीछे से अपनी बाँह के घेरे में भर लिया उस आदमी ने उसे और लड़की ने उसके बाएँ कन्धे पर अपना सिर टिका दिया।

"पैसे देकर मुझे नारी की देह खरीदना अच्छा नहीं लगता। मैं सच्चा प्यार चाहता हूँ।" धीरे से अस्पष्ट स्वर में कहा उस आदमी ने।

दिन बीतने लगे। उसने सपने में नहीं सोचा था कि इतनी अच्छी तरह भी बीत सकते हैं तृप्ति भरे दिन। धन-सम्पत्ति भरी थी उसके पास, काम की कमी भी नहीं थी, किन्तु असली सुख क्या होता है, यह उसे अब मालूम हुआ।

इस बीच शहर की तलहटी में एक बीघा जमीन खरीद दी थी उस लड़की के नाम पर उसने। तीन कमरों का मकान भी बन चुका था। मकान के चारों ओर हरियाली ही हरियाली थी। तीन लोग लगे थे घर के कामकाज और देखभाल के लिए। तीन अम्बेसडर गाड़ियाँ भी खरीद दी थीं। ये गाड़ियाँ एक ट्रैवल एजेंसी में लगा दी थीं उसने और ट्रैवल एजेंसी से हर महीने पैसे आ जाते थे उस लड़की के पास। इसके अलावा भी उस लड़की की अन्य सांसारिक जरूरतों को पूरा करने में

कोताही नहीं करता था वह। लड़की को भी अधिक साड़ियों, गहनों, साज-सामानों के प्रति लोभ नहीं था। जितनी जरूरत होती उतने में ही गुजारा करती थी वह। चलो, इतने कम खर्च में इतना कुछ हो रहा है, यह सोचकर मन-ही-मन खुश था वह आदमी। इतना अप्रत्याशित सुख मिल गया, वह भी बगैर किसी झंझट के! अपने बीवी-बच्चों के साथ स्वच्छन्द संसार, कम उम्र की इस लड़की से प्रेम-सम्बन्ध और अथाह सम्पत्ति जो कि दिन-प्रतिदिन बढ़ती चली जाएगी, इसके सिवाय और क्या चाहिए किसी आदमी को?

वह स्वयं सन्तुष्ट था कि अपने बीवी-बच्चों के प्रति अपने कर्तव्य या दायित्व में लापरवाही नहीं करता। उनकी सारी जरूरतें पूरी करता है वह; परिवार के दूसरे लोगों की भी। साल में एक बार अपने परिवार के साथ भारत से बाहर कहीं विलासपूर्ण भ्रमण के लिए जाता है वह और भारत में अपने काम के सिलसिले में दौरे पर जाते समय कभी-कभी उस लड़की को अपने साथ ले जाता है।

''तुम्हारा एक बच्चा हो जाता तो अच्छा होता!'' अपनी इच्छा और अफसोस प्रकट करता गाहे-बगाहे उस लड़की के आगे वह! ''तुम्हारे साथ इस तरह परिचय होगा और एक रिश्ता जुड़ जाएगा, भला मुझे क्या मालूम था! मुझमें बाप बनने की क्षमता अब नहीं बची, तीन बेटा-बेटी के बाद...।'' वास्तविक क्षोभ के साथ कहा था उस आदमी ने।

काम और व्यस्तताओं के दबाव में उस आदमी का रक्तचाप थोड़ा बढ़ गया और हृदय-रोग के कुछ-कुछ लक्षण उभरकर आने लगे। कुछ दिनों तक अस्पताल में रहना पड़ा उसे। लगभग ढाई महीने तक उस लड़की से मुलाकात नहीं हुई। अक्सर फोन करता लड़की को और कहता कि मिलने की प्रबल इच्छा हो रही है। वह लड़की भी उतनी ही बेचैनी दिखाती, लेकिन मुलाकात का मौका नहीं मिला था, क्योंकि उस आदमी का परिवार अक्सर उसे घेरे रहता।

''तुम्हें ढाई महीने से नहीं देखा। संयोग देखो, एक बहुत जरूरी काम से दुबई जाना पड़ रहा है। हालाँकि डॉक्टर कह रहे हैं और पन्द्रह दिन आराम करने को। किन्तु कोई उपाय नहीं है। एक सुनहरा मौका निकल जाएगा हाथ से। एक डॉक्टर मित्र और मेरी पत्नी साथ जा रहे हैं।'' एक दिन दोपहर के समय वह आदमी जा पहुँचा उस लड़की के पास।

''इस बार लौटकर आने के बाद पूरे दो दिन रहूँगा तुम्हारे पास। कोई कुछ भी कहे।''

थोड़ी देर चुप रहा वह आदमी।

''जरा भी इच्छा नहीं तुम्हें छोड़कर जाने की।'' उस आदमी ने बाँहों में भर लिया उसे और उसकी छाती में मुँह रख दिया।

लड़की ने सिर झुकाकर उस आदमी के सिर के ऊपरी भाग में गोलाकार टकला-हिस्सा देखा और खिड़की से बाहर की ओर देखने लगी।

"इतनी सुन्दर महक किस चीज की आ रही है?"

"आज तरीदार मछली और कललमी-साग की भुँजड़ी बनी है। इस बार जिस गोविन्दभाग चावल की पैदावार हुई थी, उसी के भात की महक है यह। चलो, थोड़ा खा लो।" लड़की ने अनुरोध किया।

"नहीं, ऐसी तकदीर कहाँ मेरी आज!"

उस आदमी ने एक लम्बी साँस छोड़ी।

"तुम तो जानती हो, फाइव स्टार होटल के खाने से कहीं अधिक मैं तुम्हारे हाथ का बना खाना पसन्द करता हूँ। लौटने के बाद खाऊँगा।"

उस लड़की का गाल चूमकर वह चला गया।

हवाई जहाज चार घंटे विलम्ब हो गया। मुम्बई से दुबई के लिए जो कनेक्टिंग फ्लाइट थी, उसे पकड़ पाना अब सम्भव नहीं था। वह आदमी निराश भी था और उसे खुशी भी थी। अच्छा ही हुआ, आज की शाम वह उस लड़की के साथ गुजारेगा। पत्नी को घर पर उतारकर ड्राइवर को तेज गाड़ी चलाने को कहा उसने। उस लड़की के गेट के सामने उसके ट्रेवेल्सवाली अम्बेसडर कार खड़ी थी। वह आदमी गेट खोलकर अन्दर चला गया। पूरा अहाता सुनसान था। कहीं अकेले गई है क्या, सोचा उस आदमी ने, किन्तु एक गाड़ी तो खड़ी है बाहर, शायद सो रही होगी।

बाहर के उढ़ाले हुए दरवाजे धकेलकर अन्दर घुस गया वह आदमी। घुसते ही बुत-सा खड़ा रह गया। उसकी आँखें खुली की खुली रह गईं और वह सामने देखता ही रह गया।

वह लड़की किसी लड़के की गोद में लेटी हुई थी। लड़का उसके बाल सहला रहा था। उस आदमी को देखते ही दोनों हड़बड़ाकर खड़े हो गए। वह आदमी समझ गया कि वह लड़का अम्बेसडर कार का ड्राइवर है जिसे सात-आठ महीने पहले काम पर रखा था उसने।

"क्या हो रहा है यहाँ? यह कौन है?"

बड़ी मुश्किल से निकले थे ये शब्द उस आदमी के मुँह से। काँप रहा था वह सिर से पैर तक।

लड़की ने लड़के का हाथ पकड़ा और एक कदम आगे बढ़कर बोली, "ये मेरे पति हैं। दो महीने हुए हैं हमारी शादी को।"

"क्या?" उस आदमी का मुँह आधा खुला रह गया। वे लोग एक-दूसरे के आमने-सामने खड़े रहे कई मिनट।

"चल, फुट ले यहाँ से! फुट ले कहता हूँ, नहीं तो मार डालूँगा।" वह ड्राइवर लड़की की मुट्ठी से अपना हाथ छुड़ाकर दो-तीन डग आगे बढ़ गया।

चाँदी का कंगन

सुबह चाय के कप से पहली चुस्की लेते-लेते मैं ठहर गया। आँखें टिक गईं अखबार के दूसरे पन्ने पर। मोहन मिश्र का साक्षात्कार लगभग आधा पन्ना—फोटो और उसकी कुछ कलाकृतियों की तसवीरें! फौरन पढ़ने लगा। मोहन को नहीं देखा कई सालों से। सिर्फ सुना है, वह एक प्रख्यात चित्रकार है, बहुत नाम कमाया है, देश-विदेश में ख्याति फैली हुई है उसकी। लगभग विदेशों में ही रहता है हालाँकि भुवनेश्वर उसका स्थायी पता है। मेल-मुलाकात करने की बेहद इच्छा होने पर भी किसी न किसी विघ्न के कारण सम्भव नहीं हो पाया है।

आज शाम को जयदेव भवन में उसके चित्रों की प्रदर्शनी है। अखबार में सिर्फ उसका फोटो देखकर शायद मैं उसे पहचान नहीं पाता—उम्र, चश्मा और लम्बी दाढ़ी के कारण। किन्तु फोटो के साथ परिचय-पत्र ही मेरे अन्दर हमारी पुरानी स्मृतियों को जीवन्त करने के लिए काफी था। और फिर उसकी इन सफलताओं के लिए दोस्ती के नाते उसे बधाई देना नितान्त उचित है।

देखते ही सीने से लगा लिया था मोहन ने। मानो अभी दो दिन पहले ही मुलाकात हुई हो, जबकि हम पिछली बार कब मिले थे? शायद पचीस-छब्बीस साल पहले!

मैट्रिक तक और उसके बाद रेवेंशा कॉलेज में दो साल हम इकट्‌ठे पढ़े हैं। न जाने क्यों मोहन की दार्शनिकता, उसका उदास कलाकार भाव मुझे बहुत भाता था। मैंने इंजीनियरिंग करने की ठान रखी थी। अनेक रुकावटों के बावजूद मेरी वह आशा पूरी हुई थी। लेकिन मोहन कभी नहीं कहता था कि वह क्या करेगा। साइंस अच्छा नहीं लगता। ये दो वर्ष बीत जाएँ तो आर्ट्‌स ले लूँगा और बी.ए. पढ़ूँगा, कभी-कभी वह उदास होकर इतना कहता, इससे अधिक नहीं। मैं पहले ए.एम.आई.ई. करने गया और उसके बाद टेलीकम्युनिकेशंस में डिप्लोमा इंजीनियरिंग। उसने दर्शनशास्त्र से स्नातक किया और फिर चित्रांकन का कोर्स। हालाँकि हमारा लक्ष्य और जीवन की दिशाएँ बिलकुल भिन्न थीं, फिर भी मेरा उसके प्रति, उसके आचरण और उसकी बातचीत के प्रति एक अद्‌भुत आकर्षण था। उसी आकर्षण के कारण

चिट्ठी-पत्री, कभी-कभार फोन और टेलीग्राम का आदान-प्रदान चलता रहा हमारे बीच काफी दिनों तक। परन्तु उस पच्चीस साल पहले की मुलाकात के बाद से कोई सम्पर्क नहीं था हमारे बीच।

मोहन से मिलकर एक तरह का दोषी-दोषी सा लग रहा था मुझे। मुझे कम से कम उसका कुशल-क्षेम पूछते रहना चाहिए था। उस आखिरी मुलाकात के बाद उसे भेजी गई मेरी दो चिट्ठियाँ लौट आई थीं—उस पते पर कोई न होने के कारण। मैं समझ गया था कि राँची के पास उस जंगल-पहाड़ों से घिरे गाँव में अब मोहन नहीं रहता है। उसके कई सालों बाद अभी कोई पाँच-छह साल हुए होंगे, मैंने उसका नाम सुना था भुवनेश्वर में, एक सफल चित्रकार के रूप में।

एक लम्बा अरसा बीत गया। कितना कुछ घट गया इस बीच। सचमुच, यह कैसे हो गया कि इतने सालों से भुवनेश्वर में रह रहे हैं हम लोग, पर एक-दूसरे से मिलने की नौबत ही नहीं आई कभी?

वहीं जब एक अद्‌भुत परिस्थिति में मैं उसके पास पहुँचा था और एक रात बिताई थी पच्चीस साल पहले, उसके बाद न जाने किस लापरवाही की वजह से मैंने उससे सम्पर्क बनाए रखने की अधिक कोशिश नहीं की—मोहन ने भी। सम्भवत: उसकी भावुकता का प्रवाह इतना तीव्र था कि उसने मुझ जैसे एक सामान्य गृहस्थ को भयभीत कर दिया था। उसने भी मुझे अपने कलात्मक जीवन और उपलब्धि में समानधर्मी नहीं माना था।

पीछे मुड़कर देखा। कुछ कला-प्रेमी प्रशंसकों का स्वागत कर रहा है मोहन। दोनों हाथ जोड़े हुए, चेहरे पर मुस्कान। निगाह वैसी ही गम्भीर। दाढ़ी सफेद-काली मिली-जुली, दुबला चेहरा। अब अधिक काला पड़ने लगा था। उम्र की छाप तो पड़ेगी ही।

पूरे कमरे में कतार के कतार सजे हैं चित्र कैनवस के साथ स्टैंड पर और कुछ दीवारों पर। कुछ युवक बातें कर रहे थे, 'सर की खासियत है ऐसी ऑयल पेंटिंग।' मैंने धीरे-धीरे निगाह घुमाई थी। बहुत से आधुनिक चित्र हैं। मैं ज्यादा नहीं समझ पाता। लेकिन उनकी वर्ण-छटा मोहक थी।

एक अद्‌भुत हालाँकि अति आकर्षक चित्र के सामने रुक गया मैं। एक विस्मयभरी चमक थी उसमें। मैंने बड़े ध्यान से देखा। चाँदी जैसे रंग का एक गोलाकार चित्र—ऐसा लग रहा था मानो पिघली हुई चाँदी में ढाला गया हो! पृष्ठभूमि का धूसर रंग नीले क्षितिज के रंग से मिलकर आकर्षक लग रहा है। वह चीज उभरकर मानो बाहर निकल रही हो चित्र से! जरा और ध्यान से देखने पर लगता है, जैसे क्षितिज में कुछ घुल गया हो! मानो किसी नारी का अवयव है—धूसर, नारंगी और नीले रंग की धुँधली परछाईं-सा! क्या मतलब हो सकता इसका? मैं कुछ और करीब गया उस चित्र के।

गोलाकार पदार्थ-सा क्या है जो इतना चमचमा रहा है मानो कैनवस से निकल आएगा!

चाँदी का कंगन?

हाँ, हू-ब-हू चाँदी के उस कंगन जैसा है जो आकार में बड़ा और अधिक चमकीला है!

और क्षितिज में घुलता उसी नारी का धुँधला अवयव?

राधा आइजक?

मैं चौंक उठा। सिहर उठा मेरा बदन। पच्चीस साल पहले बादलों की गड़गड़ाहट के साथ मूसलाधार बारिश वाली वह रात!

यंत्रणा, दुख, हताशा से फेंटे गए बादल मानो धार-धार हो बह रहे थे, पर थोड़ी-सी ठंडक नहीं दे पा रहे थे मोहन को। उसकी छटपटाहट संचरित हो रही थी मेरी देह में। अपने स्थूल मन से उसकी कातरता को भाँपकर स्तब्ध रह गया था उस रात मैं।

"अद्‌भुत है! है न?"

युवक ने सम्बलपुरी कपड़े की कमीज पहन रखी थी—तरुण दाढ़ी, थोड़े अस्त-व्यस्त बाल। शायद मोहन का छात्र है।

"हाँ," मैंने सिर हिलाया।

"जानते हैं—मोहन सर का यह चित्र इतना कालजयी है कि पिछले बीस साल से हर प्रदर्शनी में दर्शकों को मुग्ध कर रहा है! पर देखिए, नीचे लिखा है—बिक्री के लिए नहीं। इसे सर नहीं बेचेंगे। हालाँकि हर प्रदर्शनी में एक-दो लोग सिर्फ इसी चित्र को खरीदने की जिद करते हैं। किसी भी कीमत पर।" कुछ देर चुप रहा वह लड़का, फिर धीमी आवाज में बोला, "पिछली प्रदर्शनी में दो लाख तक देने को तैयार था कोई। लेकिन मोहन सर नहीं माने। इस बार भी देखिएगा, वही होगा।"

"अच्छा!" मैंने उस लड़के की ओर देखा।

"आप शायद मोहन सर के दोस्त हैं। जरा बोलिए न उनसे। इतनी कीमत मिल जाए तो उनके लिए भी अच्छा है। और फिर चित्र का प्रचार भी होगा। क्या सर इस तरह का दूसरा चित्र नहीं बना सकते? उन्हीं की तो सृष्टि है!" वह युवक मेरे कुछ करीब आ गया।

"कोशिश करूँगा," कहकर भीड़ से कुछ हटकर खड़ा हो गया मैं।

ठीक पच्चीस साल पहले!

पटना में मेरी पोस्टिंग थी। मोहन से पत्रों का आदान-प्रदान होता था—कभी-कभी महीनों उसकी कोई खबर नहीं मिलती थी। राँची के पास पहाड़ों-जंगलों से घिरे एक गाँव के स्कूल में ड्राइंग मास्टर के रूप में नौकरी मिली थी उसे। बार-बार उसकी अनुरोध भरी चिट्‌ठियाँ आती थीं—आ जाओ, भले ही दो दिन रहकर लौट जाना। इस जगह की माया में ऐसे पड़ जाओगे कि फिर निकल नहीं पाओगे।

मुझे अवसर भी मिल गया। जून का अन्तिम सप्ताह। मेरी शादी तय हो चुकी थी। एक महीने की छुट्टी लेकर जाना था—तीन जुलाई को शादी थी। पटना से राँची गया ट्रेन से। स्टेशन पर इन्तजार कर रहा था मोहन। उसके बाद रिक्शे से गए बस स्टैंड। लगभग दो घंटे इन्तजार करने के बाद मोहन की नौकरी वाले गाँव—जिसका नाम मुझे अब भी याद नहीं आ रहा था—की बस आई। करीब ढाई घंटे की यात्रा के बाद एक पहाड़ी जगह पर हम उतरे। उतरते ही मैंने देखा, बादल घिर आए हैं आसमान में। मोहन ने कहा, यहाँ से एक मील पैदल चलना होगा। साफ-सुथरा इलाका था, आस-पास मकान नहीं थे, खूब अच्छा लग रहा था। जंगली रास्ता—दोनों ओर छोटे-बड़े पत्थर और झाड़ियाँ। दस-पन्द्रह मिनट में जोर-जोर से बिजली कड़कने लगी। दोपहर होने के बावजूद अजीब-सा अँधेरा छा गया था। मोहन ने जल्दी-जल्दी पैर बढ़ाने को कहा और मैं प्राकृतिक दृश्य की ओर ध्यान न देकर तेजी से चलने लगा। मोहन के घर तक पहुँचते-पहुँचते बेरनुमा बड़ी-बड़ी बूँदें गिरने लगीं। उसके बाद तो मानो आकाश पानी उड़ेलने लगा।

घर पहुँचते ही मोहन ने स्टोव जलाकर चाय चढ़ा दी।

"वाकई एक कप चाय की सख्त जरूरत थी, "मैंने मोहन से कहा।

वह मुस्कराया, "पहाड़ों से घिरे इस जंगली इलाके में गरमियों में भी इस तरह बारिश होने से ठंड लगती है।" मोहन के चेहरे पर एक अजीब-सी उदासी थी। बारिश और जंगल जिस तरह से मुझे उच्चाट कर रहे थे, लगता था, उसका कोई प्रभाव मोहन पर नहीं पड़ रहा था।

"क्या बात है? क्या तुम्हारी तबीयत ठीक नहीं है? तुम इतना कष्ट करके मुझे लेने क्यों गए?" मैंने पूछा।

"नहीं-नहीं, ऐसी कोई बात नहीं है।" हथेली से मुँह पोंछा मोहन ने, "कल रात भर सो नहीं पाया।" धीरे-धीरे कहा उसने, मानो खुद ही को कह रहा हो।

शायद खूब गरमी पड़ी हो—मैंने सोचा।

"लेकिन इस समय की बारिश खूब अच्छी लग रही है। तुम्हारा समय तो यहाँ मस्ती में बीत रहा होगा। इतनी सुन्दर जगह है!" मैंने पुनः कहा।

उत्तर में पुनः मुस्कराया वह किन्तु लग रहा था मानो कुछ परेशान कर रहा हो उसे!

दिन के तीन बजे होंगे किन्तु मूसलाधार बारिश के कारण अँधेरा हो गया था। मोहन ने आलू-प्याज काटा भुजिया बनाने के लिए।

मैंने उससे कहा, "हमने राँची बस स्टैंड में खाया तो था?"

उसने कहा, "पराँठा और आलू की भुजिया स्टोव पर बनते-बनते देर हो जाएगी—यह हमारे रात का खाना हो जाएगा।"

मोहन सिर झुकाए बैठा था। स्टोव घर्र-घर्र कर रहा था और बारिश धार-धार बह रही थी। मोहन के तख्त पर बैठा मैं खिड़की से बाहर देख रहा था। स्कूल के

अहाते में पीछे की ओर मोहन का क्वार्टर था। एक कमरा—एजबेस्टस की छत। रसोई बनाना, सोना—सब उसी में।

मोहन स्टोव पर कटे हुए आलू छौंककर मेरे पास आकर लकड़ी की कुर्सी पर बैठ गया और मेरी तरह खिड़की से बाहर देखने लगा, "शायद आज नहीं हो पाएगा।"

मैंने प्रश्नभरी निगाह से मोहन की ओर देखा।

"आज एक औरत को चर्च के पीछे श्मशान में दफनाना था—शाम को पाँच बजे। किन्तु यह जो तेज बारिश हो रही है—क्या होगा, कुछ कहा नहीं जा सकता!" मोहन चुप हो गया।

"क्या कहा, दफनाया जाएगा? मुसलमान है क्या?" मैंने पूछा अति सामान्य भाव से।

"नहीं, क्रिश्चियन है—आदिवासी क्रिश्चियन। इस गाँव में लगभग सभी आदिवासी क्रिश्चियन हैं। बहुत से सम्भ्रान्त भी हैं।" मोहन एक बार स्टोव के पास जाकर लौट आया। कुर्सी पर बैठकर चारमीनार सिगरेट पीने लगा। मैंने देखा, उसके दाहिने हाथ की सारी अँगुलियाँ काँप रही थीं।

"महिला गलत कहा—युवती है—उसे उन्नीस साल भी पूरा नहीं हुआ था।" मोहन ने धीरे-धीरे कहा उसी तरह खिड़की से बाहर देखते हुए, मानो वह उन सारे शब्दों को बड़े झिझक के साथ खिड़की के उस पार किसी को भेज रहा हो!

"ओह! कैसे मरी वह?" मैंने कुछ उत्सुकता दिखाई।

"बच्चा पैदा करना था। कुछ कॉम्प्लीकेशंस थे। किन्तु समय से काफी पहले दर्द शुरू हो गया—उन लोगों ने समय पर डॉक्टर को सूचना नहीं दी। कोई पड़ोसी काफी देर बाद डॉक्टर को बुलाने गया। डॉक्टर को पहुँचने तक बहुत देर हो चुकी थी—काफी ब्लीडिंग हो चुकी थी और उसका पल्स नहीं मिल रहा था। कल सुबह-सुबह खबर मिली, मर गई।" मोहन ने दाहिनी हथेली से अपना मुँह पोंछा।

मोहन को देखा। कुछ अन्यमनस्क और वयस्क दिखने लगा था वह सहसा न जाने क्यों!

"ओह! उसका पति? घर के दूसरे लोग?" मैंने पूछा।

"माँ-बाप की हालत उतनी अच्छी नहीं है। छोटा भाई स्कूल में पढ़ता है। सास-ससुर नहीं हैं। जेठ-जिठानी के साथ रहती थी। पति यहाँ नहीं था। खबर पाकर कल शाम को आ गया। शायद राँची में कपड़े की दुकान लगाता है। ये लोग क्रिश्चियन हुए तो क्या, बेला, घड़ी, लग्न सब मानते हैं—हमारी ही तरह। उनके पादरी ने कहा कि आज शाम पाँच बजे दफनाया जाएगा। समय तो हो चुका है, परन्तु इतनी बारिश जो हो रही है—लगता है, आज सम्भव नहीं होगा।"

मोहन गम्भीर हो गया था। मुझे भी आश्चर्य हो रहा था—गाँव की एक युवती की मृत्यु को लेकर वह इतनी देर से बोलता जा रहा है, जबकि हमें अपनी कितनी बातें करनी हैं! मेरी शादी की चर्चा तो छिड़ी ही नहीं तब तक।

"चलो, खा लेते हैं। जंगली जगह है। वैसे भी लाइट तो है नहीं। किरोसिन खत्म हो गया तो ढिबरी भी बुझ जाएगी। गरम है पराँठा और आलू की भुँजड़ी, आओ।" मोहन कुर्सी से उठा और स्टोव के पास चला गया।

गरम-गरम पराँठा और आलू की भुँजड़ी खूब स्वादिष्ट लग रही थी। मुझे थोड़ी-थोड़ी भूख लगने भी लगी थी। थोड़ा अचार लेकर मैं खुशी से खाने लगा। लेकिन देखा कि मोहन नहीं खा रहा है। पराँठे का एक टुकड़ा तोड़कर इधर-उधर घुमा रहा है। उसका चेहरा और भी उदास लग रहा है।

"अरे, तुमने तो कुछ भी नहीं खाया? मैं चार पराँठे खा चुका हूँ।" मैंने कहा।

"मुझे भूख नहीं है। सुबह बहुत खा लिया था।" वह सहसा उठकर खड़ा हो गया और मेरे हाथ से खाली थाली लेकर कमरे के एक कोने की ओर चला गया।

हवा के एक झोंके ने ढिबरी बुझा दिया। कमरे में अँधेरा छा गया।

"राँची के पास यह एक विकसित गाँव है। यहाँ दो-तीन घरों में इलेक्ट्रिसिटी है। हमारे स्कूल से एक तार खिंचा है मेरे कमरे तक—एक बल्ब और एक टेबल फैन के लिए। लेकिन हमारे पहुँचने से पहले ही लाइन चली गई। यहाँ इस तरह तेज बारिश होने पर तीन-चार दिनों तक बिजली नहीं आती। तुम्हें बहुत दिक्कत होगी—गरमी तो नहीं लग रही?" मोहन ने पूछा।

"अरे नहीं, बल्कि अच्छा लग रहा है—मौसम ठंडा हो गया है बारिश से—रातभर की तो बात है!" मैंने उसे समझाया।

मोहन ने उठकर ढिबरी जलाई और उसे स्टोव के पास कोने में रख दिया। कमरे में अँधेरे-उजाले का नाच होने लगा। मैं पालथी मारकर खाट पर बैठा था। मोहन कमरे में चहलकदमी कर रहा था। उसने फिर एक सिगरेट निकाली। न जाने क्यों बहुत परेशान लग रहा था वह!

"तुम बार-बार लिखते थे न कि मैं राँची या पटना शिफ्ट क्यों नहीं कर लेता, ऐसे जंगल से घिरे गाँव में क्यों पड़ा हुआ हूँ?" मोहन ने उसी तरह चहलकदमी करते हुए कहा, "राँची या पटना तबादला कराना मेरे लिए मुश्किल नहीं था। दरअसल यहाँ मेरे तीन साल पूरे होने को हैं। लेकिन यह गाँव छोड़कर जा नहीं पा रहा था। इसी लड़की के कारण—राधा आइजक।" मोहन ने कुछ जोर से कहा।

मैं चौंक उठा। ऐसा कुछ अप्रत्याशित सुनूँगा, सोचा नहीं था।

"इस बारे में पहले तो तुमने कुछ भी नहीं बताया? राधा आइजक! अद्‌भुत नाम है।" मेरे मुँह से इतना ही निकला।

"हाँ, उसका बाप क्रिश्चियन है, माँ हिन्दू। छोटे भाई ने इस साल हमारे स्कूल से मिडिल पास किया है। गरमी की छुट्टियों के बाद हाईस्कूल जाएगा। जहाँ हम बस से उतरे थे, वहीं है हाईस्कूल।"

इतनी सारी सूचना रखी है मोहन ने उन लोगों के बारे में! मुझे आश्चर्य हो रहा था।

"मेरे इस स्कूल में ज्वाइन करने के कुछ दिनों बाद राधा आई थी स्कूल में अपने भाई को लेकर। छुट्टी होने के तुरन्त बाद। दूसरे शिक्षक गाँव में रहते हैं—इसलिए लगभग जा चुके थे। राधा ने मुझसे कहा, उसका भाई स्कूल जाने के बहाने दिन भर कहीं मटरगशती करता रहता है—अब जाकर घर लौटा है। चूँकि तब स्कूल की छुट्टी होने का समय नहीं हुआ था, इसलिए उसे शक हो गया और वह हेडमास्टर से मिलने स्कूल आई है।

'हेडमास्टर तो घर जा चुके हैं। मैं ड्राइंग मास्टर हूँ।' मैंने कहा था।

'ठीक है। आपने तो देख ही लिया। अगर मैं कल न आ सकी तो आप हेडमास्टर साहब से बता दीजिएगा।'

मैंने हामी भरी थी। साफ साँवले रंग का कोमल कमनीय मुख था राधा का। साफ-सुथरे कपड़े और व्यवहार अति शालीन। उसने कहा था कि इसी स्कूल से मिडिल पास करके हाई स्कूल कर रही थी वह। लेकिन मैट्रिक की परीक्षा नहीं दे पाई। सोचती है, देगी।"

मोहन कुछ देर चुप रहा।

"उसके बाद कई बार मुलाकात हुई है राधा से। अपने भाई को लेकर कभी-कभी वह स्कूल आया करती या फिर स्कूल की छुट्टी के तुरन्त बाद आती, जब स्कूल के अहाते में सिर्फ मैं होता। जहाँ तक मैं जानता हूँ, उसकी अंग्रेजी अच्छी थी। हिन्दी अद्‌भुत थी। क्या मैं उसे मैट्रिक परीक्षा देने में मदद कर सकता हूँ, उसने पूछा था। मैंने राधा को पढ़ाई शुरू कर देने के लिए कहा था। कभी-कभी वह अपने भाई के साथ मेरे इस कमरे में भी आई है। मेरी सारी पेंटिंग्स देखी है, खूब खुश होकर प्रशंसा की है।" मोहन सुराही के पास जाकर गिलास में पानी भर लाया।

"तुम पियोगे?" मुझसे पूछा।

"नहीं-नहीं, तुम बैठो और बताओ।" मेरी उत्सुकता बढ़ने लगी थी।

"एक बार पहाड़ के नीचे झरने के पास उससे मुलाकात हुई। गाँववाले वहाँ पानी भरने जाते हैं। मैं रविवार को सूर्यास्त के समय यों ही उधर टहलने गया था। उसको देख न जाने क्या सोचकर मैंने कहा था—'आओ, यहाँ बैठो मेरे पास।' वह आकर बैठ गई थी। अस्त सूर्य की किरणें झरने के पानी में पड़ रही थीं। आस-पास कोई नहीं था, सुनसान था—मधुर लग रहा था वह स्थान। मैंने कहा था—'तुम्हारा नाम राधा है—राधा के बारे में कुछ पढ़ी हो, कुछ जानती हो?' उसने मुस्कराते हुए हामी भरी थी। 'मेरा नाम मोहन है—क्या जानती हो कि कृष्ण का एक और नाम मोहन भी है?' मैंने उससे पूछा था। उत्तर में उसने थोड़ा मुस्कराकर सिर झुका लिया था। न जाने किस आवेश में मैंने उसका हाथ पकड़ लिया, उसने छुड़ाया नहीं था। लगभग दस-पन्द्रह मिनट वह बैठी रही उसी तरह और उसके बाद—'सर, मैं चलती हूँ,' कहकर खड़ी हो गई।" मोहन कुछ देर चुप रहा।

बाहर घना अँधेरा और कमरे में धीमी रोशनी की लहरें। मैं खामोश बैठा था। कहता भी क्या? लगा, मोहन का मुझसे यह सब कहना बहुत जरूरी था।

"उसके बाद कई बार हमारी मुलाकात हुई है। मुझे हर बार लगता जैसे कि ये मुलाकातें पूर्व निर्धारित नहीं—संयोग है। लेकिन बार-बार ऐसा संयोग सम्भव होने पर लगता है मानो कोई प्रेरित कर रहा हो तुम्हें एक-दूसरे के पास जाने को और उसके पीछे कोई उद्देश्य हो! एक दिन वह खूब घबराई हुई सी मेरे पास आई। काफी देर खामोश बैठी रही। मेरी एकाध पेंटिंग उलट-पलटकर देखी। मैं उसका हाथ पकड़ने लगा तो उसने हाथ झटक दिया।

'जानते हो, मेरा ब्याह तय हो गया है?' उसने कहा था।

मैं चौंक गया था। अभी वह सत्रह साल की भी नहीं हुई थी। क्या कहूँ, कुछ सोच तक नहीं पा रहा था। थोड़ी देर की घुटनभरी खामोशी तोड़ते हुए मैंने उससे पूछा था कि कहाँ हो रहा है उसका ब्याह? राधा ने कहा था—उसी गाँव में। उसके होनेवाले पति की राँची में रेडीमेड कपड़ों की दुकान है। गाँव के धनी लोगों में उनका भी नाम है।

कुछ देर चुप बैठी रही राधा।

''मुझे खुशी से पागल हो जाना चाहिए था। कोई और होता मेरी जगह तो उसके पैर जमीन पर नहीं पड़ते,' मेरी माँ कहती है।' मानो वह खुद-ब-खुद कह रही हो।

राधा के घर की हालत उतनी अच्छी नहीं थी, यह मैं जानता था। राधा बड़ी थी, उसके दो छोटे भाई थे। शादी का यह प्रस्ताव सचमुच उनके लिए सुविधा और सम्मानजनक था।

'परन्तु मुझे क्या हो गया है, बताना जरा?' इतना ही कहा राधा ने और दोनों हथेलियों से मुँह ढँककर फूट-फूटकर रोने लगी।

मैं कुछ न कह पाया—उसे दिलासा तक नहीं दे सका। उसी तरह उसके सामने बैठा रहा।

थोड़ी देर बाद मुँह पोंछते हुए खड़ी हो गई वह। 'मैं जा रही हूँ—शायद अब नहीं लौटूँगी,' कहा उसने।

मैं उसी तरह बैठा रहा। मैं चाहता था कि वह कुछ देर और बैठी रहे। किन्तु इतना भी न कह सका।

उस बार राधा से मिलने के एक महीने बाद उसका ब्याह हो गया। वह एक महीना मेरे लिए घोर मानसिक तनाव में बीता था। सूना-सूना-सा खूब अकेला लगता था। जी करता था कि पहाड़ से नीचे कूद जाऊँ! कई बार सोचा कि अपने गाँव जाकर राधा के बारे में माँ-पिताजी से कहूँगा, किन्तु तुम तो जानते हो कि घर पर इनमें से किसी के भी राजी होने का सवाल ही नहीं था। सोचा कि राधा को लेकर बिहार के किसी दूसरे शहर चला जाऊँगा। परन्तु कुछ तय नहीं कर पाया था। सिर्फ

पागलों-सा घूमता फिरता। डर लगने लगा, कहीं मुझे डिप्रेशन न हो जाए! उस दौरान जाड़े की छुट्टियाँ शुरू हो गई थीं। मैं गाँव चला गया और जब वापस लौटा तब खबर मिली कि राधा की शादी हो चुकी है।'' मोहन ने एक सिगरेट निकालकर जलाई और मेरी ओर पैकेट बढ़ा दिया।

''मुझे ठीक से याद है, पहली फरवरी की रात—पिछले साल—कड़ाके की ठंड पड़ रही थी। हाथ-पैर सुन्न पड़ जाते थे। मैं स्टोव जलाकर हाथ में एक किताब लिये बैठा था। नींद नहीं आ रही थी। रात के लगभग बारह बजे दरवाजे पर दो बार ठक-ठक की आवाज आई। 'कौन है?' मैंने पूछा। कोई जवाब नहीं आया और फिर से दो बार ठक-ठक हुआ। मैंने दरवाजा खोला। कोई कम्बल ओढ़े ठंडी हवा के साथ कमरे में घुस आया और पीछे मुड़कर अन्दर से दरवाजा बन्द कर लिया।

'राधा!' मैं चौंक गया। उसने कम्बल उतारकर फर्श पर रख दिया और पलक झपकते मुझे भींचकर पकड़ लिया...।

सुबह होने से पहले वह बिस्तर पर उठकर बैठ गई। मुझे हिलाकर उठा दिया। खूब शान्त और स्निग्ध लग रही थी वह। उसने दाहिने हाथ में पहना चाँदी का कंगन उतारा और मेरा हाथ पकड़कर हथेली पर रख दिया।

'यह मेरी यादगार है। मैं तो नहीं रहूँगी, लेकिन यह तुम्हारे साथ-साथ रहेगा। मेरी याद दिलाता रहेगा' यह कहते हुए राधा उठकर खड़ी हो गई। कम्बल ओढ़कर दरवाजा खोला। एक डोलते हुए रहस्य-सी झुटपुटे अँधेरे और भोर के घने कोहरे में उसकी कम्बल ढकी आकृति धीरे-धीरे अदृश्य हो जाने की छवि अब तक मेरी आँखों के आगे उभर आती है। उसके चले जाने के बाद काफी देर तक मैं वहीं खड़ा रहा। एक अजीब-सा अहसास हुआ मुझे। ऐसा लगा, मानो राधा मेरा एक हिस्सा बन गई हो! अशोक, वही थी मेरे जीवन की सबसे यादगार रात।''

मोहन खड़ा हो गया। उसने खिड़की से मुँह बाहर निकाला, ठंडी हवा मानो उसके भीतर की ज्वाला पर शीतल प्रलेप लगा रही हो! मैं बुत बना बैठा था। कैसी प्रतिक्रिया दिखाऊँ, कुछ समझ नहीं पा रहा था।

''वह चाँदी का कंगन अब भी है। तुम बिस्तर पर जहाँ बैठे हो, वहीं तकिया के नीचे; परन्तु वह नहीं रही।''

मोहन का गला भर आया था।

''राधा का पति हफ्ते-दो हफ्ते में एक-दो दिनों के लिए गाँव आता। राधा बताया करती थी कि कितना उदासीन आदमी था वह। राधा के प्रति, खाने-पीने के प्रति अधिक आग्रह नहीं दिखाता था वह। रुपए-पैसे सोच-समझकर खर्च करता और सँभालकर रखता। उसके बाद भी राधा बहुत बार मेरे पास आई है—कभी-कभी दिन में भी—अपने भाई को साथ लेकर। एकाध सब्जी बनाती थी—जबरन खाना खिलाती थी। झूठे ही सही, मुझे लगता था कि हम अपना एक स्वतंत्र समानान्तर

जीवन जी रहे हैं—सिर्फ राधा और मैं। अपने परिवार के बारे में उसने मुझे विशेष कुछ नहीं बताया था। उसे बच्चा होगा, जानकर वह खुशी से अधीर हो गई थी। मुझसे कहा था—'बच्चे का नाम तुम रखना।' मैंने उससे कहा था, डॉक्टर को दिखाने के लिए। एक बार अपने पति के साथ वह राँची भी गई थी। वहाँ से लौटकर मुँह लटकाए हुए बोली—'डॉक्टर ने बताया कि कुछ प्रॉब्लम है।' मैंने उसे समझाया था और कहा था कि बीच-बीच में डॉक्टर को दिखाती रहना।''

मोहन सहसा चुप हो गया।

''तुम्हें बोर तो नहीं कर रहा ? मैं बोलता चला जा रहा हूँ, तुम चुपचाप बैठे सुन रहे हो!'' मोहन ने पूछा।

''अरे नहीं, तुम बोलो, मैं सुन रहा हूँ। क्या वह बच्चा तुम्हारा था ?'' मैंने पूछा।

''क्या पता ?'' वह कुछ अन्यमनस्क होने लगा। हम कुछ देर चुपचाप बैठे रहे।

''वह मेरे इस कमरे में अन्तिम बार आई थी चार महीने पहले। बहुत उदास लग रही थी। चेहरा सूख गया था और आँखें धँस गई थीं। मैंने सोचा था, ऐसा प्रेग्नेंसी के कारण है। उसे हॉर्लिक्स पीने का उपदेश दिया। उसने कुछ नहीं कहा और गुमसुम बैठी रही। उसके बाद राधा ने एक अद्‌भुत बात कही।''

मोहन की आँखें जल उठने-सी दिखीं। वह उठकर कमरे में चहलकदमी करने लगा।

''राधा ने कहा, उसका पति राँची में था। जिठानी मायके चली गई थी अपने बेटे को साथ लेकर। दो दिन पहले रात को रसोई घर की सिटकनी लगाकर जब वह अपने कमरे में सोने जा रही थी, उसके जेठ ने उसे रास्ते में रोका। 'उस ड्राइंग मास्टर के साथ गुलछर्रे उड़ाती है! ठहर जा, तेरे ख़सम से कहता हूँ और गाँववालों को बताता हूँ, वे तुझे सबक सिखाएँगे,' उसने राधा को धमकी दी। राधा के कुछ कहने से पहले उसने उसका हाथ पकड़ लिया और खींचते हुए जबर्दस्ती अपने सोनेवाले कमरे में ले जाने की कोशिश की। राधा किसी तरह अपना हाथ छुड़ाकर अपने मायके भाग आई। तब से अपने मायके में है। इतना कहा राधा ने और सुबक-सुबककर रोने लगी। मेरी हालत क्या हुई होगी, तुम सोच सकते हो अशोक ? जी कर रहा था, दौड़कर जाऊँ और इसी वक्त उस शैतान को काटकर फेंक आऊँ।''

मोहन की चहलकदमी तेज होने लगी थी। मैंने उस धुँधले अँधेरे में देखा कि उसके दोनों हाथ काँप रहे हैं।

''मेरे लिए उसने इतना कुछ सहा, पर मैं उसके लिए कुछ न कर सका। इस घटना के बाद मैंने कई बार सोचा कि उसे साथ लेकर कहीं भाग जाऊँ। किन्तु यह सब कैसे करता ? सोचा था, तुमसे बताऊँगा या फिर तुम्हारे पास चला जाऊँगा... लेकिन उसकी ऐसी हालत!...निश्चित कर लिया था कि बच्चा का जन्म हो जाए। राधा को अपने साथ चलने को समझा लूँगा। उसे यह सन्देशा भी भेजा था, परन्तु कुछ हो न सका।''

मोहन मेरी ओर पीठ किए दरवाजे पर खड़ा हो गया। मैंने देखा, वह दरवाजे के पास दीवार पर दाहिने हाथ की मुट्ठी पटक रहा था।

"इस तरह कष्ट से तड़पती हुई चली गई वह। मैं उसे एक नजर देखने तक नहीं जा पा रहा था। ओह, अशोक, मेरे ही लिए—सिर्फ मेरे लिए उसने इतना कुछ सहा, पर मैं..."

मोहन ने अपनी दोनों हथेलियों से मुँह ढक लिया और दीवार से टिके हुए धीरे-धीरे वहीं बैठ गया।

मैंने उसे उसी तरह छोड़ दिया कुछ देर। समझ गया, वह रो रहा है। सोचा, उसके ये आँसू बह जाएँ। लगभग दस मिनट के बाद मैं उसके पास गया और उसका सिर सहलाने लगा। वह रुआँसे स्वर में प्रलाप करने-सा कुछ कहता जा रहा था। सिर्फ मैं सुन पा रहा था, वह कह रहा था—'मैं पागल हो जाऊँगा।'

थोड़ी देर बाद वह उठा और मुझे बिस्तर पर सोने को कहा। खुद एक मग पानी लेकर बाहर चला गया।

मुझे बेहद हैरत हुई थी। तो इतना कुछ घट गया है इस बीच! मोहन पर इतना बड़ा पहाड़ टूट पड़ा? भगवान करे, उसे इस परिस्थति से मुक्ति मिले और वह आम जीवन जी सके—इतनी प्रार्थना करके मैं बिस्तर पर लेट गया।

लेकिन नींद आसानी से आ नहीं रही थी। इसी बिस्तर पर राधा नाम की वह आवेगमयी लड़की सोई होगी। कितनी छोटी और छटपटाहट भरी थी उसकी जिन्दगी! और मोहन? इतनी कम उम्र में उसे जीवन के बारे में कितने दर्द-भरे तीखे अनुभव हो गए! मैं शादी करके नए जीवन की शुरुआत करने जा रहा था, जबकि मेरे मित्र के लिए जीवन का एक मधुर अध्याय मानो समाप्त हो गया!

मोहन की ओर देखा। वह मेरी ओर पीठ किए एक छोटी-सी खाट पर सिकुड़ा हुआ सो रहा है। सो रहा है या जग रहा है या रो रहा है, यह जानने का उपाय नहीं था। मैंने धीरे-धीरे सिर उठाया और तकिया को एक ओर कुछ खिसकाया। ढिबरी की धुँधली रोशनी में दिखा चाँदी का कंगन—तकिया के नीचे ठीक बीचोबीच रखा है। इसी कंगन को पहने हुए राधा के कोमल हाथ ने न जाने कितनी बार मोहन के बाल और मुँह सहलाए होंगे। यह यहाँ इसी तरह रखा है जबकि इसे पहनकर डोलनेवाली जिन्दगी अब नहीं है। कैसी दिखती होगी राधा आइजक! मोहन जैसे चित्रकार की मानस-प्रतिमा! थोड़ा सोचने की कोशिश की। मोहन ने करवट बदली। समझ गया, वह सोया नहीं था।

राधा की लाश शायद कुछ दूर उसके घर पर रखी होगी, आज उसे नहीं दफनाया जा सका होगा। धीरे से तकिए से सिर हटाकर बिस्तर पर लेट गया। स्मृति और स्वप्न से जड़ित उस तकिए पर सिर रखने का साहस नहीं था मुझमें।

भोरे-भोर मोहन ने मुझे जगा दिया। "गाड़ी का टाइम होने वाला है। चलो, उठो।"

मैंने उठकर देखा, मौसम साफ हो गया था और बाहर खूबसूरत नजारा दिखाई दे रहा था। हम दोनों तैयार होकर बस स्टैंड की ओर चल पड़े चुपचाप। एक पेड़ के नीचे पहुँचकर मैंने उसके कन्धे पर हाथ रखा।

''मोहन, मेरी शादी में आना जरूर। जो कुछ हो गया, अब उसे बदला तो जा नहीं सकता! जिन्दगी को नए सिरे से जीना होगा तुम्हें।''

कुछ नहीं कहा उसने, एक सूखी-सी मुस्कराहट बिखेरी। बस आ गई थी इस बीच।

मेरी शादी में मोहन नहीं आया। मैं अपनी पत्नी को लेकर कलकत्ते की ओर से पटना गया। उससे फिर मुलाकात नहीं हुई। उसके बाद मैंने दो चिट्ठियाँ लिखी थीं। लौट आई थीं वे चिट्ठियाँ। समझ गया कि मोहन वहाँ नहीं है। पच्चीस साल बाद अब जाकर यहाँ मुलाकात हुई है!

''क्या सोच रहे हो?'' मोहन का चित्रकार-हाथ मेरे कन्धे पर पड़ा।

''अपनी फैमिली लेकर आओ कभी मेरे घर। तुम्हारी भाभी और मेरा बेटा तुम्हें देखकर बहुत खुश होंगे।'' मैंने कहा।

''फैमिली? क्या इतने सारे चित्र समेटकर ले जाऊँगा?'' उसके स्वर में मृदु परिहास था।

''कहाँ हैं तुम्हारी बीवी और बच्चा?'' मैंने आश्चर्य से पूछा।

''क्या तुमने नहीं सुना है? हम कलाकार ऐसे ही होते हैं—संगीतज्ञ गीत से शादी करता है, कवि कविता से, चित्रकार चित्र से...'' उसने फिर से मुस्कराते हुए कहा।

मैंने उसका हाथ पकड़ लिया।

''मोहन, क्या तुम्हारे जीवन में फिर कभी कोई नारी नहीं आई?''

इस बार उसने गम्भीर हो मेरी आँखों में देखा। यह वही निगाह थी जो कॉलेज में पढ़ते समय उसे सबसे अलग रखती।

''अशोक, जीवन में नारी का आना और प्रेम होना क्या एक ही बात है?'' उसने मेरी आँखों में झाँककर पलट सवाल कर दिया। मेरे पास जवाब नहीं था।

''अरे मोहन बाबू, आप यहाँ हैं! उधर कई लोग आपको ढूँढ़ रहे हैं।'' कोई यह कहता हुआ आया मोहन के पास।

''ठीक है अशोक, फिर मिलते हैं।'' मेरे हाथ को मुट्ठी में भरकर पकड़ा उसने और मुड़कर चल पड़ा उस सज्जन के पीछे-पीछे।

मैं उसकी चित्रमय दुनिया छोड़कर जयदेव भवन से बाहर चला आया।

कुरई फूल

जंगल जल रहा है!

मई महीने का उतरार्द्ध—तापमान रोजाना चौवालीस-पैंतालीस डिग्री को छू रहा है। आग बरस रही है आसमान से। सोख रही है पानी, सरसता और जीवनीशक्ति एक-एक जीवन्त कोष से—पेड़-पत्ते, पशु-पक्षी, इनसान से। प्रकृति के इस असह्य आक्रोश को सिर झुकाकर सह लेने के सिवाय और कोई चारा नहीं है इस जीव-जगत् के लिए। थकान के लिए, तड़पने के लिए भी मानो मौका नहीं है इस परिवेश में। एक तरह का अजीब-सा सन्नाटा पसरा हुआ है चारों ओर।

पहाड़ पर सर्पीली सड़क—कहीं-कहीं अब तक काम चल रहा है। सड़क से उतरकर थोड़ा भीतर जाने पर इक्के-दुक्के गाँव हैं—एक के पीछे एक मकान दूर तक—सड़क किनारे से शुरू होकर। खूब झुकी हुई झोंपड़ियाँ, बाँस-पुआल के छप्पर तो कहीं-कहीं टीन और एजबेस्टस। पहाड़ी सड़क के ठीक आधे रास्ते से अन्दर की ओर चार-पाँच पक्के मकान हैं—एजबेस्टस छाया हुआ है। आँगनबाड़ी और प्राथमिक स्कूल साथ-साथ चलते हैं वहाँ। कभी-कभार शाम को पढ़ाई होती है—प्रौढ़ शिक्षा साक्षरता कार्यक्रम के अन्तर्गत।

गरमी में बच्चों का आना कम हो गया है। वैसे भी प्राथमिक स्कूल की छुट्टियाँ चल रही हैं। आँगनबाड़ी में आनेवाले बच्चे न जाने कहाँ चले गए! रीना सोचती थी कि तेज धूप की वजह से शायद नहीं आ रहे। लेकिन दोपहर को खाने के लिए तो आना चाहिए! दो मुट्ठी पकाना तक मुश्किल हो गया है। गैस खत्म है पिछले पाँच दिनों से। बाजार में आनी थी, अब तक नहीं पहुँची। न जाने और कितने दिन लगेंगे! इतनी गरमी में लकड़ी जलाकर रसोई बनाने का मतलब है पूरी तरह सीझ जाना। वैसे भी एजबेस्टस की छत है, भभक रहा है घर। घर के अन्दर-बाहर कहीं चैन नहीं है। दो दिनों से बिजली भी नहीं है। अब आने की उम्मीद करना भी बेकार है। रीना बस बाहर-भीतर आ-जा रही थी। आँगन की मिट्टी की नाद में भरे पानी से मुँह धो रही थी बार-बार।

मोटरसाइकिल की आवाज सुनाई दी बाहर। कौन आया? इस वक्त तो और किसी को आना नहीं था। टुकू ने कहा था कि दोपहर को खाने नहीं आएगा। जंगल में कहीं बहुत भीतर मीटिंग हो रही है उनकी। हर जगह से कार्यकर्ता आ रहे हैं। इसलिए सुबह ही निकल गया है वह। कहता था, देर होगी—शाम हो जाएगी। रात भी हो सकती है। बाहरवाला दरवाजा तो खुला ही रहता है—इतनी गरमी में भला कौन बन्द करता है? आँगन से बाहर की ओर आई रीना। जरा-सा झाँककर देखा बाहर वाले खुले दरवाजों के बीच से।

मोटरसाइकिल पर सवार दो लोग खड़े हैं सामने—उतरे नहीं हैं। खुले दरवाजों से अन्दर देख रहे हैं। क्या रीना बाहर जाकर पूछे—क्या ढूँढ़ रहे हैं वे लोग? शायद सड़क कहाँ जा रही है या कौन-सा गाँव है या कहाँ क्या काम चल रहा है, पूछना चाहते होंगे। कई संस्थाओं के लोग भी आते रहते हैं कभी-कभार। किन्तु इतनी धूप में! दो आदमी हैं—रबीजानी भी अभी तक नहीं आया। उसका पखाल-भात ढककर रख दिया है उसने। नहीं, वे दो लोग जा नहीं रहे। मोटरसाइकिल से उतर भी नहीं रहे। यहाँ आस-पास कहीं कोई है भी नहीं। वह बिलकुल अकेली है। रीना कुछ घबराई। दौड़कर जाए और अन्दर से साँकल लगा दे, यही ठीक होगा।

"जरा पानी मिलेगा पीने को?"

दोनों हाथों से जल्दी-जल्दी किवाड़ उढ़ालते समय सुनाई दिया रीना को। सिर उठाकर देखा मोटरसाइकिल पर सवार दोनों की ओर उसने। बेहद उम्मीद भरी नजरों से देख रहे हैं वे दोनों उसकी ओर। दोनों युवा हैं। सिर पर कैप—टी-शर्ट और जींस पहने हुए हैं। शायद किसी काम से गए थे। तेज धूप और प्यास के कारण रुक गए यहाँ। किवाड़ बन्द करने जा रहे दोनों हाथ थम गए रीना के। मोटरसाइकिल से उतरे वे लोग। स्टैंड में लगा दी गाड़ी और उनके पैर रीना की ओर चल पड़े।

डर भी लग रहा था रीना को। क्या करे वह? जोर से दरवाजा बन्द कर दे क्या? किन्तु प्यास से परेशान लग रहे हैं शायद वे दोनों। न जाने कितनी दूर से आ रहे होंगे! यदि वाकई दो गिलास पानी चाहते हों...

"भीषण गरमी पड़ रही है! प्यास से गला फट रहा है। यहाँ आस-पास कुछ है भी तो नहीं।" गाड़ी चलानेवाले एक आदमी ने कहा रीना की ओर देखकर और रीना के कुछ कहने से पहले बरामदे में बैठ गया। दूसरा आदमी खड़ा था, सामने की ओर देख रहा था।

पलभर रुक गई रीना। अब वे दोनों उसकी ओर नहीं देख रहे थे। लम्बी साँस छोड़ी उसने और बिना कुछ जवाब दिए अन्दर चली गई। एक मिनट बाद हाँड़ी का ठंडा पानी दो गिलास दोनों हाथों में लेकर बाहर बरामदे में चली आई वह।

छीन लेने की तरह पानी के दोनों गिलास ले लिये उन दोनों ने उसके हाथों से

और गटगटाकर पी गए। एक साथ खाली गिलासों के साथ दो हाथ बढ़ आए उसकी ओर, "और एक गिलास मिलेगा?"

इस बार उन लोगों ने उसकी ओर नहीं देखा, परन्तु उनके स्वर में अनुरोध था।

बिना कुछ बोले हाथों में गिलास लिये रीना अन्दर चली गई और एक मिनट में दो गिलास पानी लेकर आ गई। इस बार गिलास लौटाते समय मोटरसाइकिल पर पीछे बैठकर आए व्यक्ति ने प्लास्टिक की खाली बोतल उसकी ओर बढ़ा दी।

"इसमें प्लीज, थोड़ा-सा पानी भर देंगी?"

मना करने का उपाय नहीं था रीना के पास। वह घबरा रही थी कि वे लोग कौन हैं। क्या उन्हें मालूम है कि वह अकेली है घर पर? कहीं पीछे-पीछे आ तो नहीं जाएँगे घर के अन्दर? किन्तु ऐसा कुछ नहीं हुआ। उसने बोतल में पानी भरकर बढ़ा दिया उस आदमी की ओर।

"बहुत-बहुत धन्यवाद।" गाड़ी चलानेवाले आदमी ने उसकी ओर देखकर कृतज्ञता सहित मुस्करा दिया और मोटरसाइकिल स्टार्ट कर दिया।

रीना ने जल्दी-जल्दी किवाड़ बन्द करके अन्दर से जंजीर लगा ली—किवाड़ से टिककर खड़ी हो गई।

'बहुत-बहुत धन्यवाद'—उसने धीरे-धीरे उच्चारण किया और मुस्करा उठी। पूरी तरह पसीने से भीग चुकी थी वह। हालाँकि इस पहाड़ी पर गरमियों में अधिक पसीना नहीं बहता।

दो मटका पीने का पानी, थोड़ी-सी जलावन, बाहर कुंड में हाथ-मुँह धोने का पानी—ऐसे कुछ कामों के लिए कितनी चिरौरी करनी पड़ती है रबीजानी की! वह दोपहर में खाता भी है यहाँ, इत्ते से काम के बदले। सारे बच्चे आने पर और स्कूल चलते समय अधिक पानी की जरूरत होती है। स्कूल की दो-तीन प्लास्टिक की बाल्टियों में भी पानी भर देता है वह। आज देखो, अभी तक आया ही नहीं। इस धुधुआती दुपहरी में बिलकुल अकेली है वह।

टुकू ने कहा था शाम को आएगा। रात को देर से भी आ सकता है। उसकी राह तकते-तकते आधी रात हो गई रीना को। टुकू की कोई खबर नहीं थी। अपना मोबाइल भी आज नहीं ले गया। अधिकतर समय तो सिगनल ही नहीं रहता मोबाइल में। सुबह भी वह नहीं आया—दोपहर में भी नहीं। कहाँ चला गया टुकू? पिछले दो-तीन महीने हुए, इसी तरह डोलता फिरता है। अपनी दुकान तक नहीं खोलता। नीचे बाजार में एस.टी.डी. बूथ खोला है उसने। आजकल अधिकतर बन्द रहता है। चिन्ता हो रही थी रीना को। रबीजानी को घर की रखवाली के लिए छोड़कर वह साइकिल लेकर कुछ सामान लेने बाजार आई है। जानी ठीक से नहीं ला पाएगा। अन्यमनस्क हो गई थी रीना।

पीछे से मोटरसाइकिल की आवाज सुनाई दी। सड़क पर बाईं ओर खिसक गई रीना। मोटरसाइकिल उसके करीब आकर रुक गई। रीना ने सिर घुमाकर देखा। यही तो है वह आदमी, कल जिसने पानी पिया था! किन्तु आज अकेला है, दूसरा आदमी साथ नहीं है।

''कल दो गिलास पानी न पिया होता तो जान निकल गई होती। चलो, दुबारा थैंक्स कहने का मौका मिला।''

रीना साइकिल से उतरकर खड़ी हो गई और उस आदमी की ओर देखकर मुस्करा दी।

''क्या यहाँ इसी तरह गरमी पड़ती है—आदमी की जान निकालने की तरह? ओफ्फ!''

खुद ही को कहने की तरह कहा उस आदमी ने।

''तुम यहीं की रहनेवाली हो?'' रीना की ओर देखकर पूछा उसने।

सिर हिलाकर मना कर दिया रीना ने।

''जहाँ मैं रहती हूँ, वह आँगनबाड़ी है। हमारा गाँव तो कैसिंगा के पास है।'' रीना ने सहज रूप से उत्तर दिया।

''मैं इस ओर पहली बार आया हूँ—पिछले सात-आठ दिनों से डोल रहा हूँ यहाँ गरमी में—सड़क बनाने का काम चल रहा है।''

रीना ने कोई प्रतिक्रिया नहीं दिखाई।

''मेरा नाम रतन सिंह है। मेरा गाँव चंडीखोल है। जानती हो, कहाँ है?'' उस आदमी ने पूछा।

सिर हिलाकर मना कर दिया रीना ने।

''कहीं जा रही हो अभी? या यों ही...''

''यहीं बाजार की ओर जा रही थी।'' रीना ने उत्तर दिया।

''मैं भी वहीं जा रहा हूँ।'' उस आदमी ने उत्साहभरे स्वर में कहा।

रीना साइकिल पर सवार होने लगी।

''फिर कभी पानी मिलेगा न?'' वह आदमी रीना को देख रहा था।

रीना ने कोई जवाब नहीं दिया। जरा मुस्करा दिया।

''चलो, और एक बार थैंक्यू।'' उस आदमी ने मोटरसाइकिल स्टार्ट की।

बाजार से लौटने तक साँझ घिर आई थी। रीना ने दूर से देखा, टुकू बरामदे में बैठा है।

''क्यों रे, कहाँ था तू दो दिनों से? कोई खबर तक नहीं!'' रीना ने खीजते हुए कहा।

''बताऊँगा दीदी। पहले कुछ खाने को दे। पखाल-भात है?'' टुकू ने बेसब्री से पूछा।

रीना साइकिल खड़ी करके सौदा लेकर जल्दी-जल्दी अन्दर चली गई। पखाल-भात और आलू की भुँजड़ी लाकर वहीं बरामदे में टुकू के सामने रख दिया रीना ने और पास बैठकर प्याज छीलने लगी।

"क्या सोच रखा है उन लोगों ने? हमें पैर से मसल डालेंगे? मिट्टी में मिला देंगे? उसी मिट्टी पर, हमारी मिट्टी पर कारखाना बनाएँगे? रुपए ढो-ढोकर ले जाएँगे?" टुकू का हाथ पखाल-भात के कटोरे में रुक गया था। आँखें जल रही थीं, नथुने फूल उठे थे और अँधेरे की ओर ताकते हुए वह यह सब कह रहा था। एक तरह से अन्यमनस्क लग रहा था वह और ऐसा लग रहा था, मानो कोई चिन्ता उसे दबोचे हुए थी! मानो कि उसे याद ही न हो कि रीना उसके पास बैठी है।

"यह क्या बड़बड़ा रहा है? दो दिन बाद घूम-फिरकर लौटा है। न खाया है, न पीया है—पहले खा ले।" जैसे कि रीना ने उसका आवेग भंग कर दिया।

"हम लड़ेंगे दीदी। जीते-जी हम इन्हें एक डग भी आगे बढ़ने नहीं देंगे। हमारे शरीर में खून की एक बूँद होने तक हम लड़ेंगे। उसके बाद दीदी, आप लोग इस लड़ाई को आगे बढ़ाना। सारी आदिवासी महिलाएँ, लड़कियाँ और बच्चे..." टुकू उसी तरह अँधेरे में देखते हुए खुद-ब-खुद फैसला सुनाने-सा कह रहा था।

रीना ने कोई जवाब नहीं दिया। लगभग तीन-चार मिनट वे दोनों चुपचाप बैठे रहे। टुकू अँधेरे में देखते हुए अन्यमनस्क-सा भात का कौर मुँह में डालता जा रहा था। रीना उसके भात का कटोरा देखकर अन्दर चली गई भात लाने।

न जाने क्या करते हैं ये लोग? टुकू इसी तरह कभी-कभी टूटे-टूटे वाक्य बड़बड़ाता रहता है। अधिक पूछो तो कुछ बताता नहीं है। ये लोग मीटिंग करते फिरते हैं अलग-अलग गाँवों में। भीतर, खूब भीतर जंगलों में। इन दिनों कभी-कभार कुछ-कुछ बताता है वह। अब देखो, दो दिन बाद लौटा है! थोड़ा-थोड़ा डर भी रही थी रीना। एक लम्बी साँस छोड़ी उसने और एक कटोरी भात लेकर बाहर आ गई।

अगले दिन भी हालत वैसी ही थी। गरमी थोड़ी भी कम नहीं हो रही थी। रीना सोच रही थी कि शायद आज ताप कुछ घटेगा। किन्तु नहीं, बढ़ा भले ही था, परन्तु घटने का नामोनिशान तक नहीं था। टुकू भोर में उठकर जल्दी-जल्दी कहीं निकल गया। थोड़ा-सा चिउड़ा-गुड़ खाकर जाओ, कहने पर भी नहीं सुना उसने। शायद आज भी कोई बच्चा नहीं आएगा। अब तक नहीं आया; रीना सोच रही थी।

बाहर मोटरसाइकिल की आवाज सुनाई दी। रीना सहज रूप से बाहर आई, मानो वह इन्तजार कर रही थी किसी का! वही आदमी था रतन सिंह—आज भी अकेला है।

"आज वाकई बहुत प्यास लगी है। दो गिलास मटके का पानी मिलेगा?" रतन सिंह मोटरसाइकिल खड़ी करके उतरा।

धीमी-सी मुस्कान पसर गई रीना के होंठों पर। वह अन्दर से दोनों हाथों में दो गिलास पानी ले आई।

"तुम्हारे यहाँ तो बिजली होगी?" रतन सिंह हाथों में गिलास लेकर बरामदे में बैठ चुका था।

"हाँ, सिर्फ यहीं है। किन्तु चार दिनों से बिजली आ नहीं रही। एक टेबल फैन भी है, वह भी नहीं चलता।"

"क्यों नहीं आ रही बिजली? इन दिनों तो आँधी-तूफान भी नहीं है!" रतन सिंह ने उसकी ओर देखते हुए पूछा।

"क्या पता! शायद कहीं तार पिघल गया होगा गरमी से! बदला नहीं गया होगा। दस-पन्द्रह दिन तो निकल ही जाते हैं।" रीना ने कहा।

"यहाँ तो कोई बातचीत करने को भी नहीं है। नीचे बाजार में भी यही हालत है।" रतन सिंह ने जल्दी-जल्दी कहा जब रीना बरामदे से गिलास उठा रही थी।

"क्या साथ में माँ-बाप भी रहते हैं? शायद स्कूल भी चलता है घर पर।"

"नहीं, छोटा भाई है। स्कूल भी चलता है। किन्तु इन दिनों गरमी की छुट्टियाँ हैं।" रीना ने जवाब दिया।

"क्या बच्चे पढ़ने आते हैं? मास्टर हैं?" रतन सिंह ने पूछा।

"हाँ, थोड़े-बहुत आते हैं—कभी आते हैं, कभी नहीं। दोपहर को खाना दिया जाता था। शुरू-शुरू में अधिक आते थे। एक मास्टर हैं, वे भी उसी तरह।"

"और भाई? क्या करता है वह? कुछ पढ़ाई-सढ़ाई की है?"

"हाँ, थोड़ी-बहुत—मैट्रिक पास है। सुविधा नहीं थी अधिक पढ़ने की उसके पास।" रीना ने सहजता से जवाब दिया। "नीचे बाजार में एक एस.टी.डी. की दुकान खोल रखी है। और भी कुछ-कुछ सामान रखेगा, कह रहा था।" रीना ने उदास भाव से कहा।

"तो फिर ठीक है, चलता हूँ। थैंक्यू।" रतन सिंह रीना को देखकर मुस्कराया और मोटरसाइकिल स्टार्ट कर दी।

"कल आऊँगा।" रतन सिंह ने सिर घुमाकर देखा रीना को। प्रश्न या प्रतिश्रुति न जाने क्या था कि रीना का चेहरा लाल हो गया।

थोड़ी-सी बेचैनी हो रही थी रीना को अगले दिन दुपहरी में। इस बीच दो-तीन बार बाहर का चक्कर लगा आई थी वह। उसे लग रहा था कि रतन सिंह बस आने ही वाला है। वह क्यों आएगा, उस बारे में रीना नहीं सोच रही थी। रतन सिंह के आने पर रीना उससे क्या बात करेगी, यह भी वह नहीं सोच पा रही थी। एक अजीब-सी बेचैनी थी उसमें। रतन सिंह अब तक नहीं आया—दुपहरी बीत गई, साँझ ढलने को थी। रीना हाथ-मुँह पर पानी छिड़ककर, चटाई बिछाकर कमरे में करवटें बदल रही थी। अचानक मोटरसाइकिल की आवाज आई। रीना हड़बड़ाकर उठ बैठी।

"आज प्यास के साथ-साथ थोड़ी भूख भी लगी है। सोचा कि चाय पिऊँगा।" रतन सिंह ने रीना पर शरारत-भरी निगाह डाली और मुस्करा दिया।

वही मुस्कान फैल गई आहिस्ता से रीना के चेहरे पर।

"भाई नहीं है क्या? मैंने सोचा था कि शाम के वक्त आऊँगा तो उससे मुलाकात हो जाएगी।" रतन सिंह ने कहा।

"नहीं, अभी तक नहीं लौटा। दुकान में होगा।"

"लो, मैं बैठ गया चाय के लिए।" रतन सिंह बरामदे में बैठ गया।

"दूध नहीं है।" शर्म से चेहरा जल रहा था रीना का।

"चाय-चीनी तो है न?" रतन सिंह ने उसकी ओर देखते हुए सहजता से पूछा।

सिर हिलाकर हामी भरी रीना ने।

"लाल चाय ही चलेगी।" मुस्करा दिया रतन सिंह ने।

पलक झपकते अन्दर चली गई रीना।

गैस नहीं थी। पत्ते जलाकर चाय चढ़ा देगी, सोचा रीना ने। एक कप चाय, प्लास्टिक के प्लेट में चार मिल्क बिकीज़ बिस्कुट लेकर बाहर चली आई रीना।

"बहुत देर लग गई?"

"गैस जो नहीं थी।" मुस्करा दिया रीना ने और पुनः अन्दर जाने लगी। "मैं एक गिलास पानी लाती हूँ।"

"बैठो यहाँ।"

गिलास रतन सिंह के पास रख दिया रीना ने, किन्तु बैठी नहीं, उसी तरह खड़ी रही।

"ऐसे हालात अब नहीं रहेंगे यहाँ। गैस हमेशा मिलेगी। बिजली हमेशा आएगी। दुकान-बाजार बढ़ेंगे। अच्छे-अच्छे स्कूल बनेंगे। कॉलेज भी बन सकता है। अस्पताल बनेगा। डॉक्टर भी रहेंगे। इस जगह का नक्शा पूरी तरह बदल जाएगा।" रीना की ओर मुँह करके, हालाँकि उसकी ओर बिना देखे रतन सिंह ने कहा।

रीना चुपचाप खड़ी थी।

"हम लोग यहाँ क्या कर रहे हैं, जानती हो? इस पहाड़ के लिए सड़क बना रहे हैं; अभी जिस तरह की सड़क है, वैसी नहीं, पूरी पक्की सड़क—ताकि दो गाड़ियाँ आसानी से आ-जा सकें।" रतन सिंह ने पहले ही जैसी आवाज में कहा।

"सुना है, उस पहाड़ को काटकर, पत्थरों को तोड़कर खदान बनाया जाएगा?" रीना की आवाज में थोड़ी खीज थी।

"ऐसी बात नहीं है। पर जो भी कुछ होगा, सबके भले के लिए होगा। जितने भी लोग इन दोनों पहाड़ों पर या आस-पास के टीलों पर रहते हैं, सबकी उन्नति होगी।" रतन सिंह ने बड़े ही शान्त भाव से कहा।

"क्या उन्नति होगी इन सबकी?"

“नौकरी मिलेगी सबको। नकद रुपए मिलेंगे—शर्ट-पैंट, धोती-कुर्ता पहनेंगे—अच्छे-खासे इनसान की तरह इनसान बनकर रहेंगे। सभ्य बनेंगे, सुसंस्कृत बनेंगे।” रतन सिंह ने समझाने जैसा कहा।

“‘इनसान की तरह इनसान बनकर रहेंगे’ का मतलब क्या है? वे लोग भी तो हमारे जैसे इनसान ही हैं। जीवन में जो भी कुछ घटित होता है, उससे आप लोग खुश होते हैं, दुखी होते हैं, इनके लिए भी सब कुछ वैसा ही है। जिस तरह आप लोग धूप-बारिश-ठंड भोगते हैं, ये लोग भी वही सब सहते हैं। आप लोगों के पास जैसी-जैसी सुविधाएँ हैं, इनके पास नहीं हैं—फर्क बस इतना ही है। लेकिन वे लोग तो इसे अभाव नहीं समझते। अभी तक कहीं जाकर बार-बार माँगा है क्या कि हमें भी वे सारी चीजें दीजिए जो आप लोग भोग रहे हैं?” रीना की आवाज उत्तेजित हो उठी थी।

“पर यह बताओ, क्या सभ्यता ने इन्हें कुछ भी नहीं दिया? गाँव-गाँव में स्कूल होने के कारण बच्चे दो अक्षर पढ़ रहे हैं। डॉक्टरी दवाइयाँ मिल रही हैं। पीने के पानी के लिए ट्यूबवेल लग रहे हैं। अनेक गाँवों में बिजली है। यह सब हुआ है या नहीं?”

“हाँ, कुछ तो हुआ है। किन्तु नाम भर के लिए—फिर बुलबुले की तरह गायब हो जाते हैं। स्कूलों की हालत के बारे में न कहना ही अच्छा है। दवाइयाँ ढेरों मिल रही हैं—बाजार में अस्पताल है, डॉक्टर नहीं हैं वहाँ। इस गाँव में यहाँ आँगनबाड़ी और स्कूल में ही बिजली है—तिस पर भी दो दिन लाइन रहने पर दस दिन चली जाती है।” खेदभरी उक्ति थी रीना की।

रबीजानी आ पहुँचा, उसी वक्त—बाँस की बहँगी में दो मटका पानी लटकाए। दरवाजे पर ठहर गया। पहले रतन सिंह की ओर और फिर तुरन्त रीना को कुछ देर देखा। अन्दर जाकर पानी के मटके रख दिये और चुपचाप बाहर आकर झुटपुटे में समा गया।

“चलें थोड़ी देर टहलने? तुम्हारे साथ आस-पास का इलाका देख लूँ?” रतन सिंह ने धीमे से पूछा रीना से।

रीना क्षण भर रुकी। मुड़कर किवाड़ बन्द करके बाहर से जंजीर लगा दी और चप्पल पहनकर बरामदे से नीचे उतर आई।

आँगनबाड़ी की बाईं ओर वाली पगडंडी पर चलने लगे वे लोग। उधर आस-पास कोई घर नहीं था। वैसे भी यहाँ गाँवों के घर एक के बाद एक थोड़ी-थोड़ी दूरी पर बने होते हैं। एक गाँव से दूसरा गाँव लगभग दस-बारह किलोमीटर दूर।

“कुछ भी कहो, बहुत कष्ट में जी रहे हैं यहाँ के लोग! इन्हें थोड़ी सुविधाएँ और मिलनी चाहिए। है न?” रतन सिंह ने धीमी आवाज में कहा।

“अधिक आराम से जीने के लिए इन्हें अपनी भावनाओं की लगाम क्यों छोड़नी होगी? क्यों भूलना होगा पुश्त-दर-पुश्त से चिपकी अपनी देहरी, अपने

जंगल–पहाड़ को ? क्या आप लोग अपने विकास के लिए अपनी वंश–परम्परा को छोड़ देते हैं ? जमीन–जायदाद भूल जाते हैं ? उनके ठाकुर–देवता को क्यों हटाएँगे ? क्या आप लोगों के मन्दिर तोड़े जाते हैं ?''

रीना ने इतना कुछ उगल दिया मानो इतना कुछ भर रखा था उसने अपने अन्दर।

''क्या आप कह सकते हैं कि जैसा जीवन आप जी रहे हैं, वह सबसे अच्छा है, इन लोगों से काफी बेहतर ? बल्कि इन्हें तो अपने काम से मतलब रहता है। किसी की टाँग नहीं खींचते, बुरा नहीं चाहते—जितनी जरूरत है, उतना ही खाते हैं, नाहक किसी के पेट पर लात नहीं मारते। बताइए, ये किस दृष्टि से हेय हैं ?''

''तुम खामखाँ नाराज हो रही हो। मेरे कहने का मतलब यह नहीं है। जो कुछ देश, सरकार, औद्योगिक संस्थाएँ कह रही हैं, वह सब इनके फायदे के लिए है। अभी नहीं तो बाद में सही, ये लोग समझेंगे। मैं तुमसे सहमत हूँ। इन्हें तकलीफ पहुँचाने की मंशा किसी की नहीं है। विश्वास करो।'' इतना कहकर चुप हो गया रतन सिंह।

''सबसे अच्छा तो यह होता कि इन्हें साफ–सुथरा करवाकर, अच्छे कपड़े और टोपी पहनाकर चिड़ियाघर में पिंजड़ों में रख देते—बन्दरों को रखने की तरह। तब जाकर बड़े–बड़े धनी लोगों के मन को शान्ति मिल जाती।'' रीना के स्वर में रोष था।

''तुम इन लोगों के बारे में इतना कुछ सोचती हो, मुझे आश्चर्य हो रहा है, अच्छा भी लग रहा है।'' अति शान्त भाव से कहा रतन सिंह ने।

''इन लोगों के साथ दो साल बिताए हैं मैंने बाबूजी। इतनी शान्ति है यहाँ पर कि आपको विश्वास नहीं होगा।'' रीना ने भी आहिस्ता से कहा।

''मुझे बाबूजी मत कहो। मेरा नाम रतन है।'' रतन सिंह ने कहा।

चुपचाप चल रहे थे वे लोग। सूर्य अस्त हो चुका था। अँधेरा छा गया था धीरे–धीरे। इतनी गरमी में भी न जाने कहाँ से जरा–सी राहत की तरह थोड़ी–थोड़ी ठंडी हवा बह रही थी पेड़ों के बीच।

''बहुत मीठी सुगन्ध है यह। क्या है ?'' वहीं खड़ा हो गया रतन सिंह और चारों ओर देखने लगा।

''इस बाईं ओर वाले पेड़ को देखिए। गूलर का पेड़ है। पके–पके लाल गूलर के फल भरे पड़े हैं। अँधेरा हो चला है, ठीक से दिख नहीं रहा है। उसी की सुगन्ध है यह।''

आगे बढ़ते चले जा रहे थे वे लोग। सहसा रुक गई रीना।

''यह महक पहचान रहे हैं आप ? अति मधुर महक है—कुरई फूल की।'' पास की झाड़ी से हिना की तरह के छोटे–छोटे सफेद फूलों का एक गुच्छा तोड़ लाई रीना और रतन सिंह की ओर बढ़ा दिया।

"कुरई फूल है..." रतन सिंह ने फूलों का गुच्छा और रीना के बढ़े हुए हाथ को छुआ।

एक क्षण चुप रहे वे लोग। जंगल इतना शान्त था कि एक पत्ता भी खड़के तो सुनाई देगा।

"सारे सफेद फूल न जाने क्यों रात को ही खिलते हैं!" रीना ने सिर झुकाए हुए खूब धीरे से कहा।

"सारे सफेद फूल..."

रतन सिंह ने रीना का चेहरा अपनी दोनों हथेलियों से उठाते हुए देखा।

"कल आऊँगा इसी वक्त। मैं दो कमरों का एक मकान बनवा रहा हूँ—थोड़ी-सी ऊँचाई पर—करीब दो-तीन किलोमीटर होगा यहाँ से। बार-बार बाजार जाने-आने में परेशानी होती है। ले चलूँगा तुम्हें वहाँ।"

वे लोग लौट रहे थे एक-दूसरे का हाथ थामे—उसी रास्ते से।

◆ ◆ ◆ उस दिन अचानक सुबह-सुबह रतन सिंह को अपने घर के आगे देखकर अवाक् रह गई रीना। वे लोग अक्सर शाम को मिला करते थे। वैसे भी पिछली शाम रतन के नए घर में काफी समय बिताया था उन लोगों ने। तो फिर किसलिए...

गनीमत है कि टुकू घर पर नहीं है। कल दोपहर का गया, अभी तक नहीं लौटा है। रतन सिंह के पास गई रीना। अजीब-सा दिख रहा था रतन। सिर पर कंघी तक नहीं किया था उसने। आँखें फूली-फूली—पाप छू गया रीना के मन को—क्या बात हो सकती है?

"टुकू कहाँ है? घर पर है या नहीं?" मोटरसाइकिल से उतरे बगैर गम्भीर हो पूछा रतन सिंह ने।

घबरा गई रीना। कुछ पल बाद उत्तर दिया, "क्या पता! शायद दुकान की ओर गया होगा?"

"कब गया?" रतन सिंह का स्वर बिलकुल अलग था।

"अभी कुछ देर पहले—सुबह-सुबह।"

रीना समझ रही थी कि उसकी आवाज काँप रही है।

"क्यों, क्या हुआ?" इस बार रीना ने दृढ़ स्वर में पूछा।

"कल रात किसी ने प्रदीप को मार डाला। आज भोर में उसकी बॉडी बीच बाजार में पड़ी मिली। सामने से चाकू भोंका गया है। पुलिस छानबीन कर रही है चारों ओर। जिसने मारा है, बचकर निकल नहीं सकता।" रतन सिंह ने मानो सबको सुनाते हुए कहा था।

निस्पन्द खड़ी थी रीना। उसे लग रहा था, जैसे कि पैरों की ओर से जीवन शेष हो रहा हो उसका। पहली बार पानी माँगने के लिए रतन के साथ प्रदीप मोटरसाइकिल

पर बैठकर यहाँ आया था। उसके बाद दो-चार बार रतन सिंह के घर पर मुलाकात हुई थी उससे। किन्तु किसी ने क्यों मार डाला उसे?

रीना उसी तरह खड़ी रही बाहरी दीवार से टिकी। उस आदमी को जान से किसने मार डाला? टुकू कहाँ है कल से? रतन सिंह के आगे उसके मुँह से निकल जरूर गया था कि वह दुकान गया है, किन्तु वास्तव में...नहीं-नहीं, उसका भाई कुछ भी कर सकता है, परन्तु किसी को जान से नहीं मार सकता। ऐसी वारदात में वह कभी शामिल नहीं हो सकता। कितना कोमल मन है उसका! पिछले साल साहब लोग आए थे स्कूल देखने—बहुत मन था उनका खरगोश का शिकार करने का—मांस पकाकर खाने का। टुकू ने साफ मना कर दिया। नहीं, ऐसा नहीं हो सकता। यहाँ जंगली जीव का शिकार नहीं हो सकता। रीना डर रही थी, कहीं उसे निकाल न दिया जाए आँगनबाड़ी से। गनीमत है, वैसा कुछ नहीं हुआ।

'तुम इस सिंह कंट्रैक्टर से इतना मेल-जोल क्यों बढ़ा रही हो?' टुकू का इस तरह पूछना याद आ गया रीना को।

'नहीं तो! यों ही कभी-कभार मुलाकात हो जाती है। वैसा कुछ नहीं है।' रीना ने बात टाल देने सा जवाब दिया था।

'ध्यान रखना। अच्छे लोग नहीं हैं ये। कोस्टल से आए हैं। इनके इरादे अलग हैं। पहाड़ तोड़ना और आदिवासियों को तबाह करना ही इनका लक्ष्य है। इन लोगों से हमारा कोई मतलब नहीं है।' टुकू ने गम्भीर होकर कहा था।

रीना कोई जवाब नहीं दे पाई थी सहसा। क्या कहती छोटे भाई से? वैसे भी अधिकतर वह घर पर नहीं रहता। बोल नहीं पाई कि वह रतन सिंह को चाहती है। दोनों ने तय किया है, शादी करेंगे। वैसा कोई खराब आदमी नहीं है वह। आदिवासियों और उनके जीवन के प्रति दर्द, सहानुभूति है उसमें...किसी वक्त समय निकालकर टुकू को पास बिठाकर सारी बातें बता देगी, ऐसा सोचा था रीना ने। किन्तु हठात् यह सब क्या हो गया?

शाम तक नहीं लौटा टुकू। आशंका और उत्कंठा लिये प्रतीक्षा करती रही रीना। रात के बाद सुबह हो गई, टुकू नहीं आया। एक दिन नहीं, दो दिन नहीं, लगातार चार दिनों तक नहीं लौटा टुकू। रतन सिंह भी मिलने नहीं आया इस दौरान। पाँचवें दिन रात को दरवाजे पर दस्तक सुनाई दी रीना को। झट उठ बैठी रीना। आधी नींद से उठने के कारण देह काँप रही थी उसकी।

''दीदी, दरवाजा खोलो।'' टुकू की आवाज थी।

जल्दी-जल्दी जाकर दरवाजा खोल दिया उसने। टुकू के साथ तीन-चार लोग और थे।

''कुछ खाने को है?'' टुकू की आवाज में जल्दबाजी थी।

कुछ भी नहीं है घर पर। परेशान थी रीना। थोड़ा-सा पोहा पानी में

फुलाकर, चीनी मिलाकर पकड़ा दिया उन लोगों को रीना ने और हताश हो बैठ गई वहीं।

"सुनो दीदी! पुलिस ढूँढ़ रही है हम लोगों को। लेकिन हमने उस आदमी को नहीं मारा है। विश्वास करो दीदी, किसी और ने किया है यह, ठीकरा फोड़ रहे हैं हमारे सिर पर।" टुकू इतना कहते-कहते हाँफने लगा।

रीना की निगाह जमीन पर रखे उनके छुरी, चाकू और एक पिस्तौल पर पड़ गई। वह साँप देखने-सी चौंक उठी।

"ये सब कुछ भी नहीं है दीदी—अपनी जान बचाने के लिए है। हम छिपते फिर रहे हैं—मजबूरी में इतना कुछ रखा है। क्या कुछ पैसे हैं तुम्हारे पास?" टुकू ने हड़बड़ाकर पूछा।

रीना दौड़ गई ट्रंक की ओर। जो कुछ था रेजगारी सहित, निकाल लाई—पाँच सौ छप्पन रुपए। दे दिया टुकू को सारा।

टुकू ने पलक झपकते ही झपट लिया सारा का सारा और पीछे बाड़ी की ओर से अन्तर्धान हो गए वे लोग।

रीना जहाँ खड़ी थी, वहीं बैठ गई। सारी रात उसी तरह बैठी रही वह। सुबह किसी तरह से उठी। एक-एक करके काम किया घर का। आँगनबाड़ी के कुछ बच्चे आए थे, उन्हें गीत सिखाया और उनके लिए खाना पकाने के बारे में सोचने लगी। किन्तु मन न लगने के कारण उन्हें थोड़े-थोड़े बिस्कुट देकर विदा कर दिया। शाम को रबीजानी आया—पानी लाना है या नहीं, पूछा।

"तुमने रतन सिंह को देखा है क्या?" रीना ने उससे पूछा।

उसने सिर हिलाकर मना कर दिया।

रबीजानी के जाने के बाद घर का साँकल लगाकर निकल पड़ी रीना।

पूरे रास्ते उसे लगता रहा मानो रतन सिंह किसी भी समय निकल आएगा मोटरसाइकिल पर। कानों में उसके लगातार आती रही उसके मोटरसाइकिल की आवाज। किन्तु सड़क पर कोई नहीं था। उस अँधेरी चढ़ाईवाली सड़क पर लगभग तीन किलोमीटर चलते-चलते हाँफने लगी थी वह। रतन सिंह के घर के सामने पहुँचने तक काफी देर हो चुकी थी। किन्तु उसे और भी हताश होना था। मकान के दोनों कमरों में बाहर से ताला लगा था। बाहर बरामदे में बैठ गई रीना। कहीं कोई नहीं था। थोड़ा-सा पानी तक मिलने की उम्मीद नहीं थी। आधा दौड़ते हुए, आधा चल-चलकर वह अपने घर लौट आई। रात उद्वेग में कटी उसकी। सुबह-सुबह उसने निश्चय किया कि रतन सिंह को किसी भी तरह ढूँढ़ निकालेगी। यदि यहाँ उसके मकान में उससे नहीं मिल पाई, तो नीचे बाजार जाकर उसके अड्डों में तलाश करेगी। रतन सिंह से टुकू को मिलवाएगी ताकि उनकी आपसी गलतफहमी दूर हो; दिन भर बारम्बार मन-ही-मन यह सब दोहरा रही थी रीना।

बहुत बेचैनी हो रही थी उसे। कब सूर्यास्त हो और वह निकल जाए, घर के बाहर-भीतर आवाजाही कर रही थी। शाम होते ही बाहर से साँकल लगाकर साइकिल लेकर निकल पड़ी वह। इतनी लम्बी चढ़ाई चढ़ने में काफी समय लग जाएगा।

रतन सिंह के मकान से पहले सड़क किनारे अपनी साइकिल छुपाकर रख दी उसने ताकि कोई देख न ले। जिस पिछले रास्ते से उसके मकान में जाया करती थी, रीना उसी रास्ते पर धीरे-धीरे आगे बढ़ने लगी। रतन सिंह की बाड़ी की ओर का दरवाजा खुला था। दूर से देखा कि मकान के सामने एक बड़ी गाड़ी रखी है। शायद और कोई भी है। वैसे भी जिस दिन रतन सिंह खुद नहीं कहता था, उस दिन रीना नहीं आती थी उससे मिलने। क्योंकि रतन सिंह अधिकतर यहाँ नहीं होता था और यदि होता भी था तो कोई न कोई दोस्त-यार साथ होता था।

रीना ठिठक गई, अन्दर जाए या न जाए! जरूर कुछ और लोग भी हैं अन्दर। ऐसे में भीतर जाना ठीक नहीं होगा। काश, कोई इशारा करके रतन को बुलाया जा सकता, मन-ही-मन सोच रही थी वह और कुछ निश्चय करने से पहले एक-एक डग बढ़ाती चली जा रही थी रतन सिंह के दो कमरोंवाले मकान की ओर। पिछले दरवाजे से अन्दर न जाकर बाईं ओर मुड़कर खिड़की के नीचे खड़ी हो गई वह। अन्दर कमरे की छत से तार में इलेक्ट्रिक बल्ब लटक रहा है; स्टैंडवाले दो पंखे घूम रहे हैं और खूब हँसी-मजाक भरी बातें सुनाई दे रही हैं। रीना कुछ देर वहीं ठहर गई। वह कन्ध लड़का, जो रतन सिंह की रसोई बनाता है, शायद उससे मुलाकात हो जाए।

''ये लोग बड़े सरल हैं। पैर काट डालो तो भी नहीं जान सकेंगे।'' रतन सिंह की आवाज थी।

''लेकिन वे लड़के तो बहुत चालाक हैं। प्रदीप को तो उन्हीं लोगों ने मारा है न!'' किसी और की आवाज थी यह।

''हम लोग कुछ करने का प्लान बनाते ही रह गए, उन लोगों ने अपना करिश्मा दिखा दिया हमसे पहले!'' लम्बी साँस छोड़ते हुए किसी ने कहा।

''चिन्ता मत करो। जल्दी ही उन लोगों का पता चल जाएगा। लीडर की बहन को मैंने किसी तरह फाँस लिया है। उसी से मुझे कुछ-कुछ सुराग मिला है।''

क्या यह रतन सिंह की आवाज है? रीना को अपने कानों पर विश्वास नहीं हो रहा था।

''बड़े गुरू हो तुम! वरना ऐसी जगह तो रहना भी मुश्किल है। कैसा माल है गुरू?''

''सब्र करो, दिखा-चखा दूँगा कभी।'' रतन की आवाज थी। उसके बाद जोरों का ठहाका।

रीना बुत की तरह वहीं खड़ी रह गई। अन्दर जाए, अपनी उपस्थिति बताए या लौट जाए, कुछ सोच नहीं पा रही थी।

''यहाँ की लड़कियाँ वैसे भी अच्छी हैं। पूरा कच्चा माल।'' किसी ने कहा।

थोड़ी धीमी आवाज थी—सुन नहीं पाई रीना। शायद वह अधिक सुनने की शक्ति खो चुकी थी।

''किन्तु भाई, एड्स?''

''उस बारे में हम पूछ लेंगे। थोड़ी सावधानी बरतनी होगी। और कुछ महीनों के बाद काम खत्म होने लगने पर डेरा-डंडा उठा लेंगे। हमारा क्या बनता-बिगड़ता है!''

''फिर भी, प्रदीप की मौत का बदला तो लेना ही होगा।''

''हाँ, ऐसे मौके पर काफी कुछ सफाई भी हो जाएगी...''

रीना ने एक-एक डग पीछे की ओर बढ़ाया। खूब सतर्कता के साथ—जंगल इतना सुनसान और शान्त था कि सूखे पत्ते पर पैर पड़ने से भी आवाज सुनाई देगी।

साइकिल उठाने तक का ध्यान नहीं रहा उसे। सीधे रास्ते से न आकर वह वन-लताओं में घुसकर अपने घर की ओर भागने लगी। वह इस तरह भाग रही थी मानो उस मकान के लोग उसे पकड़ने के लिए उसके पीछे भाग रहे हैं!

आँगनबाड़ी के सामने एक और आश्चर्य उसका इन्तजार कर रहा था! दरवाजा खुला था। टुकू का एक दोस्त घर के बाहर इधर-उधर चहलकदमी कर रहा था, शायद पहरा दे रहा था। रीना को देखते ही रुक गया। रीना उससे कुछ बोले बिना लगभग दौड़ती हुई-सी अन्दर चली गई। अन्दर बरामदे के एक कोने में शायद टुकू और उसके अन्य पाँच-छह साथी थे। उनसे बिना कुछ बोले सीधे अपने कमरे में चली गई रीना।

वोल्टेज कम होने के कारण चालीस पावर का बल्ब धीमे जल रहा था उस कमरे में। रीना दीवार पर टँगे छोटे-से आईने के सामने जाकर खड़ी हो गई और अपना प्रतिबिम्ब देखकर चौंक उठी।

''दीदी, जानती हो, आज दोपहर उस कंट्रैक्टर का हत्यारा पकड़ा गया है। सुनने में आया है कि उसके विरोधियों में से किसी ने उसे मारा है...''

टुकू की उत्साहभरी बात हठात् रुक गई, क्योंकि रीना उसकी ओर मुँह करके खड़ी हो गई थी। उस धीमी रोशनी में भी टुकू देख सकता था कि रीना के पूरे चेहरे पर खरोंच के निशान हैं और गाल से खून की पतली धार बह रही है—देह पर चुन्नी नहीं है, बाएँ हाथ की बाँह के ऊपर से कमीज फटकर लटक रही है। पल भर के लिए पथराया-सा खड़ा रह गया टुकू।

''क्या हुआ दीदी? किसने किया? बताओ कौन है?'' टुकू के स्वर में मानो गम्भीरता और क्रोध का विस्फोट हो रहा हो!

रीना उसी तरह उसकी ओर मुँह किए बुत-सी खड़ी थी। उसकी दोनों आँखों से आँसुओं की दो धार बहने लगी थी।

"दीदी, मैं कुछ पूछ रहा हूँ न?" गरज उठा टुकू। उसकी आवाज सुनकर बरामदे में बैठे उसके साथी दरवाजों की फाँक से अन्दर देखने लगे।

"वह...कंट्रैक्टर बाबू—उसके साथी..." धीरे-धीरे हालाँकि स्पष्ट स्वर में कहा रीना ने। टुकू की ओर देख रही थी वह। उसकी पलकें गिर नहीं रही थीं जबकि आँसुओं की धार बहती चली जा रही थी।

"कहाँ हैं वे लोग?"

"अपने घर में...ऊपर टीले पर।" इस बार टुकू पर से अपनी निगाह हटाकर उसके पीछे खड़े उसके दोस्तों की ओर देखा रीना ने।

आगे एक शब्द भी बोले बिना टुकू पीछे की ओर मुड़ा और तूफान की तरह निकल गया कमरे से—पीछे-पीछे उसके दोस्त। बिजली की गति से कूदकर बरामदे के दूसरे छोर पर पहुँच गए वे लोग और बरामदे से कुछ खनकती-सी आवाजें सुनाई दीं। रीना ने देखने की कोशिश की—चाकू या उसी तरह के कुछ-कुछ किसी-किसी के हाथ में चमक रहा था।

खूँखार जानवरों की तरह कूदकर घर के बाहर निकल गए वे लोग—टुकू और उसके छहों दोस्त। पलक झपकते जंगल के अँधेरे में समा गए।

दोनों हाथों से किवाड़ के दोनों पल्ले पकड़े रीना बाहरी दरवाजे की चौखट पर खड़ी थी। वह अँधेरे को देख रही थी और उसकी आँखों से आँसुओं की धार बहती जा रही थी।

अभाव

'एक किलो बासमती चावल खरीद पर एक किलो मुफ्त!' का विज्ञापन लगा है। कुछ लोग उलट-पलटकर देख रहे हैं चावल के पैकेट। उलट-पलटकर देखने के बाद हाथ में एक पैकेट लेकर सीधा खड़ा हो गया जितेन्द्र सीधी खड़ी हो गई माधुरी। उनके हाथ से छूटकर गिर गए चावल के पैकेट। एक-दूसरे की उपस्थिति ने एक तरह से सजग और सतर्क कर दिया दोनों को।

"अरे मधु, तुम यहाँ?" जितेन्द्र के स्वर में खुशी और आश्चर्य था।

"जीतू, तुम यहाँ कैसे! तुम यहाँ कैसे?" तैर आया वह विस्मय माधुरी की ओर।

एक ओर खिसक आए बासमती चावल के स्टाल से जितेन्द्र और माधुरी। खिसक आए दोनों मोल-तोल, खरीद-फरोक्त और बाजार से। उनके चारों ओर के दो फीट व्यास की परिधि अलग हो गई; कोलाहल से, जाने-पहचाने लोगों से, प्रदर्शनी के आकर्षक स्टालों से, उड़ती हुई धूल से और बीस साल की दूरी से...। वह समय, वह जरा-सी खाली जगह, और चारों ओर की हवा उनकी हो गई—जितेन्द्र और माधुरी की।

"कैसी हो माधुरी?" गहरी दृष्टि के साथ गहरे स्वर में पूछा जितेन्द्र ने।

"ठीक ही चल रहा है, और तुम?" माधुरी ने उत्सुकता से देखा।

"बस, चल रहा है। कब से हो यहाँ?" जितेन्द्र ने पूछा कुछ सहज होते हुए।

"मैं तो काफी सालों से हूँ यहाँ। शायद तुम यहाँ नहीं थे?" माधुरी ने पलटकर पूछा था।

"हाँ, मैं पिछले ही साल आया हूँ यहाँ।" जितेन्द्र ने उत्तर दिया। बूँद भर खामोशी पसर गई उनकी परिधि में।

'और क्या पूछा जाए?' जितेन्द्र सोच रहा था।

'किस तरह ठहराया जा सकता है इस एक पल को?' माधुरी सोच रही थी।

जितेन्द्र ने अपनी दोनों हथेलियों को दबाया और अँगुलियाँ चटकाईं। माधुरी ने नजर झुकाई और बाएँ पैर को चप्पल के साथ इधर-उधर सरकाने लगी। कुछ

चिन्तित हुए दोनों। क्या कहें एक दूसरे को? माधुरी 'अब चलती हूँ' कहकर चली न जाए, सोच रहा था जितेन्द्र। कुछ बातें किए बिना इस तरह एक साथ खड़ा नहीं हुआ जा सकता, ऐसा सोच रही थी माधुरी—पर दोनों चाहते थे, वह पल पसरता चला जाए, समय ठहर जाए, खत्म न हो जाए आज यहाँ कम-से-कम!

"क्या खरीदा? लौटने की जल्दी तो नहीं?" जितेन्द्र ने पूछा।

"ऐसा कोई खास नहीं। आज कुछ खाली समय था। सोचा, प्रदर्शनी का चक्कर ही लगा आती हूँ। सोच रही थी कि चावल खरीदूँ या नहीं। तुमने क्या कुछ खरीदा?" माधुरी ने पूछा।

"नहीं, मुझे भी कुछ खरीदना नहीं था। दफ्तर में सभी प्रदर्शनी की तारीफ कर रहे थे, सोचा, कुछ देर घूम आऊँ।" जितेन्द्र ने कहा।

फिर चुप हो गए घड़ी भर दोनों। जितेन्द्र सोच रहा था, माधुरी कह न दे, देर हो गई है, चलती हूँ। माधुरी सोच रही थी, दोनों इसी तरह यहाँ खड़े रहें या साथ-साथ चलते रहें?

"यदि जल्दी में नहीं हो मधु तो चलो, चलकर कॉफी पीते हैं। इतने दिनों बाद मुलाकात हुई है।" 'जितेन्द्र जल्दी-जल्दी कह गया।

"तुम्हें कोई दिक्कत तो नहीं है? दिनों बाद नहीं, बल्कि ठीक बीस साल बाद मिले हैं।" माधुरी बोली।

बीस साल! बीस दिन नहीं, बीस महीने नहीं, बीस साल! बीस घंटे एक-दूसरे से अलग नहीं रह पाते थे वे दोनों। कितना कुछ बीत गया इस बीच! कई तरह की घटनाएँ-दुर्घटनाएँ, जीवनयापन प्रणाली की कई टेढ़ी-मेढ़ी सुरंगें पार कर चुके हैं वे लोग। जबकि ऐसा लग रहा है, मानो यह फासला उन दोनों के बीच था ही नहीं, इतनी खुश और ताजगी लहरा रही थी उन दोनों के बीच!

"चलो, चलते हैं।" जितेन्द्र ने कहा।

उसके साथ डग बढ़ाते हुए माधुरी चल पड़ी। गाड़ी पार्किंग की जगह पहुँचे दोनों। आगे का दरवाजा खोलकर माधुरी को बिठाया जितेन्द्र ने और खुद ड्राइविंग सीट पर बैठ गया। 'कितना डरता था वह?' माधुरी सोच रही थी। लगभग पाँच महीने की कल्पना के बाद वह राजी हुई थी जितेन्द्र के पीछे स्कूटर में बैठकर धौलीगिरी जाने को। दिन में ग्यारह बजे निकलेंगे दोनों। माधुरी पहले रिक्शे में जाकर ए.जी. चौराहे पर इन्तजार करेगी। ठीक उसी समय जितेन्द्र स्कूटर पर आएगा। माधुरी ने सिर पर चुन्नी लपेटकर मुँह से दबा लिया था ताकि आधा चेहरा ढका रहे। काला चश्मा भी लगा रखा था। इसके बावजूद उसकी धड़कनें बढ़ी हुई थीं। कहीं कोई देख न ले। भैया के तमाम दोस्त इधर-उधर घूमते-फिरते हैं। पर आज जरा भी घबराहट नहीं हो रही थी उसे शहर के बीचोबीच जितेन्द्र की बगल में उसकी गाड़ी में बैठने पर भी।

कॉफी हाउस के सामने गाड़ी रोक दी जितेन्द्र ने। कॉफी हाउस भरा हुआ था। तरह-तरह के कपड़े पहने तरुण-तरुणी शायद सोलह से पच्चीस साल के। किसी टेबल पर दो लोग, किसी पर चार। एक कोने में दो लोगों के लिए खाली टेबल देखकर बैठ गए वे लोग।

दुनिया भर की चिन्ताएँ सताती रहती थीं माधुरी को। जितेन्द्र याद दिला रहा था। कभी भी बिना झिझक के, बिना दुविधा के कैम्पस कैंटीन में बैठकर चाय नहीं पी उसके साथ माधुरी ने। हमेशा डरती, कोई देख लेगा। चलो, एक कप चाय पीते हैं, अक्सर जबर्दस्ती ले जाता जितेन्द्र। आजकल के लड़के-लड़कियों को देखो, आराम से घंटों बैठकर चाय पीते हैं, बातें करते हैं। नजरें घुमाकर चारों ओर देखा जितेन्द्र ने।

''मधु, क्या तुम्हें जुकाम है? आवाज क्यों भारी सुनाई दे रही है?'' कॉफी और केक का ऑर्डर देकर पूछा जितेन्द्र ने।

अन्दर ही अन्दर चौंक उठी माधुरी। गला भारी सुनाई दे रहा है! क्या उसकी पहले की आवाज अलग थी? सुरीली और हल्की थी? वह खुद तो नहीं जान पा रही? पर जितेन्द्र को कैसे याद है?

''नहीं तो! क्या भारी सुनाई दे रही है? हो सकता है। चालीस साल पार कर चुकी हूँ। अब तक आवाज वैसी ही कैसे रहेगी जैसी बीस साल पहले हुआ करती थी? तुम्हारे भी तो बाल इतने पक गए हैं!'' मुस्कराते हुए कहा माधुरी ने।

''मेरे तो कब के पक चुके हैं।''

''कब से जीतू?'' अन्तरंग स्वर में पूछा माधुरी ने। क्या सच में काफी दिनों से पक चुके हैं जितेन्द्र के बाल? क्यों?

''कौन याद रखता है? पर कई साल हो चुके हैं।'' गम्भीर होते हुए कहा जितेन्द्र ने। फिर कुछ क्षण चुप रहे दोनों। क्या पूछें एक-दूसरे से? बीस साल का जीवन—अर्थपूर्ण जीवन—वह समय, जब मनुष्य का जीवन सबसे अधिक घटनापूर्ण होता है। क्या बताएँ एक-दूसरे को आपबीती जिन्दगी का सारांश? कहाँ से शुरू करें?

कॉफी आ गई।

''तुम कॉफी में तीन चम्मच चीनी डाला करते थे। अब?'' माधुरी ने पूछा।

''एक चम्मच। तुम शायद बिना चीनी के पीती थीं। मोटी हो जाने का डर था तुम्हें।'' जितेन्द्र ने मजाक-भरे अन्दाज में कहा।

चीनी मिला रही थी दोनों कपों में माधुरी। कुछ अन्यमनस्क लग रही थी। कितने कप कॉफी में कितनी बार न जाने कितनी चम्मच चीनी मिलाई थी उसने जितेन्द्र के लिए!

'बिलकुल नहीं खाऊँगी रसगुल्ला, मोटी हो रही हूँ।' माधुरी सिर हिलाया करती थी।

'तुम तो जरा भी मोटी नहीं। जैसी हो, ठीक हो। मुझे दुबली-पतली लड़कियाँ बिलकुल अच्छी नहीं लगतीं।' जितेन्द्र माधुरी की कमर धीरे से सहला देता था।

"लो अपनी कॉफी। एक केक भी लो।" माधुरी ने बढ़ा दिया। चौंक उठा जितेन्द्र।

दोनों कॉफी की चुस्की लेने लगे।

बड़ा अद्‌भुत लगता है कि एक-दूसरे की खबर नहीं रखी! 'कैसे इस तरह भूल गए?—कैसे भूल गए जीतू?' माधुरी पूछना चाहती थी—'तुम्हीं तो कहा करते थे न, जी नहीं सकते मेरे बिना। जी तो रहे हो अच्छी तरह। नौकरी की, घर-गृहस्थी बसाई। एक बार पूछा तक नहीं कि मैं कैसी हूँ। मुझसे बिना बात किए एक दिन भी नहीं रह पाते थे। इतने रूठ कैसे गए मुझसे?' किन्तु शब्द नहीं फूटे माधुरी के मुँह से। 'छोड़ो, इतने दिनों बाद ऐसी बातें और क्या पूछना!' किन्तु माधुरी की आँखें भर आईं अभिमान से—जिस तरह दो दिनों तक जितेन्द्र से न मिलने पर आँखें छलछला आती थीं उसकी बीस साल पहले।

"अरे, क्या हुआ?" जितेन्द्र घबरा गया।

"गरम-गरम कॉफी की घूँट पी गई जल्दबाजी में।" माधुरी ने मुस्कराने की कोशिश की।

ऐसी मुस्कराहट, ऐसी छलछलाई आँखों ने न जाने कितनी रातों तक जगाया है उसे। 'कहाँ, माधुरी ने तो कभी उनका कोई हिसाब नहीं रखा! क्या सचमुच माधुरी अपने पति की दुनिया में इतनी खो गई कि उसे एक बार भी मेरी याद नहीं आई? जितेन्द्र सोच रहा था—'मेरे लिए उपवास रखा करती थी मधु, मैं कम्प्टीटिव परीक्षा में सफल होऊँ, इसके लिए मन्नतें माँगा करती थी। किन्तु शादी के लिए इन्तजार न करने का फैसला सुनाकर जब से गई एक बार पूछा तक नहीं कि मैंने कैसे काटा इतना वक्त! कैसे इतनी निष्ठुर हो गई, मधु?' लम्बी साँस छोड़ी जितेन्द्र ने। 'अब फिर क्यों? बल्कि जो भी चन्द घड़ियाँ बैठने को मिलेंगी माधुरी के साथ, अच्छी-अच्छी बातचीत में ही बीतें।'

"और तुम्हारा परिवार? बाल-बच्चे?" माधुरी ने पूछा।

"दो बच्चे हैं, पहली लड़की—बारह साल की हो चुकी है—सातवीं में पढ़ती है। बेटा तीसरी कक्षा में। तुम्हारे?"

"मेरी एक बेटी है। इस साल दसवीं पास की है उसने। ग्यारहवीं में नाम लिखाई है। आस्था है उसका नाम। उसके पिता ने ठान रखी है कि वह डॉक्टर बनेगी। आस्था चाहती है आई.आई.टी. के लिए कोचिंग लेना। गणित और विज्ञान में धुरन्धर है वह।" माधुरी के चेहरे पर चमक दिखाई दी।

कितनी स्वच्छन्दता से वे लोग अपने-अपने परिवार व बच्चों के बारे में बातें कर रहे हैं? अनेक शामें बीती हैं उनकी रूठने-मनाने में—उनके बच्चों के क्या नाम होंगे? उनकी सन्तानें तो हुईं—किन्तु...।

"आजकल के बच्चे बड़े खुले स्वभाव के हो गए हैं!" सिर हिलाया जितेन्द्र ने।

"और तुम्हारी पत्नी? क्या नाम है उसका?" माधुरी ने पूछा।

"श्रीलता।" स्वाभाविक रूप से कहा जितेन्द्र ने।

केक से एक टुकड़ा काटकर मुँह में डाला माधुरी ने।

"कहीं तुम्हें देर तो नहीं हो रही?" जितेन्द्र ने पूछा।

"अरे, नहीं-नहीं, तुमसे क्या रोज-रोज मुलाकात होती है?" माधुरी ने झट जवाब दिया।

कुछ मुस्कराया जितेन्द्र, "अपने बारे में क्या कहूँ! मेरी बैंक की नौकरी है, ट्रेनिंग के बाद इन्दौर में पोस्टिंग हुई। वहीं दो साल और उसके बाद भोपाल। भोपाल में तीन साल—वहाँ रहने के दौरान शादी और बेटी नम्रता का जन्म। उसके बाद चला गया बम्बई। बम्बई में काफी समय तक रह गया। मेरे बेटे सार्थक का जन्म वहीं हुआ। अभी साल भर हुए, उड़ीसा में हूँ। भुवनेश्वर पोस्टिंग हुई है। श्रीलता और बच्चों का मन नहीं लगता यहाँ। सिर्फ बम्बई की याद करते रहते हैं। मेरी बात छोड़ो। चलो, अपने बारे में बताओ।"

एकाग्र हो देख रही थी माधुरी उसकी ओर। मानो पीती चली जा रही थी जितेन्द्र की बातें! शायद सिर्फ इन सूचनाओं के अलावा वह कुछ और ही जानना चाहती थी। शब्दों और वाक्यों के बीच वह तलाश रही थी ऐसा कुछ जो उसे बता दे कि जितेन्द्र वाकई सुखी है या नहीं—कितनी सतेज, कितनी सुन्दर, कितनी भरी-पूरी, कितनी ताजगी भरी है उसकी गृहस्थी। पर नहीं, उसका कुछ भी आभास नहीं दिया जीतू ने।

'क्या जानना चाहती हो तुम मधु?' ज़ितेन्द्र सोच रहा था।

"मैं यहाँ वीमेंस कॉलेज में हूँ। ये तो एक्जीक्यूटिव इंजीनियर हो गए। लगभग यहीं हैं। पहले जगह-जगह तबादले पर घूमते रहे हैं सुशान्त। मैं सिर्फ एक ही बार साल भर के लिए केंद्रापाड़ा गई थी उनके साथ, वरना मैं तो कटक और भुवनेश्वर के बीच ही आती-जाती रही।" माधुरी ने कहा।

"खबर मिली थी, तुमने शादी के बाद कॉलेज में पढ़ाना शुरू किया था? पर किस जगह से शुरू किया था, नहीं जान पाया।" जितेन्द्र ने धीमे स्वर में कहा।

'क्या इतनी ही है मेरी बीस साल की जिन्दगी? जीतू, तुम्हें क्या मालूम, मेरे ऊपर से कितने बवंडर गुजर चुके इस बीच! शादी के तीन साल बाद बेटी का जन्म हुआ ही था कि सुन्दरगढ़ तबादला हो गया सुशान्त का। शुरू-शुरू में शनिवार, रविवार या छुट्टियों में आ जाया करते थे; किन्तु धीरे-धीरे उनका आना, चिट्ठी लिखना, फोन करना कम होता गया। कहा जाए तो लगभग बन्द-सा हो गया। लोग तरह-तरह की बातें करने लगे। सुनने में आया कि उनकी युवा अविवाहित स्टेनो रहती है उनके साथ। घर के लोगों ने सलाह दी किसी दिन आधी रात को पहुँच जाने को वहाँ। भैया ने तो एक तरह से बाध्य ही कर दिया। एक दिन टैक्सी

लेकर भी आ गए। पर मेरे मन में झिझक थी। अपनी मर्यादा लाँघकर ऐसा करने की इच्छा नहीं हो रही थी। सहेलियों ने बाध्य किया तलाक की प्रक्रिया शुरू करने को। किसी-किसी ने कहा, इतनी आसानी से उसे मत छोड़ना। मैं क्या करूँ, सोच नहीं पा रही थी। उफ्फ, कितनी मानसिक अशान्ति और अवसाद भरे दिन थे वे! बेटी छोटी थी, सास मेरे पास रहती थीं। मैंने पी-एच.डी. करना शुरू कर दिया। थक जाती थी। भुवनेश्वर में मकान, कटक में पोस्टिंग हुई—बस में जाना-आना। शारीरिक और मानसिक थकान भरे दिन थे वे। किन्तु खुद को किसी तरह व्यस्त न रखने पर पागल हो जाने जैसा लगता था। बहरहाल, साढ़े तीन साल बाद सुशान्त खुद लौट आए। बोल-बालकर कटक में अपनी पोस्टिंग करा ली उन्होंने। इस तरह पेश आए मानो ये साढ़े तीन साल, साढ़े तीन दिन जैसे थे और कुछ भी इधर-उधर नहीं हुआ था!

'उस वक्त जीतू, उस वक्त मैंने तुम्हें बहुत ढूँढ़ा था। एक दिन भी ऐसा नहीं बीता जब मैंने तुम्हारे स्नेह, आदर, चाहत को याद न किया हो। खुद को कितना धिक्कारा! क्यों माँ-बाबूजी की बात मानकर तुम्हारी उपेक्षा की? क्यों थोड़ा-सा इन्तजार नहीं किया? उन्हीं दिनों पता लगा तुम्हारी नौकरी और विवाह का। मन में बड़ा अभिमान भी हुआ। कहा करते थे, बहुत चाहते हो। कितनी आसानी से किसी और से शादी कर ली! मेरी जरा भी याद नहीं आई। कौन जाने! तुम्हारा पता होता तो मैं तुरन्त पहुँच जाती तुम्हारे पास उन दुर्दिनों में। जब तक मुझे महसूस हुआ कि प्यार क्या होता है, काफी देर हो चुकी थी। जब तुम्हारी जरूरत थी, तुम नहीं मिले। अपनी नई गृहस्थी बसाने में लगे थे। कहा करते थे, जिन्दगी भर नहीं भुला पाऊँगा!

'उन्हीं दिनों मैं ऐसा सोचा करती थी, पर बाद में सुशान्त के लौट आने पर उनके प्यार में डूबकर घर-द्वार, साड़ी-गहने, स्वस्थ परिवेश में भी मैंने तुम्हें याद किया है। स्वार्थी होकर तुमने मेरा इन्तजार नहीं किया, यह सोचकर समझा लिया खुद को। जो भी हुआ, शायद अच्छा ही हुआ, ऐसा सोचते हुए खुद को समझाया है। काफी कुछ बीत चुका है जीतू, पर मैं तुम्हें वे सारी बातें ठीक से बता नहीं पा रही हूँ!'

''बम्बई का जीवन कैसा रहा, सुनाओ? एक बार सुशान्त के साथ बम्बई, गोवा घूमने गई थी। बम्बई का जीवन रफ्तार भरा है। मुझे बहुत डर लग रहा था, कहीं उस लोकल ट्रेन से गिर न जाऊँ! एक-दो बार परेशानी होने के बाद हमने घूमने के लिए टैक्सी कर ली।'' माधुरी ने मुस्कराते हुए कहा।

''हाँ, मुझे भी बहुत दिक्कत होती थी। श्रीलता और बच्चे तो बम्बइया जिन्दगी में रच-बस गए थे। शायद बच्चे वहीं पले-बढ़े थे इसीलिए; उन्हें दोस्त-यार मिल गए थे। स्कूल भी अच्छा था उनका। दूर-दूर तक बस और लोकल ट्रेनों में आने-जाने की आदत हो गई थी। वैसे भी काफी मँहगी है बम्बई...'' जितेन्द्र अन्यमनस्क हो जाता था।

'बीस सालों बाद मुलाकात हुई है। अपने इतने समय और जिन्दगी के बारे में तुम्हें क्या बताऊँ मधु? कैसे कहूँ, अपनी गृहस्थी में इतना अरसा किस तरह पिसता रहा हूँ मैं? नौकरी मिलते ही लोन लेकर बहन की शादी करवाई। अपनी शादी के बारे में तो कभी सोचा ही नहीं था मैंने। किन्तु घर पर माँ ने बाध्य किया और तरह-तरह की परिस्थितियों के दबाव में मुझे राजी होना पड़ा। प्रथम प्रेग्नेंसी के समय श्रीलता की तबीयत खराब रहने लगी। ऐसा भी हुआ कि काफी दिनों तक रसोई बना उसे खिलाकर खुद खाकर दफ्तर गया हूँ। बेटी के जन्म के बाद से श्रीलता ने बिस्तर पकड़ लिया। हजारों तरह के ट्रीटमेंट और मेडिसिन। कुछ समझ नहीं आया रोग का कारण और निदान। वह सूखती चली जा रही थी और घर का कोई काम नहीं कर पाती थी। बेटी को पालने का सारा दायित्व भी मेरा ही था। बेटी के जन्म से दो साल तक इसी तरह रोग भोगती रही और दवाइयाँ खाती रही श्रीलता। उसके बाद दवाइयों के रिएक्शन से नई-नई विपदाएँ आने लगीं। कभी-कभी तो उसका पूरा शरीर फूल जाता। बाल झड़ जाते। धीरे-धीरे श्रीलता मानसिक अवसाद भोगने लगी। दोस्तों के कहने पर मैंने बम्बई तबादले की अर्जी दी और सौभाग्य से बम्बई तबादला हो गया। वहाँ सही इलाज पाकर धीरे-धीरे ठीक होने लगी श्रीलता। डॉक्टर के मना करने के बावजूद एक और बच्चे को जन्म दिया उसने। बेटा सार्थक छह साल का है। इन सारी दुर्दशाओं का धारावाहिक विवरण क्या दूँ तुम्हें? बल्कि अपने बारे में कुछ न कहना ही बेहतर है।' जितेन्द्र सोच रहा था।

"याद है, जब हम कैन्टीन में बैठते थे, मैं एक के बाद एक—दो कप चाय जबर्दस्ती मँगवाया करता था। उद्देश्य होता, तुम्हें ज्यादा समय तक बिठाने का। आज भी वैसा ही करूँ क्या?" जितेन्द्र माधुरी की ओर देखकर मुस्करा रहा था।

"नहीं, तुम नहीं, मैं ही और एक-एक कप कॉफी मँगवाती हूँ। इतने सालों बाद मिले हो। क्या एक घंटा और नहीं बैठ सकते? मुझे वैसा कोई खास काम भी नहीं है, कहीं तुम्हें न हो!" माधुरी ने जितेन्द्र को देखा और इशारे से कॉफी लाने के लिए बॉय से कहा।

"मेरे साथ बैठकर चाय पीने से कतराती थीं तुम। कहीं तुम्हारे भैया के दोस्त-यार देख न लें!" कुछ चिढ़ाने जैसे लहजे में कहा माधुरी को जितेन्द्र ने।

'यौवन की शुरुआत में, प्यार करने में इतनी शंकाएँ और संशय क्यों होते हैं जीतू? अब देखो! इस उम्र में जरा भी डर-भय नहीं है, हालाँकि प्यार करना तक नदारद है।' माधुरी सोच रही थी।

मुस्कराई माधुरी, "वह समय न जाने कहाँ चला गया! इस समय मैं किसी के साथ कहीं बैठकर चाय पी रही हूँ, कहने पर भी सुशान्त को विश्वास नहीं होगा। मैं कॉलेज और कभी-कभार बाजार के सिवा कहीं जाती ही नहीं हूँ। हमेशा घर में घुसी रहती हूँ।" उदास हो उठी माधुरी।

"अब जाड़े की रात में चाँदनी में टहलती हो या नहीं? बरसात के बाद मखमल के कीड़े पकड़ने के लिए किस तरह जबर्दस्ती मुझे खेल के मैदान में लिवा जाया करती थीं। अब भी वह पागलपन है या नहीं?" जितेन्द्र ने आग्रहपूर्वक देखा माधुरी को।

"अरे वाह, तुमने वह सब कुछ याद रखा है! कितनी पुरानी बातें हैं! आजकल अब कौन देखता है चाँद की ओर! पर यहाँ भुवनेश्वर में हमारे घर के चारों ओर काफी बड़ा बगीचा है। उसी में टहल लेती हूँ कभी-कभी। तुम तो जानते हो, मुझे पेड़-पौधों से कितना लगाव है; किन्तु..." जितेन्द्र की ओर देखकर चुप हो गई माधुरी।

'भला कुछ भूला जा सकता है, मधु? क्या तुम सचमुच भुला चुकी हो सब? मुझे तो विश्वास नहीं होता। और मैं तुम्हारा चेहरा उसी तरह देख रहा हूँ। तुम अब भी कितनी सुन्दर हो मधु! पेड़-पौधों के बारे में बताते समय तुम्हारा चेहरा खुशी से किस कदर खिल उठता है—ठीक बीस साल पहले-सा!' जितेन्द्र बड़ी तन्मयता से देख रहा था माधुरी का चेहरा। हालाँकि इस बारे में कुछ कहा नहीं उसने।

'तुम कितनी गहराई से मुझे जानते हो जीतू! अभी तक तुमने याद रखी हैं मेरी छोटी-छोटी बातें! यदि मैंने तुमसे शादी की होती तो क्या तब भी तुम इसी तरह याद रख पाते यह सब इतने दिनों तक, क्या पता!' सिर झुकाए कॉफी में चीनी मिला रही थी माधुरी।

"और तुम? तुम जो लुके-छिपे कविताएँ लिखा करते थे? दिखाने के लिए लाख कहने पर भी शरमाते थे। एक दिन मैं तुम्हारी कविताएँ छीनकर दौड़कर अपने हॉस्टल में घुस गई। उस दिन देखने लायक था तुम्हारा चेहरा। सारी की सारी प्रेम-कविताएँ थीं। प्रेम के सिवा तुम कुछ नहीं जानते, कहकर मैंने चिढ़ाया था। तुम्हारा दिखावटी गुस्सा अब तक मुझे याद है। अब भी लिखते हो या नहीं कविता?" पूछते हुए गम्भीर हो गई माधुरी।

क्या जितेन्द्र वैसी प्रेम कविताएँ लिखता होगा? उस वक्त उसके लिए लिखा करता था। अब पत्नी श्रीलता के लिए लिखता होगा। श्रीलता जरूर खूबसूरत होगी। खूब चाहता होगा जीतू उसको। गोद में सिर रखकर कविता पढ़कर सुनाता होगा शायद उसे, माधुरी अन्यमनस्क हो उठी।

जितेन्द्र की तेज हँसी से अगले ही क्षण चौंक उठी वह।

"अब कविता? इस बैंक की नौकरी और ऐसी पोस्टिंग में कौन लिखता है कविता? ये सब बेगारी वाले काम थे। पढ़ाई के समय तुम्हें अच्छी लगती थीं, दोस्तों को अच्छी लगती थीं, इसलिए..." जितेन्द्र मुस्कराते हुए सिर हिला रहा था।

"चलो, चलें, दो घंटे हो गए।" माधुरी ने घड़ी देखी।

"हाँ, चलो।" जितेन्द्र उठकर खड़ा हो गया।

"आज मेरा ड्राइवर नहीं आया। सुशान्त ने मेरे लिए जेन खरीदा है। उनकी तो दफ्तर की गाड़ी है। देर हो जाएगी, सोचकर मैं ऑटो में चली आई थी।" माधुरी कुछ घबराने-सी बोली।

"अरे, क्या मैं तुम्हें घर नहीं छोड़ दूँगा? अपनी गाड़ी अपने पास रखो।" जितेन्द्र ने माधुरी की ओर देखा। माधुरी मुस्करा उठी।

"किधर चलना है?" गाड़ी स्टार्ट करके जितेन्द्र ने पूछा।

"नयापल्ली। ससुर की जमीन पड़ी थी। हमने मकान बनवा लिया। इन्होंने कहा, जरूरत भले ही न हो, हम बड़ा मकान बनाएँगे। कौन जाने आगे चलकर क्या होगा! एक ही तो मकान बना रहे हैं। इनकी जिद थी कि सब मेरी पसन्द का बनेगा। चार बेडरूम, हर रूम के साथ एटैच्ड बाथरूम, ऊपरी मंजिल पर एक रूम, पूजा-घर और बड़ी बालकनी, नीचे रसोईघर—मेरे प्लान से सब कुछ। यहाँ तक कि बगीचे में कमल-फूल के लिए किस आकार का हौज बनेगा। वे अक्सर कहते हैं कि मैं सिविल इंजीनियर हुआ तो क्या, तुम तो मुझसे भी आगे हो।" आत्म-प्रशंसा से दमक उठा था माधुरी का चेहरा। "और तुमने? कहीं मकान बनाया?" माधुरी ने जितेन्द्र की ओर देखकर पूछा।

"नहीं। एक आदमी की नौकरी में बम्बई में गुजारा करना और दो बच्चों को पालना बड़ा मुश्किल है। यहाँ आने के बाद एक प्लॉट बुक कराया है, दो साल बाद मिलेगा। बैंक का लोन भी आराम से मिल जाएगा।" सामने सड़क की ओर मुँह किए हुए जितेन्द्र ने कहा।

'क्या चालीस साल की उम्र में लोग अपने से ज्यादा अपने मकान को अधिक चाहने लग जाते हैं? सोच रहा था जितेन्द्र। बहुत दिनों पहले एक झरना किनारे बैठकर वे लोग घर बसाने की बात कर रहे थे। वह घर कंक्रीट, मार्बल का घर नहीं था। वह घर था आपस में गहरे जुड़े दो प्यार करनेवालों का। उसकी परिकल्पना ऐसी थी—पहाड़-जंगल के बीच वीराने में या समुद्र किनारे नीड़ बनाएँगे वे—जहाँ सिर्फ वे दोनों और उनका प्यार होगा, बाहर की कोई बाधा नहीं होगी, जबकि इस उम्र में वे लोग एक-दूसरे के अलग घर के बारे में बातें कर रहे हैं—जिसका पैमाना है कई बेडरूम, एटैच्ड बाथरूम, कई क्विंटल मार्बल और ग्रेनाइट! एक लम्बी साँस छोड़ी जितेन्द्र ने।

अपने बड़े मकान की बात करके कहीं गलती तो नहीं की माधुरी ने? कुछ अटपटा-सा लगा उसे। क्यों बता रही थी वह अपने सुन्दर बड़े मकान के बारे में जितेन्द्र को? यह सच है कि अपने मकान को लेकर उसमें बड़ा आत्मसन्तोष था। किन्तु जितेन्द्र के साथ? जितेन्द्र के साथ तो घर की परिकल्पना ही अलग थी। जितेन्द्र और उसने जो सपने बुने थे घर के लिए, उसकी रूपरेखा तो ऐसी नहीं थी? माधुरी को भीतर ही भीतर दोषी-सा लग रहा था जितेन्द्र; कहीं उसने यह तो नहीं समझा कि वह अपनी ही बड़ाई कर रही है?

कॉफी पीकर निकलने के बाद बड़ी-बड़ी बूँदें पड़नी शुरू हो गई थीं। आसमान अजीब-सा गुमशुम था। अब जोरों की बारिश होने लगी थी। गाड़ी के शीशे बन्द थे, किन्तु बाहर देखने पर लगता था, मानो छोटी-मोटी आँधी हो! पेड़-पौधे जोरों से झूम रहे थे। पूरे रास्ते में धूल और कागज-पत्ते उड़ रहे थे। पैदल और साइकिल पर चलनेवाले हड़बड़ी में थे। माधुरी अन्यमनस्क हो उठी थी।

शायद अन्यमनस्क था जितेन्द्र भी। बिजली गुल हो गई चारों ओर। बिलकुल अँधेरा। सिर्फ गाड़ी की लाइट जल रही थी। जितेन्द्र को सहसा होश आया कि उसने माधुरी से उसका पता नहीं पूछा। राजमार्ग छोड़कर नयापल्ली की किसी गली में गाड़ी घुसा चुका था जितेन्द्र।

"अरे, रास्ता तो नहीं पूछा तुमसे! कहाँ चला आया मैं? देखो तो मधु!" जितेन्द्र ने घबराते हुए पूछा।

गाड़ी में काफी देर से बैठे हैं दोनों। इस वक्त साढ़े नौ बज चुके हैं। इस गली की छोटी-मोटी दुकानें भी बन्द हो चुकी हैं।

"यह तो मेरी गली नहीं लगती, जीतू! क्या गाड़ी वापस लौटाकर दूसरी गली देखें?" माधुरी ने कहा।

अँधेरे में पतली-सी गली में बड़ी मुश्किल से गाड़ी वापस घुमाई जितेन्द्र ने। फिर चले आए एक चौड़ी सड़क पर वे लोग। बारिश मूसलाधार थी।

"रुको, मैं तुम्हारे मकान का नम्बर किसी से पूछता हूँ। मैं इस इलाके से उतना परिचित नहीं हूँ।" जितेन्द्र ने गाड़ी रोकी।

"किससे पूछोगे इतनी बारिश में? बुरी तरह भीग जाओगे। कोई दिख भी तो नहीं रहा!" माधुरी के स्वर में अपनापन भरा था।

सड़क किनारे गाड़ी रोककर बैठे रहे दोनों। बाहर निकलना सम्भव नहीं था। बाहर कोई था भी नहीं। आगे का रास्ता दिख नहीं रहा था। बारिश थमने या कुछ हल्की होने तक इन्तजार करने के सिवाय कोई और रास्ता नहीं था।

गाड़ी के शीशों पर भाप जम गई थी। बाहर भीषण बारिश। गाड़ी में जितेन्द्र के साथ वह। सड़क पर कोई आदमी या जीव-जन्तु तक नहीं। कॉफी पीते समय टेबल पर आमने-सामने बैठने की बात अलग थी। पर यहाँ कहीं कोई नहीं था—बारिश गरज के साथ हो रही थी, गाड़ी में आगे की सीट पर सिर्फ वे दोनों। एक तरह का अद्‌भुत अनुभव था। माधुरी सोच रही थी, क्या बातें करें। थोड़ी देर चुपचाप बैठे रहे वे लोग। खामोशी भी बड़ी अद्‌भुत होती है। अच्छा लग रहा था या बुरा, कुछ समझ नहीं पा रही थी माधुरी, बल्कि एक तरह से मोहग्रस्त होने-सा लग रहा था उसे।

जितेन्द्र सोच रहा था, इस दौरान क्या किया जा सकता है? एक समय वह भी था जब माधुरी के साथ जरा-सा एकान्त के लिए बेचैन रहता था वह। किन्तु वह अतीत था। वह एहसास तक नहीं बचा अब उसमें। कभी ऐसी भी परिस्थिति

आएगी, ऐसा उसने सोचा भी नहीं था। माधुरी से मुलाकात होगी, वह भी इस तरह!

यदि उसने जितेन्द्र से शादी की होती तो कैसा होता उनका जीवन? शायद जिस तरह की मानसिक यातनाओं में जीवन बिताया है उसने, पुराने घाव सूख जाने पर भी मानो उसकी टीस क्षत-विक्षत कर देती है मन को समय-असमय। शायद उससे बच गई होती वह। अब तक वह सुशान्त पर पूरा भरोसा नहीं कर पाई थी। हर वक्त ऐसा लगता है मानो वे कुछ छुपाते रहते हैं उससे। माधुरी जानती है कि वह सुशान्त की पत्नी भले ही है पर निश्चित रूप से उनकी पसन्द नहीं है वह। कोई भी नारी उनकी पत्नी बन सकती थी और वह स्थान मिला है माधुरी को। माधुरी की रुचि, उसकी सौम्यता और सौन्दर्य-बोध की कभी-कभी तारीफ किया करते थे सुशान्त। किन्तु माधुरी के प्रति उनमें कितना सम्मान है, यह वह नहीं जानती। सुशान्त के मन को पढ़ने की चेष्टा की थी उसने शादी के बाद के कुछ वर्षों तक। पर हो न सका। धीरे-धीरे समझ गई थी वह कि सबके मन की बात जान पाना सम्भव नहीं है। उसके पति होने पर भी दिल खोलकर रख देना सम्भव नहीं हुआ सुख-दुख में सुशान्त के आगे, जबकि जितेन्द्र के दिल की अधीश्वरी थी वह। क्या सचमुच जितेन्द्र उसे इतना चाहता था? कहाँ, आज इस दो-ढाई घंटों की बातचीत से तो ऐसा कोई आभास नहीं मिला उसकी चाहत का उसे! हालाँकि एक अरसे बाद किसी घनिष्ठ मित्र से मिलने जैसा व्यवहार किया है जितेन्द्र ने।

जितेन्द्र चुप था। उसकी बाईं ओर सीट पर बैठी माधुरी उसकी पत्नी बन सकती थी। उसे लेकर जीवन के तमाम सपने देखा करता था वह। उन दोनों की पसन्द-नापसन्द में एक अद्‌भुत मेल था। किसी जटिल चीज को भी ठीक एक जैसा समझते थे वे लोग। एक दिन भी उसे बुखार आ जाता तो दुख में डूब जाती थी माधुरी। वही माधुरी, उसकी अपनी माधुरी, बिना विवाह के भी पाँच साल का इकट्ठा जीवन बिताया था अपने मानसिक स्तर पर। वह किसी और के साथ गृहस्थी बसाएगी, यह बात अविश्वसनीय थी उसके लिए उस समय। कितनी यंत्रणा से गुजरा था वह उस समय जब माधुरी ने उसे अपना आखिरी फैसला सुना दिया था कि अब उसके लिए इन्तजार करना सम्भव नहीं है! तब एक निम्न-मध्यवर्गीय परिवार का बेरोजगार युवक था जितेन्द्र। नौकरी और पैसा क्या इतना जरूरी है उनके एक होने के लिए? वह परेशान था। बेचैन था। कैसे समझाए माधुरी को ये कोई बड़ी बात नहीं है। पैसा और प्रतिष्ठा थोड़ी-बहुत मिलेगी ही जीवन में, पर यदि हम एक-दूसरे को छोड़ गए तो फिर जीवन भर ढूँढ़ते रहने पर भी नहीं मिल सकेंगे। वह नहीं जानता कि माधुरी ने क्या पाया और क्या खोया! पर खुद उसने? शायद बीस साल पहले अभिमान न करके माधुरी को जरा समझा-बुझा लेना उचित था उसके लिए। उसकी पत्नी श्रीलता अच्छे स्वभाव की है—सरल और स्नेही। इस बीच बार-बार बीमार रहने की

वजह से चिड़चिड़ी होती जा रही है। किन्तु माधुरी और वह यदि जीवनसाथी हुए होते? छोड़ो! सोच रहा था जितेन्द्र। बल्कि माधुरी की एक अद्‌भुत अन्तरंग तसवीर बस गई है उसके भीतर। वह वैसी ही बनी रहे।

"क्या सोच रही हो?" स्टियरिंग पर हाथ रखते हुए पूछा जितेन्द्र ने।

"कुछ नहीं।" जो कुछ सोच रही थी, क्या बताया जा सकता है जितेन्द्र को?

"बारिश थम नहीं रही है। कुछ हल्की जरूर पड़ गई है। सोच रही हो कि घरवाले परेशान होंगे?" जितेन्द्र ने धीमे स्वर में सवाल किया।

"नहीं, मैं यह नहीं सोच रही।" आहिस्ते से कहा माधुरी ने।

जितेन्द्र ने आगे कुछ नहीं पूछा। वह भी माधुरी से बाँट नहीं सकता अपनी भावनाएँ इस समय।

"गाड़ी स्टार्ट करता हूँ। बारिश कम होने लगी है, भले ही बिजली नहीं आई है।" गाड़ी स्टार्ट करते हुए बोला जितेन्द्र।

"हाँ, अब मैं पूरे ध्यान से देखूँगी रास्ता।" बोली माधुरी।

"यही...यही...यही गली जो पीछे छोड़ आए!" चिल्लाई माधुरी।

गाड़ी पीछे की जितेन्द्र ने और दाहिनी ओर वाली गली में घुस गया।

पाँच मिनट तक आगे चलने के बाद उसे रुकना पड़ा। रास्ते पर बाईं ओर पेड़ की एक बड़ी डाल टूटकर गिरी हुई थी। गाड़ी आगे ले जाना सम्भव नहीं था।

"आगे और कितनी दूर है? मुझे नहीं लगता कि गाड़ी आगे जा सकेगी!" जितेन्द्र ने कहा।

"बस, गली तो शुरू हो गई है। आखिरी मकान है हमारा। यही कोई सौ मीटर पर। क्या करें?" माधुरी कुछ परेशान लगी।

"सवा दस।" जितेन्द्र ने घड़ी देखी।

"क्या गाड़ी यहीं छोड़कर पैदल चलें? चलो, मैं छोड़ आता हूँ।" जितेन्द्र ने सुझाव रखा।

"लगता है, यही ठीक रहेगा। क्या गाड़ी में टॉर्च वगैरह कुछ है?" माधुरी ने पूछा।

"नहीं, सिर्फ मोबाइल है। तुम धीरे से उतरो। क्या मैं आऊँ तुम्हारी ओर?" जितेन्द्र ने पूछा।

माधुरी ने उसे मना किया और गाड़ी का दरवाजा खोलकर नीचे उतर गई। गाड़ी की हेडलाइट जल रही थी और सामने डाल-पत्तों को आलोकित कर रही थी। उसी उजाले में सँभाल-सँभालकर डग बढ़ाने लगे माधुरी और जितेन्द्र।

"एक दिन ऐसे ही अँधेरे में मेन मार्केट के पास कोई मेरा वैनिटी बैग छीनकर भाग गया था।" माधुरी ने अपने दोनों हाथ से साड़ी कुछ ऊपर उठाकर पकड़ रखा था और बैग को जोरों से बगल में दबा लिया था।

"अरे, मुझे दे दो बैग। तुम सँभलकर चलो रास्ता देख-देखकर। कीचड़ है रास्ते में।" जितेन्द्र ने हाथ बढ़ा दिया, माधुरी ने उसे अपना बैग पकड़ा दिया और जितेन्द्र ने उसे बड़े आराम से अपने दाहिने कन्धे पर लटका लिया।

"ओह!" जरा-सा डगमगा गई माधुरी।

"क्या हुआ?" झट पकड़ लिया माधुरी का दायाँ हाथ जितेन्द्र ने।

"ठोकर लग गई। शायद कोई पत्थर था। रोशनी भी कम होने लगी है, रास्ता दिख नहीं रहा।" माधुरी ने हड़बड़ाकर कहा।

"घबराओ मत। आराम-आराम से डग बढ़ाओ। मैं पकड़े हुए हूँ।" जितेन्द्र ने उसकी बाँह जोर से पकड़ ली।

जिस दिन माधुरी को पहली बार छुआ था उसने, माधुरी पूरी तरह काँपने लगी थी। उसकी धड़कनें भी कम तेज नहीं थीं। एक अद्भुत आवेग, घबराहट भर गई थी उसमें। अपनी बाँहों में माधुरी को पूरी तरह भरकर भींच लेने पर उसे ऐसा लगा था, मानो हवा में उड़ रही हो वह! एक अपूर्व-सा एहसास भर गया था पूरे बदन में, रग-रग में और रोम-रोम में। माधुरी की अधमुँदी आँखों में थे स्वप्निल रंग। शाम होने को थी। पश्चिमी आकाश था घना नारंगी। हवा बह रही थी या नहीं, याद नहीं जितेन्द्र को। माधुरी के होंठों पर अपने होंठ छुआने जाते समय जितेन्द्र सोच रहा था, मानो उसके जीवन का सर्वोत्तम क्षण वहीं ठहर गया हो! पर इस समय माधुरी की बाँह पर उसके हाथ की हथेली थी। नारी की नरम बाँह रास्ता दिखाने के लिए है। माधुरी के बदन का अंग होने के कारण क्या उच्चाट लग रहा है उसे? खुद को परख रहा था जितेन्द्र।

जितेन्द्र की छुअन! कनपटी के पास जितेन्द्र की फुसफुसाहट भरी बातें भी गरमियों की बारिश का रोमांच पैदा कर रही थीं उसके बदन और मन में! जिस दिन पहली बार प्यार का इजहार फोन पर किया था जितेन्द्र ने, वह नहाने जा ही रही थी कि जितेन्द्र का फोन आया था। इतने सालों बाद भी उसे याद है। उसने जल्दबाजी में रिसीवर उठाया था। जितेन्द्र ने कोई भूमिका न बनाते हुए सीधे कहना शुरू कर दिया—'मधु, मैं तुमसे प्यार करता हूँ, बहुत प्यार करता हूँ।' माधुरी के बदन में सिहरन फैल गई थी। पैर काँपने लगे। उसे लग रहा था, मानो उसका जिगर उसके सीने से बाहर निकल आएगा! लगा था, वह पिघलकर पानी की तरह बह जाएगी। उसी तरह रिसीवर पकड़े खड़ी रही माधुरी लगभग तीन मिनट। जितेन्द्र भी चुप था।

'कुछ कहो मधु!' जितेन्द्र का व्याकुल स्वर सुनाई दिया था।

'क्या कहूँ?' कंठ काँप रहा था माधुरी का।

'कुछ भी कहो।' जितेन्द्र को आशा थी प्रत्युत्तर की।

'नहीं कह पा रही, प्लीज, बाद में।' कहकर रिसीवर रख दिया था माधुरी ने और झट घुस गई थी बाथरूम में।

भर-भर मग पानी बदन पर डालते वक्त सिहर उठती वह। दाँत किटकिटा रहे थे उसके। वह खुद अपने वश में नहीं थी उस वक्त—जितेन्द्र की हो चुकी थी। अपने प्यार की हो चुकी थी। जान चुकी थी, सिर्फ जितेन्द्र की बाँहों में ही सुकून मिलेगा उसे।

"लो, आ गया मेरा घर। बड़े परेशान हुए तुम मेरे लिए। सँभलकर जाना। रुको, मैं टॉर्च ले आती हूँ।" माधुरी अपने मकान के आगे पहुँच चुकी थी।

"नहीं, चल जाएगा। कुछ-कुछ दिखाई दे रहा है, मैं लौट जाऊँगा।" जितेन्द्र ने कहा।

"ठीक है। इतने दिनों बाद मुलाकात हुई। कौन जाने..." गेट खोला माधुरी ने।

"मैं बन्द किए देता हूँ।" खुले गेट को कुछ देर पकड़े रहा जितेन्द्र। "सँभलकर जाना।" जितेन्द्र ने कहा।

"हाँ।" सिर हिलाया माधुरी ने। क्षण भर रुकी वह। और क्या कहे जितेन्द्र से? रात के करीब साढ़े दस बज चुके थे। क्या अन्दर बुलाए उसे? क्या उसका पता और फोन नम्बर माँगे?

"क्या अन्दर तक मैं भी साथ-साथ चलूँ? कोई परेशानी तो नहीं होगी?" जितेन्द्र ने पूछा।

"अरे नहीं, वैसे भी काफी देर हो चुकी है। तुम चलो। गुडनाइट।" माधुरी ने घबराते हुए कहा।

"गुडनाइट मधु!"

यहाँ एक ही शहर में शायद एक-दूसरे से पाँच किलोमीटर की दूरी पर वे लोग रहते हैं। उनकी दुनिया और समाज एक-दूसरे से भिन्न है—माधुरी सोच रही थी। अनेक कारण और लक्ष्य हैं इस समय उसके जीने के—बेटी को पढ़ाना, बड़ा करना, उसका भविष्य, अपनी गृहस्थी और उससे जुड़ी अनेक गतिविधियाँ। जबकि यह अति अद्‌भुत है कि इन चीजों से जितेन्द्र के जीवित रहने का कोई रिश्ता नहीं है। वह भी कई अन्य कारणों से जी रहा होगा। तरह-तरह के दबाव और बोझ से वे लोग तिलमिला रहे होंगे, उसका सामना कर रहे होंगे। जबकि अपने मन और अपनी आत्मा के साथ बातचीत नहीं कर पा रहे होंगे। कुछ खो गया है जीवन में, जिसका न होना, उसके अनजाने भी उसके साथ-साथ चला आ रहा है। उन दिनों चाहत की ज्वाला ने मन-प्राण को आच्छन्न कर रखा था—किन्तु उस ज्वाला में एक सम्भावना थी। अब मिट चुकी चाहत की तीव्रता सालती रही है जीवन भर। सिहर उठा माधुरी का बदन।

'क्यों हो गई तुमसे मुलाकात, मधु?' जितेन्द्र सोच रहा था। 'मैं तो अपनी राह पर चलता चला जा रहा था। जीवन का काफी दिनों से बन्द पड़ा अध्याय आँखों के आगे नाच उठा—पुराने सपनों के शवों पर। शायद यह बताने के लिए कि हम लोग

इसी तरह बूढ़े हो जाएँगे—मर जाएँगे अपने-अपने तरीके से; पर अकेलेपन का बोझ अलग-अलग तरीके से ढोते रहेंगे।'

अपने मकान के दरवाजे के पास पहुँचकर खटखटाया माधुरी ने। कहाँ, जितेन्द्र ने भी तो उससे उसका पता या फोन नम्बर नहीं पूछा? न जाने फिर कब उससे मुलाकात होगी! होगी भी या नहीं! हठात् कुछ रुँध गया मानो उसके गले और छाती में। मुड़कर देखा माधुरी ने गेट की ओर। उसे लगा, मानो जितेन्द्र उसी तरह खड़ा है गेट के पास। शायद वहीं इन्तजार करेगा उसके अन्दर जाने और सिटकनी बन्द करने तक। अँधेरे में जितेन्द्र की मौजूदगी देखने की कोशिश कर रही थी माधुरी।

चिड़िया

"माँ, मेरी वह चाँदी की कजलौटी कहाँ है?"

"चुप-चुप!" होंठों पर बाएँ हाथ की तर्जनी रखकर दाहिना हाथ साड़ी से पोंछते हुए हड़बड़ाकर रसोई से बाहर निकल आई सुश्री की माँ।

"वह तो छोटी बहू ने ले ली मुझसे माँगकर। कहा कि यह बहुत सुन्दर है माँ, मैं इसे ले लेती हूँ।" कोई गोपनीय बात कहने की तरह सुश्री के पास आकर धीरे-धीरे उसके कान में कहा उसकी माँ ने।

"और वह संगमरमर की देवी मूर्ति? वह तो मेरे टेबल पर रखी थी!"

"अरे हाँ, वह मूर्ति मैंने बड़ी बहू को दे दी। उसे घर को सजाकर रखने का शौक जो है—पत्थर की मूर्तियाँ ही मूर्तियाँ भरी हैं उसके कमरे के अन्दर और बाहर।" पल भर चुप रही सुश्री की माँ। बेटी की ओर देखकर कुछ नरम स्वर में कहा, "तू पहले ले गई होती वह सब। इतने दिनों तक पड़ी रहीं यहाँ...। तेरी किताबें-कॉपियाँ, गीत की डायरी—आधी चीजों में दीमक लग चुके थे। जो कुछ बचा था, उन्हें झाड़-झूड़कर मैंने एक पोटली बनाकर रख दिया है। देख ले, ले जा।"

सुश्री की अस्थिर, आशाभरी निगाह पसर गई चारों ओर—कमरे की खाली जगहों में। सितार कहाँ गया? दिख नहीं रहा! शायद कहीं खाट के नीचे होगा। लगभग दस साल पहले देखा था कि माँ ने एक पुराने कपड़े में लपेटकर उसे एक कोने में टिका दिया था—उसी कमरे में, जिसमें वह बी.ए. पढ़ते समय रहती थी—शादी होने तक। किन्तु उस कमरे में तो नहीं है सितार! शायद माँ ने कहीं और रख दिया होगा।

"माँ! इस कमरे में सितार रखा था। शायद तुमने कहीं और रख दिया है!" सुश्री के स्वर में संशय था।

"सुश्री! क्या तुम उसे बजाती? इतना पुराना हो गया था। इधर-उधर पड़ा रहता था। किसी दिन टूट-टाट जाता। यहीं करीब एक संगीत विद्यालय खुला था—वे लोग घर-घर घूमकर चन्दा माँगा करते थे—तुम्हारे पापा ने कहा, मैंने विद्यालय के

बच्चों को वह दे दिया।'' सुश्री की माँ का स्वर दोषी-दोषी-सा लग रहा था। ''इस बात को तो पाँच-छह साल हो गए...'' वे चुप हो गईं।

सुश्री ने मुँह फेर लिया। वाकई! पाँच-छह साल हो गए होंगे, उसने सितार की ओर गौर नहीं किया। न जाने कितने दिनों पहले एक पुराने मैले कपड़े में लिपटे दीवार के कोने में जाले के साथ टिका सितार उसकी निगाह में पड़ा था। शायद पिछले कुछ सालों से निगाह उस ओर नहीं गई थी। पापा को गए तीन साल हो चुके हैं। उनके बीमार पड़ने और चले जाने के दौरान व्यस्तता, दुख और भागमभाग में वह पुराना सितार उसकी नजरों में नहीं पड़ा था।

लेकिन माँ उससे एक बार पूछ तो सकती थीं! वैसे भी दिन में एक बार तो फोन करती ही है वह माँ को, वरना माँ करती हैं। इधर-उधर की तमाम बातें करती हैं। अधिकतर अपने भीतर दबी पर किसी दूसरे से न बता पानेवाले अनुभव बाँटती हैं वे लोग। माँ अकेलापन महसूस करने लगी हैं। अकेलेपन ने तो चारों ओर से घेर रखा है उसे भी। किन्तु इस विषय में सीधे-सीधे बातें नहीं करती थीं वे लोग। धीरे से टाल जाती थीं—हालाँकि बातें होतीं—अजय दफ्तर से लेट आते हैं। बेटी पीछे पड़ी हुई है—किन्तु वे छुट्टी लेकर मुम्बई नहीं जा पा रहे हैं। माँ बतातीं दोनों भाभियों की बातें। वे कब होती हैं घर पर, कब नहीं। दोनों बेटों में किसी का ब्लड प्रेशर बढ़ा हुआ है तो किसी के पैर में मोच आ गई है। बताया करती हैं पोता-पोती के बारे में। पड़ोसी मौसा-मौसी की बातें। किसी की तबीयत खराब है—कोई तीर्थयात्री ट्रेन में जाकर आधे रास्ते में उतरकर लौट आने को बाध्य हुआ। किसकी पोती ने अमेरिका जाकर वहीं शादी करना तय करके फोन किया था, इत्यादि।

अकेलापन आवाजाही करता रहता फोन के तारों के भीतर। घूमता रहता सुश्री के इर्द-गिर्द, शायद उसकी माँ के चारों ओर भी। उन्हें छूने या न छूने की दुविधा में रहता। बातचीत के बीच-बीच में सुश्री आँखें मूँद लेती घड़ी भर, सिर हिला लेती एकाध बार—दूर रखने के लिए अकेलेपन को।

—अजय तो आजकल बिलकुल अलग-अलग से लगने लगे हैं माँ। घर लौटकर कोई बात तक नहीं करते, जैसे कि मैं कोई दीवार हूँ! जल्दी-जल्दी नहाकर क्लब निकल जाते हैं। लौटते हैं देर रात को—नशे में धुत। थोड़ा-बहुत कुछ खाकर सो जाते हैं। बताते भी नहीं कि सब्जी वगैरह कैसी लगी। कभी-कभार कहते हैं साथ चलने को। सिर हिलाकर मना कर देती है वह रूठकर। कर्तव्य निभा लेने की तरह राहत भरी साँस भरते हुए निकल जाते हैं गाड़ी लेकर वे। सुबह उठकर चाय का कप लिये एक घंटे तक बैठे रहेंगे अखबार के साथ—मैं इधर-उधर आ-जा रही होऊँगी, पर सिर उठाकर देखेंगे नहीं एक बार भी—नहीं! ये बातें माँ को नहीं बताती सुश्री।

—दोनों बहुएँ अपनी-अपनी गृहस्थी सँभाल चुकी हैं। उनके पति, उनके घर उनके बच्चे हैं—मैं यहाँ मानो कोई बाहरी अवांछित इनसान हूँ! जिस तरह कोई काम

पड़ने पर कोई भी एक जगह से उठाकर दूसरी जगह रख देता है जरूरत के मुताबिक—सिर्फ समय पर खाना और दवा देते हैं। उन्हें तो महज देखभाल करनी है—मरने तक, बस।—नहीं, सुश्री की माँ उसे ऐसा कुछ नहीं कहतीं।

किन्तु दिन-दिन भर, साल-दर-साल इतनी बातें—आने-जाने के दौरान माँ ने कभी बताया ही नहीं उसे चाँदी की कजलौटी, संगमरमर की देवीमूर्ति और सितार के बारे में। शायद उन्होंने बताना जरूरी नहीं समझा। वे सब चीजें अनावश्यक हैं और सुश्री की वर्षों की गृहस्थी के आगे उन चीजों को उन्होंने नगण्य समझ लिया होगा। सोचा नहीं होगा कि बचपन की इन बचकानी चीजों से अब तक लगाव होगा सुश्री को!

सुश्री के इतने दिनों की उठा-पटक भरी जिन्दगी में भी ये चीजें धुँधली पड़ गई हैं। उसने मन से कभी याद ही नहीं किया इन चीजों को। किन्तु उसके घर में अब ये चीजें नहीं होंगी, ऐसा उसने सोचा तक नहीं था।

उसका घर!

जन्म से लेकर बी.ए. की परीक्षा देने तक इसी घर में थी यह। उसके बाद शादी हो गई। फिर ब्याहता बेटी को पति के साथ कभी-कभार घूमने आना चाहिए मायके दो-तीन दिनों के लिए और कभी अकेले भी। सिर्फ अपने बेटी-बेटा के जन्म के समय ही रुकी थी वह दो-तीन महीने यहाँ। पिताजी नामी-गिरामी डॉक्टर थे सम्बलपुर के—जिद करके लिवा लाते अपने साथ।

बचपन में जब वे लोग खूब छोटे थे, तीनों भाई-बहन एक ही कमरे में सोते थे—बड़े भैया, छोटा मोहन और वह। दो छोटे पलंग सटा दिये गए थे। जमीन पर चटाई बिछाकर एक कतार में बैठकर पढ़ा करते थे वे। पास ही आसन में बैठते थे ट्यूशन मास्टर तीनों के लिए। बड़े भैया से वह दो साल छोटी थी और मोहन उससे डेढ़ साल छोटा। उन सबके कपड़े बरामदे के एक आले में तहाकर रखा करती थी माँ।

मकान छोटा था इसलिए माँ परेशान रहती हमेशा। एक कमरे में माँ-पिताजी और दूसरे कमरे में दादा-दादी। मकान में घुसते ही दाहिनी ओर एक छोटा कमरा। पिताजी दिन के पहर उसी में अपनी प्रैक्टिस करते और शाम को बाजार में एक दवा की दुकान में बैठते। उस समय आठवीं में थी वह। दादाजी चल बसे उसी साल। पिताजी ने बाजार में एक कमरा किराए पर ले लिया—अपनी क्लीनिक खोली। बड़े भैया और मोहन का बाहर वाले कमरे में पढ़ना तय हुआ। दादीजी सुश्री के साथ सोने लगीं—दादी के कमरे में दोनों भाई सोने लगे।

'क्यों, दीदी क्यों अकेली रहेगी बड़े कमरे में?' मोहन ने धीरे से विरोध किया था।

'अरे, वह लड़की है। कितने दिन रहेगी? शादी के बाद चली जाएगी न! क्या बड़ा कमरा तेरा नहीं हो जाएगा?' माँ मोहन का सिर सहला रही थीं।

'रहे वह उसमें। अकेली कहाँ है? दादी तो है उसके साथ—और दादाजी का भूत भी...' बड़े भैया ने मोहन को आँख मारते हुए कहा था।

सुश्री यों ही खड़ी रही वहाँ। क्या बोले, कुछ समझ नहीं पाई। एक अलग-सी जिन्दगी शुरू हुई थी दादी के साथ—सोते समय तरह-तरह की कहानियाँ और उनकी पुराने समय की यादें। वह जीवन धीरे-धीरे चलता रहा लगभग छह सालों तक—उसकी शादी तक।

स्कूल के समय की और कॉलेज के समय की सहेलियाँ। स्कूल में सबसे अच्छी सहेली थी दामिनी। पढ़ाई-लिखाई में मन नहीं लगता था उसका। खूब स्नेही थी। रोज कोई न कोई स्वादिष्ट चीज लाती वह सुश्री के लिए। कई बार सुश्री के साथ इसी कमरे में ठहरी है। तब दादी सोती भाइयों के कमरे में खाट पर। कहतीं—'रात भर तुम दोनों बातें करोगी, मुझे नींद नहीं आएगी।'

क्या सच में वे लोग बातें करती थीं? क्या पता! कोशिश करने पर भी याद नहीं आती। सपने बुना करती थीं शायद खाट पर लेटे-लेटे अँधेरे में, छत की ओर मुँह करके।

ग्यारहवीं कक्षा के समय ठंड बीतने को थी, परीक्षा के लिए पढ़ने का दबाव था। इसलिए उसने और दामिनी ने बहुत दिनों से एक साथ रात नहीं बिताई थी। अब भी याद है उसे। रविवार को थोड़े से खट्टे सन्तरे लेकर आई दामिनी और सीधे उसके कमरे में आकर खाट पर खिड़की के पास बैठ गई। कुछ गम्भीर लग रही थी। उसके कुछ कहने से पहले ही सुश्री जल्दी-जल्दी स्टील की कटोरी, लहसुन, हरी मिर्च और नमक जुगाड़ करने में जुट गई। बीच में छिले सन्तरे रखकर बैठी थीं दोनों। कुछ देर की अन्यमनस्कता और अस्थिरता के बाद दामिनी ने कहा था कि वह किसी से प्यार करती है। वह उससे दस साल बड़ा है, शादीशुदा है, तीन बच्चे हैं—बाजार में मनिहारी की दुकान है उसकी। उन दोनों ने कसम खाई है एक-दूजे से विवाह करने की, वरना कनेर का बीज खाकर जान दे देंगे।

सुश्री की आँखें निकल आई थीं, हाथ में खट्टे सन्तरे की फाँक रह गई थी और मुँह खुला रह गया था। ऐसी अद्‌भुत बात सुनेगी, ऐसा उसने सोचा तक नहीं था। किसी से प्यार करने की बात उसने अभी तक सोची भी नहीं थी। उसके दोनों भाई उस पर नजर रखते थे, ताकि स्कूल में भी गलती से उससे कोई बात न करे।

'पर उसके बीवी और बच्चे?' बहुत देर के बाद सुश्री के मुँह से इतना ही निकला था।

'वे लोग साथ ही रहेंगे। उसके बच्चों को मैं अपने बच्चों की तरह पालूँगी। इसलिए मैं बच्चे भी पैदा नहीं करूँगी, ऐसा मैंने वायदा किया है...' दामिनी ने अति गम्भीर निर्णय सुनाया था। उसकी आँखें चमक रही थीं और नथुने रह-रहकर फूल उठते थे।

खूब आश्चर्यचकित हो उसकी ओर देख रही थी सुश्री। उसकी नजरों में दामिनी मानो वजनदार होती जा रही थी। दामिनी किसी दूसरी दुनिया की बातें कह रही थी, जो उनकी मित्रता की चौहद्दी से काफी बाहर की थीं। दामिनी के चले जाने के बाद उस दिन रात को बहुत देर तक उसे नींद नहीं आई। दामिनी अनुभव में उत्तीर्ण होकर चली गई एक अनजान ठिकाने पर। वह जहाँ थी, वहीं खड़ी है। ऐसा लगा था उसे। थोड़ी ईर्ष्या भी हुई थी सुश्री को—दामिनी की दम्भपूर्ण बातें याद करके।

ग्यारहवीं कक्षा का रिजल्ट आ गया। उसे फर्स्ट डिवीजन मिला था और दामिनी पास भर हुई थी। वैसे दामिनी उससे दो साल बड़ी थी। दामिनी ने आगे पढ़ाई नहीं की। उनके बीच बातचीत, मेल-मुलाकात कम होने लगी। कॉलेज में नई सहेलियों के बीच दामिनी की बातें भूलने लगी थी वह। जिस दिन उसके इंटर का रिजल्ट निकलने वाला था, दामिनी का भाई सुश्री के घर आया था, दामिनी की शादी का निमंत्रण-पत्र लेकर। कटक के किसी सरकारी ऑफिस में क्लर्क की नौकरी करता था दामिनी का भावी पति। शादी के दिन दूल्हा आने से पहले, सज-सँवरकर, सिर पर पल्लू रखे बैठी दामिनी के पास जाकर उसके कान में फुसफुसाकर पूछा था सुश्री ने—'और वह दुकानदार कहाँ गया?'

एक मुरझाई-सी मुस्कान बिखेरी थी दामिनी ने। उसके बाद की कोई खबर नहीं थी उसकी। सिवाय इसके कि पाँच साल पहले जब वह अपने इसी सम्बलपुर के घर में आई थी तब खबर मिली थी कि दामिनी मर चुकी है, एक साल तक कैंसर भोगने के बाद।

खाट पर बैठकर खिड़की खोल देने से दिखाई देते हैं अहाते की दीवार के पास आम और मौलसिरी के पेड़ और अहाते के बाहर गुलमोहर। मौलसिरी की भीनी-भीनी महक समय-असमय घुस आती कमरे में। गरमियों से पहले आम के पेड़ पर कोयल की कूक भोर-भोर जगा देती उसे।

कॉलेज में पढ़ते समय कई सहेलियाँ आती थीं। खाने के साथ-साथ बातों का सिलसिला भी चलता रहता। बी.ए. की परीक्षा देने से पहले ही माँ-बाबूजी ने शादी के लिए लड़का ढूँढ़ना शुरू कर दिया था। बीच-बीच में कई तरह के रिश्तों की बातें करते वे दोनों। कभी-कभी उसके कान में भी पड़ जातीं कुछ बातें। अजय उससे छह साल बड़े थे—सम्पन्न परिवार था और अच्छी नौकरी। माँ-बाबूजी को पसन्द आ गया था।

दोपहर 'में खाना खाने के बाद माँ और सुश्री उसी कमरे में लेटती थीं। पिताजी के निधन के बाद माँ इसी कमरे में रहती थीं। सुश्री आती तो माँ के साथ सोती थी।

'तुझे फोन पर बताया जो था। सरोज और मोहन ने यह तय किया है कि दोनों नए कमरों को छोड़कर बाकी का यह पुराना घर पूरा का पूरा तोड़ देंगे। बहुएँ भी यही कह रही हैं। जल्द ही चार-पाँच दिनों में काम शुरू हो जाएगा। तभी तो तुझे

हड़बड़ी में बुलाया है मैंने। कहीं कोई चीज तेरी रह न गई हो! और फिर इस घर को भी तो इस तरह नहीं देख पाएगी।'

पुराने मकान में दो नए कमरे बाथरूम के साथ जोड़ा था दोनों भाइयों ने। उसी में रहते हैं दोनों। उनके बच्चे बाहर नौकरी करते और पढ़ते हैं। इधर इस कमरे में सिर्फ माँ।

'तिमंजिला मकान बनाने की सोच रहे हैं। निचला मंजिल किराए पर चढ़ाएँगे, किसी ऑफिस को देंगे तो अच्छा पैसा मिलेगा, उसके ऊपर सरोज रहेगा और सबसे ऊपरी मंजिल पर मोहन। तेरे सामान के दो-तीन सन्दूक बना दिये हैं। थोड़ा आराम कर ले—शाम को देख लेना।' माँ ने एक लम्बी साँस छोड़ी।

'और तुम? तुम कहाँ रहोगी?' सुश्री के स्वर में व्यग्रता थी।

'मेरा क्या है? कुछ दिन सरोज के पास तो कुछ दिन मोहन के पास रह लूँगी। मकान बनने के समय बरामदे में जाली की ओट बनाकर एक खटिया डाल देने से मेरा काम चल जाएगा।' माँ ने निरासक्त भाव से धीरे-धीरे कहा, मानो अपने भविष्य की सीधी-सपाट व्यवस्था बना चुकी थीं वे, और जानती थीं कि इस तरह सहज भाव से इतना तो कहना ही पड़ेगा सुश्री को!

इसका मतलब दोनों भाई अलग-अलग रहेंगे! किसी ने एक बार बताया तक नहीं इस बारे में उसे। बड़े भैया ने यहीं सम्बलपुर में प्राइवेट कॉलेज में नौकरी कर ली थी और मोहन ने रियल एस्टेट का काम कर लिया था। अभी तक एक साथ रह रहे थे दोनों।

माँ के बारे में भी सुन्दर निर्णय लिया है दोनों भाइयों ने। और मेरे बारे में तो कुछ सोचा तक नहीं होगा उन्होंने। यह घर टूट गया तो उसकी पैतृक सम्पत्ति नहीं रह जाएगी। हालाँकि यह घर कभी भी पूरा नहीं था उसका, फिर भी बेटी के रूप में जो अधिकार था, वह भी अब नहीं रह जाएगा। नए मकान में माँ के लिए तो ऐसी व्यवस्था की जा रही है। उसके लिए कोई व्यवस्था की गई होगी, उसकी उम्मीद करना बेकार है।

कौन-सी चीज ढूँढूँ माँ?

क्या बाँध-बूँधकर गठरी बनाकर ले जाऊँ?

भाइयों से लड़ाई-झगड़ा, रूठा-रूठी, सहेलियों के साथ मिलकर पखाल-भात खाना, खिड़की से कोयल देखना, बारिश बन्द होने पर आँखें मूँदकर मौलसिरी की महक महसूसना। शादी तय होने के बाद बाड़ी की ओर बेरी के नीचे चाँदनी में छिपकर बैठकर रोना, उसके बाद कई बार बेटा-बेटी को लेकर यहाँ आने पर अपने बचपन की बातें सुनना—क्या ढोकर ले जाऊँ अब अपने साथ?

जितने दिनों तक इस घर में थी, उससे अधिक वर्षों तक बाहर रह चुकी हूँ। ऐसे में अब मुझे अपनी कजलौटी, संगमरमर की देवीमूर्ति, सितार तक नहीं मिलना है।

मानो सहसा कुछ याद आ गया और एक सिहरन-सी दौड़ गई सुश्री की पूरी देह में!

"माँ, मेरा जस्ता वाला ट्रंक कहाँ है? खाट के नीचे है क्या?" कहते हुए उठकर बैठ गई सुश्री।

"नहीं-नहीं, वह गैरेज में रखा है। बहुत से बक्सों के साथ। बड़की ने कहा, ट्रंक में तो दीमक नहीं लगेगा, गैरेज में रख देते हैं।" माँ ने हड़बड़ाकर कहा। आँखें मूँदे हुए उसी तरह।

"तो फिर मैं देखकर आती हूँ। ले आती हूँ अपना ट्रंक यहाँ।" सुश्री उठकर खड़ी हो गई।

"अरे, कैसे लेकर आएगी? खाने के बाद वह लड़का कहीं कमर सीधी कर रहा होगा। जरा रुक जा। चाय के समय मैं उससे निकलवा दूँगी। यहाँ ले आएगा।" माँ ने आँखें खोलीं।

फिर से लेट गई सुश्री। एक अजीब-सी बेचैनी थी उसमें। नींद आने का तो सवाल ही नहीं था।

शाम को जस्ता का ट्रंक लाकर काम करनेवाले लड़के ने जैसे ही जमीन पर रखा, सुश्री उठकर बैठ गई। उसने सबके साथ चाय नहीं पी थी। चाय का कप लिये वह इसी कमरे में बैठी थी। उस लड़के के जाते ही उठकर कमरे का दरवाजा अन्दर से बन्द कर लिया उसने। कैसे भूल गई थी ट्रंक के बारे में? हड़बड़ाकर बैठ गई ट्रंक के पास सुश्री।

दोनों ओर दो ताले लगाए थे उसने। एक तो था ही नहीं—दूसरा ताला भी कुछ अनजाना-सा लग रहा था। यह तो मेरा ताला नहीं लगता—जरा ध्यान से देखा सुश्री ने। अपने पर्स से एक चाबी निकाला और खोलने की कोशिश की। नहीं, ताला नहीं खुला। इसका मतलब दोनों ताले तोड़कर ट्रंक खोला गया है। इन दोनों भाभियों ने ही ऐसा किया होगा। ट्रंक खोला होगा और अन्दर की सारी चीजें एक-एक करके बड़े कुतूहल के साथ देखी-परखी होंगी। कनपटी लाल हो गई सुश्री की।

"माँ! मेरे ट्रंक में दूसरा ताला लगा है। चाबी कहाँ है इसकी?" दरवाजा खोलकर माँ से ऊँची आवाज में पूछा सुश्री ने।

"कहीं कोई खराब होनेवाली चीज न हो, यह सोचकर हमने तोड़ दिये थे ताले। इस ताले की चाबी सँभालकर रखी है मैंने। यह लो श्री।" बड़ी भाभी ने कमरे में घुसते हुए चाबी बढ़ा दी उसकी ओर और खूब व्यस्त होने-सी मुँह फेरकर बाहर चली गई।

होंठ के कोने में शायद हँसी झूल रही थी उनके। आँखों में विद्रूपता झलक रही थी। याद करने की कोशिश की सुश्री ने। मुझसे पूछे बगैर मेरे ट्रंक के ताले तोड़ने का साहस कैसे किया उन्होंने?

किवाड़ बन्द करके ट्रंक खोलने बैठ गई सुश्री। यादों का पिटारा खुल गया मानो। उसे बचपन की कभी प्रिय लगी छोटी-छोटी चीजें! तीन-चार सर्टिफिकेट खेलों में, ड्रामा में मिले; एक नदी, सूर्योदय की पेंटिंग स्कूल के दिनों में उसने बनाई थी, दस्यु-नायिका मीरा की किताब और उसमें मोरपंख, छोटे-छोटे हाथों से बनी एम्ब्रॉयडरी कपड़े पर कुछ पेन, उसके बचपन की गुड़िया, एक कॉपी में लिखी आधी-अधूरी कविताएँ, कुछ कागजात...। शादी के तुरन्त बाद अजय द्वारा उसे लिखी कुछ चिट्ठियाँ भी थीं उसमें, दो महीने तक जब उन्हें मकान नहीं मिला था, वह सम्बलपुर में आकर रही थी।

जिस चीज को याद करके वह चौंक उठी और जिसके कारण वह बेहद खीज रही थी कि भाभियों ने ट्रंक क्यों खोला, उसका जिक्र नहीं हुआ है चीजों में। हड़बड़ाकर एक चमड़े का बैग ढूँढ़ निकाला सुश्री ने और उसे खोला। शरत की कई चिट्ठियाँ इसी में रखी थीं उसने। सोचा था, इन चिट्ठियों के लिए सही जगह सिर्फ मायके का यह ट्रंक ही हो सकता है!

चमड़े का बैग हाथ में लिये हुए खाट पर दीवार से टिककर बैठी थी सुश्री। चेहरे पर जमा पसीना पल्लू से पोंछा और एक लम्बी साँस छोड़ी। शरद की एक चिट्ठी निकाली और खोली।

शिक्षिका के रूप में कुछ देर से ज्वाइन किया था सुश्री ने। शादी के एक साल बाद बेटे का जन्म हुआ था और उसके दो साल बाद बेटी का। इस दौरान अजय का तीन बार तबादला हो चुका था। बेटी तीन साल की होने के बाद ही ट्रेनिंग के बारे में सोचा था उसने। अजय ने भी रुचि लेकर सारी व्यवस्था जमा दी थी। सरकारी माध्यमिक स्कूल शिक्षिका के रूप में सबसे पहले कटक में ज्वाइन किया था उसने और तीन साल के बाद अजय का तबादला राउरकेला होने के कारण अपनी पोस्टिंग के लिए आवेदन करके छुट्टी लेकर अजय के साथ राउरकेला चली आई थी वह। लगभग तीन महीने के बाद उसकी पोस्टिंग हो गई। बेटा हाई स्कूल जाने लगा था और बेटी को अपने साथ लेकर वह इस स्कूल में आती थी।

बच्चों के बीच चित्रांकन और गीत प्रतियोगिता कराने की जिम्मेवारी उसकी और शरत की थी उस बार। वह स्कूल में अंग्रेजी पढ़ाती थी और शरत गणित। इससे पहले अब तक एक या दो बार उसकी मुलाकात शरत से हुई थी बस, अधिक बातचीत भी नहीं हुई थी दोनों के बीच। अचानक घने बादल घिर आए शाम होने से पहले—अजय दौरे पर शहर से बाहर गए थे। इसलिए जीप नहीं आनी थी स्कूल। देर हो चुकी थी, बेटी को लेकर किस तरह घर लौटेगी—एक-दो बार चिन्तित हुई थी सुश्री। शरत ने प्रस्ताव रखा था कि वह उसे घर तक छोड़ आएगा। रिक्शे में वह और उसकी बेटी और बगल में साइकिल पर शरत। बुलाने पर भी घर के अन्दर नहीं गया था शरत। गेट से ही लौट गया था वह।

शरत उससे लगभग दो साल छोटा था, शादी नहीं हुई थी उसकी, अकेले रहता था किराए के मकान में। गणित में पी.जी. किया था वाणीविहार से और शिक्षक की नौकरी से बिलकुल खुश नहीं था, यह बताया था शरत ने उसको उस दिन।

शरत के साथ बीता हर पल याद आ रहा था सुश्री को। जरा-सी बातचीत से दोस्ती और दोस्ती से प्रेम-दीवाना-सा, आँधी-सा, जल-प्रपात-सा...।

शरत के घर पर फोन नहीं था। बाहर से कभी-कभी सतर्क होकर फोन किया करता वह, जब अजय घर पर नहीं होते। इसलिए सुश्री अक्सर फोन के ही पास बैठकर इन्तजार करती। मना करने पर भी किताब में चिट्ठी रखकर सामने रख देता शरत। तुरन्त उसे निकालकर अपने वेनिटी बैग में रख लेती सुश्री और जल्दी घर लौटकर बाथरूम में घुसकर अन्दर से दरवाजा बन्द कर लेती। अजय अभी तक दफ्तर से लौटे नहीं हैं। तीन-चार बार उस चिट्ठी को पढ़ती वह—हर चिट्ठी चार-पाँच पन्नों की—प्यार का अनुनय-भरा निवेदन और व्यथा से भरे—आश्वासन और आशाएँ भी। चिट्ठी खोलते ही तेजी से धड़कने लगती छाती सुश्री की और पढ़ने के बाद एक लम्बी साँस छोड़ती वह तो कभी-कभी दो धार आँसू भी बह आते।

तब का समय और था। गरमी की छुट्टियों में शायद सिर्फ तीन-चार बार शरत के किराए के एक कमरेवाले मकान के कमरे में गई थी सुश्री—शरत के सौ बार अनुरोध करने पर। रिक्शे में बैठकर शरत के कमरे तक पहुँचना और शरद द्वारा झट से दरवाजा बन्द कर देने के बाद उसकी बाँहों में सिर छुपाने तक सुश्री को लगता, मानो किसी अदृश्य शत्रु से घमासान युद्ध कर रही है वह!

चिट्ठी खोलते ही वही उत्ताल हवा, तीव्र आतुरता, अप्राप्ति की हताश उसाँसें बह आईं, लौटा ले गईं सुश्री को अठारह साल पीछे...।

शरत के काँपते हाथ, सजल और तीक्ष्ण दृष्टि, बार-बार मुँह फेर लेना, लाल पड़ गई नाक और मान-मनौवल भरी आवाज—हाँ, ठीक है, मुझे तो कोई न कोई मिल ही जाएगी न...।

कुल आठ चिट्ठियाँ—पाँच वहीं राउरकेला में रहने के समय की और तीन उसके कटक लौट आने के बाद की। सिर्फ साढ़े आठ महीने में। शरत ने बताया था कि हेडमास्टर साहब ने उसे एक बार बुलवाया था और अकेले में कहा था कि वे इधर-उधर की कुछ ऊल-जुलूल बातें सुन रहे हैं—सजग रहो—यह सब सही नहीं है। एक दिन अचानक अजय ने आकर कहा कि उनका तबादला कटक हो गया है और वे कल ही जाकर ज्वाइन करेंगे। दो दिन बाद वे लौट आए थे और सामान वगैरह बाँध-बूँधकर वे लोग कटक चले गए थे। फिर से लम्बी छुट्टी लेने को मजबूर हुई सुश्री। राउरकेला में सिर्फ डेढ़ साल ही रहे थे वे लोग। इतनी अफरा-तफरी में तबादले की वजह कुछ समझ नहीं पाई थी सुश्री। शायद अजय ने कुछ भाँप लिया हो—उसने सोचा था। किन्तु उससे कुछ कहा नहीं था अजय ने। न तो उस

वक्त, न ही आज तक। अजय के कटक चले जाने के बाद देर रात तक वह रोई थी और अगले दिन पूरी दोपहर शरत के ही घर में रुकी थी।

कटक से चिट्ठी लिखने का साहस कभी नहीं कर पाई सुश्री, बावजूद शरत के बारम्बार अनुरोध के। तीन चिट्ठियों के बाद लिखना बन्द कर दिया शरत ने। खबर मिली थी सुश्री को कि लगभग दो साल बाद शादी कर ली थी शरत ने और उससे पहले बैंक में नौकरी मिल गई थी उसे।

अब यह सब सोचने पर मानो सपने-सा अद्भुत लग रहा है!

लम्बे पचास साल के नपे-तुले जीवन में केवल साढ़े आठ महीने की उत्ताल हवाएँ! शायद पूरे जीवन की भी!

वह सब यहाँ मायके के छोटे-से जस्ता के ट्रंक में सुरक्षित रहेगा, ऐसा उसने सोचा था।

उसी चमड़े के बैग में सारी चिट्ठियाँ रख दीं सुश्री ने और बैग को ट्रंक में रखकर ताला बन्द कर दिया। अजय को मोबाइल लगाया।

"सुनो, मैं कल शाम की बस से लौट आने की सोच रही हूँ। मिलने पर सारी बातें होंगी। तुमने कहा था, गाड़ी की जरूरत पड़े तो बताने को। कल सुबह दस-साढ़े दस बजे आ जाती तो अच्छा होता, दिन में कुछ काम है बाजार में।"

सुबह जस्ता-ट्रंक कार की डिक्की में रखवाते समय छोटी भाभी का चेहरा दिखाई दिया किवाड़ के पास।

"दीदी! इसे कहाँ ले जा रही हैं? मुझे दीजिए, मैं अन्दर रख लूँगी।"

"मैं इसे मरम्मत के लिए ले जा रही हूँ। कुछ और चीजें भी रखनी हैं इसमें।"

उसके चेहरे की ओर देखा तक नहीं सुश्री ने और गाड़ी में बैठ गई।

ड्राइवर को गाड़ी बाजार ले जाने को कहा सुश्री ने। पर बाजार में उतरी नहीं वह। गाड़ी वापस करो, हाइवे से चलेंगे—बोली सुश्री। रास्ते में नदी का पुल पार करके जाने के बाद फिर से गाड़ी घुमाकर पुल पर जाने को कहा उसने। पुल के बीचोबीच पहुँचने पर गाड़ी रोकने को कहा। उतरकर पुल के घेरे के पास गई और नीचे झाँका। शान्त, गहरी पर खूब चौड़ी नदी की एक धार बह रही थी रेत के किनारों के बीच से। ट्रंक निकालकर लाने को कहा ड्राइवर से और उसके कुछ समझने से पहले ही उसे उठाकर पुल के घेरे के ऊपर से नदी की धार में डाल दिया सुश्री ने। नीचे की ओर जरा झुककर देखा। छपाक की आवाज के साथ एक विशाल भँवर बनाकर डूब गया जस्ता-ट्रंक। ट्रंक में कैद उसके पचास साल के जीवन की उन अनुभूतियों ने आत्महत्या कर ली, जिन्हें वह नितान्त अपना समझती थी।

भुवनेश्वर के मकान में पैर रखते ही सुश्री को लगा, मानो वह किसी नई जगह आई है। अपने जीवन का एक अध्याय मिट जाने के बाद जैसे समय और स्थान सहसा अनजान लगने लगते हैं!

यह घर भी कितना अपना है उसका! जिस तरह घर की दीवार, छत, किवाड़, खिड़कियाँ एक-एक हिस्सा हैं, उसी तरह वह भी है। घर में घुसते ही उसे दिखा—वह दीवार से टिकी खड़ी है—दाहिना हाथ, साड़ी के पल्लू से पोंछ रही है—अजय नाश्ता कर रहे हैं, पास ही टेबल पर अखबार खुला पड़ा है। हाँ, यहाँ भी वह दीवार-सी है; उस पर टिके रहते हैं अजय, बेटा और बेटी। जबकि वह पूरा घर नहीं है, सारी दीवारें भी नहीं है!

'मैं हमेशा पलंग की दाहिनी ओर सोता हूँ। उस ओर भी पंखे की हवा लगेगी ही।' सुहागरात के विलम्बित प्रहर में पलंग किनारे बैठकर वह साड़ी सँवारते समय बाथरूम से निकलकर अजय ने कहा था।

कुछ घबरा गई थी सुश्री। पलंग की दाहिनी ओर! याद आ गया कि दादी के साथ सोते समय भी वह पलंग के एक निश्चित ओर सोती रही है। किन्तु दूसरी ओर सो नहीं पाई होती, ऐसा भी नहीं है। वह तुरन्त दूसरी ओर मुड़ गई थी।

अजय डायनिंग टेबल पर एक निश्चित कुर्सी पर निश्चित दिशा की ओर मुँह करके खाने बैठते हैं। ड्राइंगरूम में एक निर्दिष्ट सोफा चेयर भी है उनका। कार में ड्राइवर की पिछली सीट पर न बैठकर बाईं ओर बैठते हैं। यदि सुश्री पहले से उस जगह बैठी होती है तो उसे खिसकने को कहते हैं।

इससे कोई फर्क नहीं पड़ता—वह अक्सर सोचा करती। पलंग में कहीं भी सोने, कहीं भी बैठकर खाने या गाड़ी में कहीं बैठकर जाना एक जैसा है। पिता, पुत्र, पुत्री रखें अपना निर्धारित क्रम। परन्तु आज क्यों याद आ रही हैं ये बातें?

घर में हमेशा रही है उसकी जरूरत—प्रत्याशा और अर्पण को सन्तुलित करने के लिए। इनके बीच की खाली जगहों को भरने के लिए।

शुरू-शुरू में अच्छा लगता था अजय के साथ एक शहर से दूसरे शहरों में तबादले पर जाना। लेकिन जैसे ही कोई जगह उसे अच्छी लगने लगती, उसे छोड़ना पड़ा है। जिस स्कूल में काम करने में मन लगने लगता, वहाँ से मन हटाकर दूसरी जगह जाना पड़ता। बीच-बीच में लम्बी छुट्टियाँ लेनी पड़तीं। कभी भी उसने नहीं सोचा कि ऐसा क्यों हो रहा है। स्कूल में लम्बी छुट्टी की अर्जी देकर सामान वगैरह बाँध-बूँधकर गाड़ी में लादते समय मुड़कर देखा नहीं कभी। शायद यही करना पड़ता है सबको—कोई सवाल नहीं उठा कभी मन में।

यदि वह राउरकेला में रह गई होती? तब से, पिछले अठारह साल से? कैसी हुई होती जिन्दगी?

'सुबह हड़बड़ी में निकल गया था दफ्तर तुम्हें बिना बताए। इस बीच एक बड़ा काम हो गया। लगभग एक महीने से बात चल रही थी। सोचा, पक्की हो जाए तो तुम्हें बताऊँगा। कल शाम ही सब कुछ तय हुआ है।' दफ्तर से लौटकर सोफे पर बैठते हुए बड़े उत्साह से कहा अजय ने।

सुश्री समझ नहीं पाई कुछ।

'अब दो ही साल तो बचे हैं रिटायरमेंट को। उसके बाद हम यहाँ नहीं रहेंगे। पुरी में समुद्र किनारे एक तीन बेडरूम का फ्लैट बुक कर दिया है। फ्लैट में रहना सुविधाजनक है। आजकल नौकर-चाकर की काफी समस्याएँ हैं। अभी तो दफ्तर से आ जाते हैं। और फिर समुद्र-तट और जगन्नाथ मन्दिर। अन्तिम समय वहाँ बिताने से बेहतर और क्या हो सकता है?'

कुछ देर चुप हो गए अजय और फिर प्यून से एक गिलास पानी माँगा।

'यह मकान और जगह वह बिल्डर ले लेगा—नहीं, नहीं—अभी नहीं। हमारे पुरीवाले फ्लैट्स बन जाएँगे ठीक रिटायरमेंट के समय। इस मकान के बदले वह हमें इकट्ठे चार फ्लैट देगा। दो बच्चों के लिए हो जाएगा। एक बेच देंगे और एक में हम दोनों रहेंगे। ये सब दो साल बाद की बातें हैं। ठीक रिटायरमेंट...।'

सुश्री आगे कुछ सुन नहीं रही थी। इतना कुछ अजय तय कर चुके हैं इतने पहले से! उसे पता तक नहीं। दो साल बाद अजय सेवानिवृत्त होंगे। लेकिन उसकी तो नौकरी अभी छह साल बची है। क्या करेगी वह? स्वैच्छिक सेवानिवृत्ति लेगी, छुट्टी लेगी या पुरी तबादले के लिए दरखास्त देगी? यह भी शायद अजय प्लान कर चुके होंगे। हमेशा से, जीवन में हर बात के लिए वे ही प्लान बनाते हैं और सुश्री स्वीकार कर लेती है।

जी कर रहा था सुश्री का कि जोर से चिल्लाए, तर्क करे और कहे, क्या सोचते हो...लेकिन वह चुप रही। 'ठीक है, जैसा उचित समझो।' एक मुरझाई-सी मुस्कान छोड़ते हुए चाय बनाने चली गई वह।

अपने इस मकान में वे लोग पिछले तीन साल से रह रहे हैं। अजय की बातों से पता चलता है कि और दो साल रहेंगे। फिर अपने घर पुरी के फ्लैट में चले जाएँगे। मकान की ईंट, रेत, मिस्त्री और नक्शे में अजय का हाथ होता है। लेकिन उस ईंट, रेत, चूने के घर के साथ रोजाना एक अनकही, अनसुनी भाषा में बतियाती रही है वह, उन सबको घर में शामिल किया है उसने। बगीचे में फूल के पौधे बड़े होकर उनमें फूल लगने लगे हैं। केला, पपीता, सहजन लगने लगे हैं। आम, लीची, सफेदा शायद एक साल के अन्दर फलेंगे। यह मकान-बगीचा मानो उसकी एक और सन्तान है। यह बात उसने अजय से नहीं बताई।

'सुनते हैं 'जी', मानी की तबीयत बहुत खराब है। वैसे भी बहुत दिनों से बुला रही है उसके पास जाने के लिए। मैंने आज स्कूल में छुट्टी के लिए लिखा है। तुम कल राजधानी का टिकट कटवा देते।' सुश्री ने अगले दिन सुबह चाय पीते समय कहा।

'अच्छा! तुमने पहले तो नहीं बताई! क्या बहुत खराब है? इतनी जल्दी जाना होगा?' अखबार से सिर उठाकर अजय ने कहा।

'हाँ, अभी जाकर देख आने से अच्छा होता। जरा टिकट बनवाने को कह देते।' सुश्री ने अजय से नजरें मिलाते हुए कहा।

'ठीक है। आज जरा दफ्तर में याद दिला देना। कितने दिनों के लिए जाने की सोच रही हो?' अजय ने अखबार की ओर रुख किया।

'यही कोई दो-तीन दिन उसके साथ रहूँगी।' सुश्री ने सहज भाव से जवाब दिया। वह जानती थी कि अजय अब इस बारे में ज्यादा पूछताछ नहीं करेंगे।

मानी उसकी मौसी की बेटी है। दिल्ली में रहती है और बहुत दिनों से बीमार चल रही है। दो दिन बाद राजधानी एक्सप्रेस में बैठाते समय न जाने क्यों सुश्री को ऐसा लग रहा था कि अजय कुछ परेशान हैं।

'कह तो दिया है न ठीक समय पर तुम्हें लेने स्टेशन आने को? बर्थ नम्बर बता दिया?' अजय ने ट्रेन छूटते समय पूछा था।

'हाँ, आप भी फिर से फोन करके कह दीजिएगा।' सुश्री ने कहा था।

अजय ने हामी भरते हुए सिर हिलाया था और ट्रेन चल पड़ी थी।

"कहाँ है तू? मैं तेरे नम्बर पर सौ बार फोन कर चुकी हूँ। अजय पागल जैसे हो गए हैं। चारों ओर फोन कर-करके परेशान हैं। दिल्ली में ये लोग स्टेशन पर इन्तजार करके लौट आए। तू तो दिल्ली पहुँची ही नहीं। कहाँ उतर गई? अभी तक तेरा फोन भी बन्द था।" सुश्री को बीच में कुछ न बोलने देकर इतना कुछ कहती चली गई मानी एक ही साँस में।

"जानती है मानी, थोड़ी आँख लग गई थी मेरी—खूब सुन्दर सपना देखा। नींद खुली तो यहाँ आकर बैठ गई। शान्त पहाड़, पर्वतों से घिरी जगह। इस समय गंगा के बर्फीले पानी में पैर डुबा रखा है। मानो मैं कोई चिड़िया बन गई हूँ—सोनचिरैया-सी—खूब ऊपर आसमान में उड़ रही हूँ—मँडरा रही हूँ—ऊपर से ऊपर यहाँ से वहाँ फिर ऊपर...कहीं भी बैठ नहीं रही। घर-द्वार, पेड़-पौधे न जाने कितने नीचे हैं! मैं तो बस मँडराती फिर रही हूँ नीले-उजले आसमान में...ऊपर से ऊपर..."

"अरे श्री दीदी, तुम ठीक तो हो न? कहाँ हो? प्लीज, बताओ न! हम सब बहुत परेशान हैं। अभी ये पहुँच जाएँगे तुम्हारे पास। तैयार बैठे हैं। तुम्हारे बेटा-बेटी को अभी तक नहीं बताया गया है। दीदी, तुम सुन रही हो न..."

"इतना सुन्दर सपना था मानी—काश! और कुछ देर नींद आ गई होती..." फोन काट दिया सुश्री ने।

केमिस्ट्री

यहाँ आकर इस तरह खो जाने-सा लगेगा, सोचा नहीं था अनिभा ने। इतने लोग! ये आपस में कैसे जुड़ते हैं? किस हद तक जुड़ते हैं और फिर किस तरह मुड़कर एक-दूसरे का अभिवादन करते हैं। खूब पुराने मित्र की तरह नर-नारी एक-दूसरे को बाँहों में भर लेते हैं—कभी भींचकर तो कभी हल्के। कोई-कोई गाल से गाल मिलाते हैं—मानो मित्रता, आन्तरिकता और अन्तरंगता की हिलोरें उठ रही हों!

कौन जाने कितना समय इस तरह बिताना होगा।

ऐसा नहीं है कि अनिभा अलग-थलग पड़ गई हो वहाँ। उसके सहकर्मी एक के बाद एक आ रहे थे। उसके पास भी ठहर जाते हैं पल भर। कोई सिर्फ मुँह से अभिवादन कर रहा है तो कोई हाथ मिला रहा है—कांग्रेचुलेशंस। कम्पनी का फाउंडेशन डे है कल। उसी के उपलक्ष्य में है आज का यह डिनर। हर शाखा से महत्त्वपूर्ण पद पर बैठे टीम लीडर आए हुए हैं। साथ ही आए हैं उसकी तरह एक्सेलेंस अवार्ड के लिए चुने गए युवा मैनेजर। कल फाउंडेशन डे समारोह में इन सबको सम्मानित किया जाएगा।

धीरे-धीरे एक तरह की थकान जमती जा रही थी अनिभा के मन में। वह जानती थी कि उसके चेहरे पर भी उसकी खीज झलक रही होगी। वह वहाँ बोर हो रही है कोई भी देखकर समझ जाएगा। जबरन चेहरे पर मुस्कान और खुशी खिलाने की कोशिश की उसने।

हॉल के बाईं ओर कुछ दूरी पर भीड़ है। कम्पनी के सारे एक्जीक्यूटिव डायरेक्टर और अन्य वरिष्ठ अधिकारी वहीं जमा हैं। चेयरमैन जरूरी काम से अमेरिका चले गए। आज और कल दो दिन नहीं रह पाएँगे। पहले से सूचना दी जा चुकी है। उनकी जगह सी.ई.ओ. ही सब सँभालेंगे। कल पुरस्कार वितरण कार्यक्रम की अध्यक्षता भी करेंगे। सी.ई.ओ. को कभी निकट से नहीं देखा अनिभा ने। आन्तरिक और विज्ञापन पत्रिकाओं में उसने तसवीरें देखी हैं उनकी। कई बार कम्पनी की छोटी-छोटी फिल्मों में देखा है। एकाध बार वीडियो कॉन्फ्रेंसिंग में भी। उसकी भुवनेश्वर शाखा में वे कभी नहीं आए।

वहाँ बाईं ओर सी.ई.ओ. को घेरकर काफी लोग खड़े हैं। वीडियो और डिजिटल कैमरों के अँधेरे-उजाले का खेल चल रहा है। धीरे-धीरे वहाँ भीड़ बढ़ती जा रही है। आँखों की पलकें कुछ झपकाते हुए दूर से उस ओर देखा अनिभा ने। गुड़ की भेली पर चींटियाँ चिपकी होने की तरह! धीरे से मुस्करा दिया उसने। जरा खिसकते हुए देखने की कोशिश की। नहीं, नहीं दिख रहे। पैरों के पंजों के सहारे खड़ी हो उचककर देखने की कोशिश की। तब भी नहीं दिखे। छोड़ो, इतनी मेहनत करने का कोई मतलब नहीं। कल आम बैठक में तो दिख ही जाएँगे। खुद को समझा लिया अनिभा ने और मुड़कर अपनी कुर्सी की ओर चली गई।

शीतल पेय का एक-एक घूँट थोड़ी-थोड़ी देर में पीते हुए सामने की ओर देख रही थी वह। आखिर कब तक चलेगा यह सब? सैकड़ों तरह के व्यंजन सज चुके हैं। खाना कब से शुरू होगा? कितने बजे तक सारा कुछ खत्म होगा और वे लोग उनके लिए मँगवाई गई वातानुकूलित बस में होटल लौटेंगे? शरीर की अपेक्षा मन की थकान ज्यादा हो रही थी अनिभा को। इस तरह यहाँ घंटों निकम्मा होकर बैठने से तो बेहतर है कम्प्यूटर के सामने ऑफिस में दिन-रात काम करना।

अचानक उसे लगा कि बाईं ओर की भीड़ उसके करीब आ रही है। सिर घुमाकर देखा अनिभा ने। सधे हुए डग बढ़ाते हुए एक युवक अभिवादन कर रहा है अपने सहकर्मियों का। कहीं सी.ई.ओ. तो नहीं? जरा गौर से देखा अनिभा ने। शायद पुरस्कार पानेवालों से मिलने इसी ओर चले आ रहे हैं। इस ओर उसी के जैसे मैनेजर ही तो बैठे हैं।

भीड़ उसके बिलकुल करीब चली आई। वीडियो कैमरा और फोटोग्राफर भी। अपनी शाखा के कार्यकारी निदेशक को सहसा अपने बाईं ओर देखा उसने। स्प्रिंग लग जाने की तरह उठकर खड़ी हो गई अनिभा।

''सर! दिस यंग लेडी इज एन एक्सेलेंट हैंड। हमारे क्वालिटी सर्कल से चुनी गई हैं एक्सेलेंस अवार्ड के लिए। कनिष्ठतम लोगों में से एक...।''

''अच्छा!'' नजरें मिल गईं सी.ई.ओ. से अनिभा की।

उसी क्षण मानो एक चमक तैर गई सी.ई.ओ. की आँखों में!

एक मिनट रुक गए वे।

कुछ पूछने की तरह हमारे कार्यकारी निदेशक की ओर देखा सी.ई.ओ. ने।

''अनिभा महापात्र। हमारे क्वालिटी सर्कल की मैनेजर...''

''कांग्रेचुलेशंस!'' दायाँ हाथ बढ़ा दिया सी.ई.ओ. ने। अनिभा का भी दायाँ हाथ आगे बढ़ गया बिना कुछ सोचे-समझे। हाथ हल्के से मिल गए होते, किन्तु सख्त हथेली में रह गया। एक पल के लिए अनिभा का चेहरा लाल पड़ गया। पैर के तलवों में झिमझिमाहट शुरू हो गई और उसने थूक गटकने की कोशिश की।

"एक्सेलेंट! कीप इट अप।"

अनिभा सी.ई.ओ. के होंठों की ओर देख रही थी—होंठों से निकल रहे उन शब्दों की आकृति देखने की चेष्टा कर रही थी। अगले ही क्षण उसकी नजर ऊपर की ओर उठ गई और सी.ई.ओ. से मिल गई फिर से।

फिर से वही चमक!

बिजली फैल गई मानो उस नजर के जरिए उसकी दोनों आँखों में—उसके पूरे बदन में और पैर तले की जमीन में! हथेलियों ने एक-दूसरे को छोड़ दिया। अनिभा की पलकें फिर से झुक गईं और एक हल्की-सी मुस्कान उभर आई सी.ई.ओ. के होंठों पर—अनिभा की चकित निगाह के उत्तर में...

सी.ई.ओ. ने धीरे से सिर हिलाया—आगे बढ़ गए, उनके साथ भीड़ भी।

अनिभा उसी तरह खड़ी रही, खड़ी रही—अचानक किसी ने फूल तोड़ लिये पौधे की तरह, कारीगरी खोए कलाकार की तरह, पिंजड़ा खुल गए तोते की तरह, ढेरों पन्ने टाइप करने के बाद अचानक हैंग हुए कम्प्यूटर की तरह...

अनिभा खड़ी रही—मानो उसका अति मेधापूर्ण मस्तिष्क बिलकुल खाली हो गया हो! हृदय में धायँ-धायँ रक्त दौड़ने लगा पैर के अँगूठे से लेकर सिर तक।

लगभग दो मिनट के बाद उससे दूर जाती भीड़ को पीछे से देखती रही वह अविश्वास-भरी नजरों से।

यह सब क्या हो गया पल भर में? इतनी बातें—इतना विनिमय, समझौता, आदान-प्रदान सिर्फ डेढ़ मिनट में!

क्या डेढ़ मिनट में ऐसा विस्फोट हो सकता है? भूकम्प आ सकता है? खुद को उखाड़कर छिन्न-भिन्न करके फेंक देने-सा तूफान आ सकता है?

या हवा में सेमल की रुई-सा हल्का होकर मन डोलता फिर सकता है—भारी शरीर को जमीन पर छोड़कर?

डेढ़ मिनट—सिर्फ डेढ़ मिनट!

हाँ, सी.ई.ओ. तो सिर्फ डेढ़ मिनट ही...

सो पाना उस दिन नसीब में नहीं था अनिभा के। विनती कर रही थी नींद से वह। काश, बोझिल कर देती उसकी दोनों पलकों को! आँखें खुली होतीं या बन्द, बार-बार अभिनीत हो जाते वे डेढ़ मिनट! अनिभा का बदन सिहर उठता।

आँखें मूँदते ही उभरने लगते थे उस डेढ़ मिनट के दृश्य। डेढ़ मिनट भी इस तरह सर्वव्यापी, अनन्त हो सकता है! उसे लग रहा था मानो अब तक के जीवन की सार्थकता उसी डेढ़ मिनट में थी। सी.ई.ओ. का चेहरा, डील-डौल याद करने की कोशिश की उसने। तँबीला रंग—चमचमाती प्रशंसा करती आँखें; कुछ अर्थभरी मन्द-मन्द मुस्कान और होंठ; काले बाल—शरीर के ऐसे कुछ हिस्से याद आ गए अनिभा को। लेकिन सी.ई.ओ. का पूरा का पूरा चेहरा याद नहीं आया उसे तमाम

कोशिश करने के बावजूद। कैसे लगते हैं देखने में वे—पतले, लम्बे या और कैसे? कल फंक्शन में अवश्य देखेगी वह उन्हें जी भरकर—आँखें भरकर।

सुबह सात बजने में इतनी देर? समय कट नहीं रहा था।

अनिभा सोच रही थी। एक अजीब-सी उत्तेजना थी उसमें, ऑडिटोरियम पहुँचने तक। सी.ई.ओ. समेत सभी के मंच पर बैठने के बाद उसका तनाव कुछ कम हुआ। उसकी निगाह सी.ई.ओ. के सिवाय किसी और की ओर नहीं जा रही थी। लगभग एकटक निहार रही थी उनकी ओर वह। वे किस तरह बातें कर रहे हैं, किस तरह श्रोताओं की ओर देख रहे हैं, किस तरह सिर हिला रहे हैं, थोड़ा-थोड़ा मुस्करा रहे हैं—टेबल पर रखे नोट-बुक में कुछ लिख रहे हैं। बोतल से पानी उड़ेलकर पी रहे हैं। पीछे बैठे कर्मचारी को बुलाकर कुछ निर्देश दे रहे हैं। ऐसे छोटे-छोटे कार्यकलाप भी उसकी निगाह से बच नहीं पा रहे थे।

फिर प्रतीक्षा की वह घड़ी आ गई। अवार्ड के लिए अनिभा का नाम पुकारा गया, मानो वह मोहित, मंत्रचालित हो चली जा रही थी—तालियों की गड़गड़ाहट और फोटोग्राफरों के फ्लश के बीच! न जाने वह चल रही थी या उड़ रही थी, वह समझ ही नहीं पाई कि कैसे मंच तक पहुँच गई—सी.ई.ओ. ने उसे पुष्पगुच्छ पकड़ाया—काँच की एक सुन्दर आकृति और लिफाफा का हाथ उसकी ओर बढ़ा दिया। उसकी आँखों के आगे मानो एक धुँधला-सा दृश्य था—सी.ई.ओ. का उसकी ओर बढ़ा हुआ हाथ। कुछ सोचने से पहले उसकी हथेली उनकी मुट्ठी में बँध गई। एक उष्म सिहरन और सख्त दबाव। हाँ, कल के अनुभव से कुछ अलग। निश्चित ही अलग—अनिभा सोचती रही अपनी कुर्सी पर लौट आने के बाद बाकी समय। आज के स्पर्श में एक अन्तरंगता का प्रवाह होने जैसा लगा अनिभा को—उष्ण और सख्त!

"आज शाम को स्पेशल डिनर दे रहे हैं सी.ई.ओ. हम सबके सम्मान में।" एक सहकर्मी समारोह के बाद कान में फुसफुसाकर बता रहा था अनिभा को।

चौंक उठने-सी उसकी ओर देखा अनिभा ने। चेहरे पर उसके सवाल था।

"हम हैं सिर्फ बीस लोग—जिन्हें अवार्ड मिला है, समझीं? कोई सीनियर नहीं है। खूब जमेगा!" उस सहकर्मी ने और भी सहज भाव से समझाने की चेष्टा की।

अनिभा के दोनों पैर मानो थम गए वहीं कुछ देर के लिए। चेहरा लाल पड़ गया और धड़कनें बढ़ गईं, मानो अभी-अभी वह डिनर के लिए हाल में घुसी हो!

उन बीस लोगों को लेकर एक स्पेशल बस जहाँ पहुँची, वह सी.ई.ओ. का अपना मकान था—राजमहल-सा, देखते हुए सोचा अनिभा ने। सी.ई.ओ. खुद खड़े थे प्रवेश-द्वार पर उनका स्वागत करने के लिए। उन्होंने नीले रंग की जींस और हल्के नीले रंग की टी-शर्ट पहन रखी थी। उन सबका स्वागत करते हुए एक बड़े हॉल में लिवा गए। अनिभा ने कुछ दूरी से उन्हें देखा। कल रात और सुबह की अपेक्षा बहुत अलग दिख रहे थे वे। काफी कम उम्र के और खुशमिजाज लग रहे थे। उन सबके

साथ मुस्कराते हुए सहज भाव से बातचीत कर रहे थे, मानो बहुत दिनों के परिचित मित्र हों! अपने सहकर्मियों को बाध्य कर रहे थे कुछ खाने-पीने को। मनमोहक गजल सुनाई दे रही थी मकान के एक कोने में रखे उनके सुन्दर म्यूजिक सेट से। अपना गिलास उठाकर वहीं जाकर खड़ी हो गई अनिभा। गजल की हर पंक्ति मानो उसके दिल को छू रही थी :

'कहना है क्या, ये नैन एक अनजान से जा मिले...'

"अनिभा! तुम्हें गाना सुनना अच्छा लगता है?" चौंककर देखा अनिभा ने। सी.ई.ओ. उसके पास खड़े हैं और उसका नाम लेकर कह रहे हैं।

"सर, जी हाँ...जी नहीं...यों ही..."

"सर मत कहो, सत्या हूँ मैं।"

"सर।"

"सत्या।"

मुस्करा दी इस बार जरा अनिभा।

"हाँ, ठीक ऐसे ही। मुस्कराती हो तो अच्छा लगता है। आज रात की यह पार्टी सिर्फ तुम्हारे लिए है। तुमसे कुछ बातें करने को। पिछले दो दिनों से तुम मेरे दिलो-दिमाग में छाई हुई हो। इतनी आसानी से नहीं होता मुझे कुछ। मुझे लगता है, तुम्हारे और मेरे अन्दर काफी हद तक एक ही तरह की केमिस्ट्री काम कर रही है!"

अनिभा समझ नहीं पा रही थी कि वह क्या सुन रही है। सी.ई.ओ. की आकृति कुछ अस्पष्ट दिखाई दे रही थी उसे। हर्ष, विस्मय, अविश्वास के साथ उनके चेहरे की ओर ताकते हुए खड़ी थी वह। उसके और उसके सामने खड़े सी.ई.ओ. के सिवाय मानो और कोई न हो वहाँ! और भी कुछ-कुछ कह रहे थे वे। लेकिन 'केमिस्ट्री' शब्द पर रुक गई थी अनिभा और बार-बार वह शब्द गूँज रहा था उसके भीतर।

अनिभा को उसी तरह सम्मोहित हालत में छोड़कर सी.ई.ओ. खिसक गए एक दूसरी दिशा में—दूसरों के साथ बातचीत में शरीक हो गए। अनिभा लौट गई मित्रों के बीच। पूरी शाम थोड़ी-थोड़ी देर बाद सी.ई.ओ. उसके पास आते और एकाध शब्द कहकर फिर चले जाते। लेकिन अनिभा की आँखें उन्हीं पर टिकी हुई थीं।

ड्रिंक के बाद उस विशाल हॉल में एक धीमी-धीमी रोशनी फैल गई और एक द्रुत ताल का संगीत बजने लगा।

"लेटअस डांस!" किसी ने कहा।

अनिभा के सहकर्मी एक-दूसरे का हाथ थामे हॉल के बीच आने लगे। अनिभा उठे या बैठी रहे, सोच रही थी।

"क्या तुम्हारे साथ ताल मिलाने का सौभाग्य मिलेगा मुझे?"

अनिभा ने सिर उठाकर देखा, सी.ई.ओ. खड़े थे उसके पास। मंत्रमुग्ध अनिभा ने अपनी दाहिनी हथेली उनके हाथ पर रख दी और उठकर खड़ी हो गई।

पलक झपकते सी.ई.ओ. ने उसकी कमर को अपनी बाँहों में घेर लिया और घुमाने लगे उसे। अनिभा को लगा कि वह उड़ रही है! संगीत की हर ताल पर सी.ई.ओ. की बाँहों में पूरे हॉल में घूमने लगी वह। उसे लग रहा था मानो वह परीलोक में डोल रही है!

"यह चॉकलेट पुडिंग मैंने बनाई है। थोड़ा और लो।" उसकी प्लेट में एक चम्मच अधिक डाल दिया सी.ई.ओ. ने। मना करना चाहते हुए भी नहीं कर पाई अनिभा। इतना स्नेह ठुकरा पाना उसके वश के बाहर था।

अगले दिन आलस-आनन्द में देर से बिस्तर छोड़ते ही मोबाइल पर मैसेज आ गया।

'एक अरसे बाद इतनी सुन्दर शाम बिताई...अब कब मुलाकात होगी तुमसे ?'

'मेरे लिए भी एक खुशगवार यादगार रात थी। धन्यवाद!' अनिभा ने जवाब लिख दिया।

उत्तर भेजने के दौरान दुबारा वही मैसेज आया :

'एक अरसे बाद...'

हँस पड़ी अनिभा और दुबारा आए इस मैसेज को मिटा दिया।

'एक अरसे बाद...' आधे घंटे के बाद फिर से वही मैसेज आया। अरे, आज हो क्या गया है इस मोबाइल को ? सोचा अनिभा ने और जल्दी-जल्दी तैयारी करने लगी एयरपोर्ट जाने की।

'एक अरसे बाद...'

वह उड़ना शुरू कर ही रही थी कि मोबाइल बन्द करने से पहले फिर आ गया वही मैसेज। इस बार मन-ही-मन मुस्कराई अनिभा और घबराते हुए दाहिनी ओर देखा कि कहीं कोई देख तो नहीं रहा!

भुवनेश्वर पहुँचने के बाद मोबाइल ऑन करते ही फिर वही मैसेज।

'लगता है, मोबाइल सेंटर पगला गया है! आपका वह एक मैसेज मेरे पास पाँच बार आ चुका है।' अनिभा ने लिखा सी.ई.ओ. को।

'इसे सुखद संयोग ही कहो...मोबाइल सेंटर को धन्यवाद देता हूँ, मेरे मन की बात इतनी अच्छी तरह तुम्हें बता दिया...वास्तव में मेरे मोबाइल से दूसरे कई मोबाइलों में इस तरह बार-बार मैसेज चला जाता है...मेरे अनजाने में।'

'बड़े-बड़े लोग आम इनसान को मैसेज भेजेंगे तो ऐसा ही होता है। बार-बार अपना बड़प्पन तो जताना ही पड़ता है।' इस बार अनिभा ने ऐसा मैसेज लिखा।

'वह मछली पकड़नेवाला जाल फेंक दो। तुम किसी भी सूरत में आम लड़की नहीं हो, समझीं ?...कब होगी तुमसे मुलाकात...' सी.ई.ओ. का मैसेज आया।

खूब हँसी अनिभा और लिखा—'समय मिले तो फोन कीजिएगा। बात करने का मन कर रहा है।'

दो मिनट में फोन आ गया दूसरी ओर से।

'तुमसे मेरी मुलाकात हुई, बहुत अच्छा हुआ मेरे लिए। दो हफ्ते बाद भुवनेश्वर आ रहा हूँ। वहीं रहना उस वक्त...'

इसी तरह की कुछ बातों के आदान-प्रदान के बाद ही अनिभा घर में घुसी। वह चाहती थी कि उसके माँ-बाप और भाई उसके चेहरे पर फैली खुशी न पहचानें। वह सीधे अपने कमरे में चली गई और अन्दर से दरवाजा बन्द कर लिया। न जाने क्यों कुछ समय वह नितान्त अकेले बिताना चाहती थी। एकाकी होते ही पिछले तीन दिनों की सारी घटनाएँ उभरकर आने लगीं उसके सामने।

'केमिस्ट्री!'

सत्या ने तीन-चार बार कहा था यह शब्द कल रात।

क्या है यह केमिस्ट्री?

जैसा उसे एहसास हो रहा है सत्या को लेकर!

डिक्शनरी निकाल लाई किताबों की ताक से अनिभा।

'एक-दूसरे के प्रति तीव्र आकर्षण महसूस करनेवाले एक पुरुष और नारी के बीच भावनात्मक व शारीरिक सम्बन्ध'—यह है केमिस्ट्री का व्यंजनात्मक अर्थ।

कितना सुन्दर है!

कितना सटीक है!

सत्या ने ऐसा एक शब्द कैसे चुना? एक-दूसरे के प्रति वे दोनों क्या महसूस कर रहे हैं? क्या सचमुच सिर्फ इस एक शब्द से उसे ठीक-ठीक समझाया जा सकता है?

इन तीन दिनों की बातचीत में अनिभा ने सत्या को दोस्त के रूप में स्वीकार कर लिया था और काफी सहज हो चुके थे वे एक-दूसरे से। अनिभा बड़ी बेसब्री से इन्तजार करने लगी सत्या के भुवनेश्वर आने का।

तय हुआ था कि सुबह रेवन्यू मीटिंग के बाद अनिभा लंच करेगी सत्या के साथ गेस्ट हाउस में।

"चलो, कुछ समय एकान्त में बिताते हैं। ऊपर कमरे में चलें?" सत्या ने प्रस्ताव रखा था लंच के बाद।

"चलो।" डायनिंग टेबल से उठकर चल पड़े अनिभा और सत्या।

अपने कमरे में घुसकर अन्दर से दरवाजा बन्द करते ही अपनी बाँहों में भर लिया सत्या ने अनिभा को।

"जिस दिन से तुम्हें देखा है..." कहकर पलक झपकते ही आहिस्ता से उसे धकेल दिया अपने विलासपूर्ण पलंग पर।

"तुम फिर कब आ रही हो बंगलोर?" दो दिन बाद वापस लौटते समय पूछा था सत्या ने अनिभा से।

''तुम जब भी चाहोगे। और दो हफ्ते बीतने दो। अपने प्रोजेक्ट पर काम कर लूँ। तुम्हें दिखाने ले आऊँगी।'' अनिभा ने उत्तर दिया था।

अपना प्रोजेक्ट बनाकर बंगलोर पहुँचने में तीन हफ्ते लग गए अनिभा को।

''आज किस समय आओगी? मेरे उसी मकान में? गाड़ी ठीक सात बजे तुम्हारे पास पहुँच जाएगी।'' सत्या ने अधिकार-भरे स्वर में कहा था।

''ठीक है।'' कहा अनिभा ने और अपने होटल के कमरे में पहुँचकर ऑफिस के कपड़े बदले। बाथरूम में मुँह धोया और आईना देखा।

वही मकान—सत्या का।

याद आ गया अनिभा को। याद आ गया अवार्ड पानेवाला दिन, सत्या से मुलाकात होने का समय। सबसे अधिक याद आई वह शाम सत्या के मकान में अपने अन्य उन्नीस सहकर्मियों के साथ, जहाँ उसे लगा था, मानो सत्या और उसके सिवाय उस राजमहल जैसे विशाल भवन में और कोई नहीं है।

आईने के सामने खड़ी थी अनिभा। बेसिन के नल से पानी की धार बह रही थी। नाचने लगा उसकी आँखों के आगे उस मदमस्त रात का दृश्य :

'क्यों, रेडी हो गई या नहीं? कहीं मेरे धैर्य की परीक्षा तो नहीं ले रही हो?' सत्या का स्वर सुनाई दिया।

'सत्या; मैं...आज रहने दो। मैं जरा अकेले रहना चाहती हूँ।' अनिभा खूब आहिस्ता बोल रही थी।

'क्या अकेले रहने के लिए इतनी दूर आई हो? ऐसा पागलपन मत करो—जल्दी आ जाओ। आज मेरी फैमिली नहीं है।'

'प्लीज, सत्या, मैं नहीं आ पाऊँगी।'

'क्या बात है?'

'ऐसा कुछ नहीं।'

कुछ देर खामोशी छाई रही दोनों के मोबाइल में।

'अनिभा, तुम आज के युग की लड़की हो। मेरी धारणा थी, तुम सेक्स एंजॉय करती होगी।'

'वो बात नहीं है।'

'शायद मैं पसन्द नहीं आया?'

'वो बात बिलकुल नहीं है सत्या।'

'तो फिर...?'

उत्तर नहीं दिया अनिभा ने। क्या उत्तर वाकई देना होगा? अनेक प्रश्न अनुत्तरित रह जाते हैं, उत्तर देने पर भी ठीक-ठीक समझाया नहीं जा सकता, क्या यह बात नहीं जानते सत्या?

'कुछ कहती क्यों नहीं?'

'सत्या! तुम्हारे उस विशाल भवन में...उस दिन शाम को...उस दिन शाम को मेरे जीवन का सबसे अच्छा समय बीता था। उन क्षणों को मैं भुला नहीं पा रही, जब तुमने मुझसे केमिस्ट्री की बात कही थी, जब मैं तुम्हारी बाँहों में थी—मुझे लग रहा था मानो मैं परीलोक की राजकुमारी हूँ। मैं जानती हूँ कि वह मदमस्त शाम मेरे जीवन में दुबारा नहीं आ सकती। मैं आ नहीं पा रही हूँ...मुझे माफ कर देना...' फोन काट दिया अनिभा ने।

ये लोग भी...

पूना से कटक तबादला!

मुझे झटका लगा तबादले का ऑर्डर देखते ही। पर सच तो यह है कि मेरे बार-बार अनुरोध करने पर ही यह तबादला हुआ था। पढ़ाई के बाद नौकरी पाकर एक बार जो निकल गया तो निकल गया। पच्चीस साल से बाहर ही बाहर घूम रहा हूँ। किसी भी तरह से ओडिशा में कुछ दिन रहने को मन अधीर हो रहा था मेरा। बहरहाल, एक साल के बाद यह सम्भव हुआ। मैं मन-ही-मन खुश होने के साथ काफी चिन्तित था। बड़े बेटे की इंजीनियरिंग पूरी होगी इस साल। वह तो हॉस्टल में है, उसकी चिन्ता नहीं है। बेटी ने प्लस टू की परीक्षा दी है। शायद कोई एंट्रेंस भी दिया है। उसका भी मन भाई की तरह इंजीनियरिंग करने का है। कहीं एडमिशन मिल जाएगा तो दो-तीन महीने में हॉस्टल चली जाएगी, इसलिए श्रीमती खीज रही हैं :

'यह भी कोई समय है कटक जाकर ज्वाइन करने का? बेटी कहाँ पढ़ेगी, उसकी व्यवस्था करने के बाद जाओ तो क्या नहीं चलेगा?'

वैसे भी श्रीमती को पूना भाने लगा था। कटक में रहकर फिर से वही ससुराल, मायका, शादी-विवाह, यज्ञोपवीत के जंजालों में पड़ने की जरा भी इच्छा नहीं थी उसकी।

किन्तु तबादला तो सबकी सुविधा का इन्तजार नहीं करेगा। पूना से कहीं बाहर तो जाना ही पड़ेगा। इसलिए मैंने ओडिशा के लिए इच्छा जताई थी। सौभाग्य से कटक में ही पोस्टिंग हो गई।

तीन-चार महीने कटक में अकेले ही रहना होगा। इस बीच बेटी की एंट्रेंस परीक्षाएँ हो जाएँगी—सेंटर पूना रखा गया है। माँ-बेटी इतना तो कर ही लेंगी। कटक में मकान ढूँढ़ लेने पर वे लोग यहाँ आ जाएँगी। यहाँ छोटे भाई के घर पर भुवनेश्वर में रहना है—प्रतिदिन कटक आना-जाना होगा। बुरा नहीं है।

यह समय कैसे बीतेगा—मैं सोच रहा था। रिश्तेदारों से मिलना और बचपन के दोस्तों को तलाशना—प्रथम एजेंडा होगा। दोस्तों में सबसे पहले याद आया श्रीकान्त।

कुछ और भी दोस्त भुवनेश्वर-कटक में हैं। ढूँढ़ना होगा। उनकी खोज-खबर लेनी होगी। किन्तु श्रीकान्त ने अब तक सम्पर्क रखा है। दो-तीन महीने में उसका फोन आ जाया करता है। बीच में दो बार जब श्रीकान्त पूना आया था, तब वह उसका मकान और ऑफिस देख आया था। श्रीकान्त से ही पता लग जाएगा दूसरे दोस्तों के बारे में।

ऐसा लगा मानो श्रीकान्त मेरा फोन पाकर झूम उठा! उसे मालूम नहीं था मेरी कटक पोस्टिंग के बारे में। उसने रविवार को दोपहर में खाने को बुलाया। 'जल्दी आ जाना—ग्यारह बजे के करीब। थोड़ी देर दरबार लगा लेंगे।' श्रीकान्त का बुलावा था।

हम सब पढ़ने में अच्छे थे, इसलिए एम.ए. की परीक्षा देने के बाद नौकरी ढूँढ़ने में मस्त हो गए। हममें गजब का आत्मविश्वास था। एक-एक करके सभी नौकरी में लग गए। जैसे मैं बैंक में। लेकिन श्रीकान्त किसी निश्चित कैरियर के पीछे नहीं भागा। मुझे नौकरी मिलने के पाँचवें वर्ष सुना कि श्रीकान्त अपना ही कोई काम कर रहा है। शायद कुछ कंट्राक्टरी वगैरह। उसकी शादी हो गई थी—निमंत्रण कार्ड भेजा था। तब मैं इन्दौर में था। परन्तु मेरे पूना आने के बाद पता चला कि श्रीकान्त ने एक बड़ा एन.जी.ओ. बनाया है। वह मुम्बई आया था किसी काम के सिलसिले में और खूब ढूँढ़ने-ढाँढ़ने के बाद मेरा पता लगाकर घर आ गया था मुझसे मिलने। उसी के मुँह से सुनी थी मैंने उसकी सफलता की कहानी।

ऑटो रिक्शा में बैठकर काफी समय तक ढूँढ़ने के बाद मैं जिस फाटक के सामने पहुँचा, वह श्रीकान्त का घर था। मेरे चकित न होने का सवाल ही नहीं उठता था। घर नहीं बल्कि एक महल था! दो आदमी की ऊँचाई के बराबर का फाटक। लगभग दस फीट ऊँची दीवार। गेट के सामने स्टूल पर बैठा है दरबान। मुझे देखते ही खड़े होकर सैल्यूट मारी उसने और गेट खोलने लगा। मेरे आने की सूचना शायद उसे पहले से दे दी गई थी। इतने दीन-हीन भाव से ऑटो-रिक्शा से उतरने में मुझे झिझक हो रही थी। छोटे भाई की मारुति कार लेकर आना चाहिए था, सोचा।

शहर की भीड़-भाड़ से कुछ दूर था श्रीकान्त का फीके गुलाबी रंग का दुमंजिला मकान। कुछ देर नजर डालने पर साफ-साफ दिखाई देने लगा अभिजात और रुचि-सम्पन्नता के साथ धनाढ्यता भी। गेट के तुरन्त बाद अन्दर फूलों के पौधे, गमलों की कतारें और एक छोटा-सा लॉन। अशोक के पेड़ के नीचे चार गार्डन चेयर और एक टेबल रखी थी। श्रीकान्त पर मेरी निगाह पड़ गई। वह लगभग दौड़ता हुआ सा मेरी ओर आ रहा था। मुझे बाँहों में भरकर इस तरह उठा लिया कि मेरे दोनों पैर मिट्टी से दो इंच ऊपर उठे रह गए कुछ सेकंड।

"मकान ढूँढ़ने में दिक्कत तो नहीं हुई?" मुझे अपने बाहु-बन्धन से मुक्त करके जमीन पर उतारते हुए सवाल किया श्रीकान्त ने।

"अरे नहीं, इतना बड़ा महल ढूँढ़ने में कैसी दिक्कत?"

"चलो, आओ, यहाँ बैठते हैं। भले ही गरमी होने लगी है, ज्यादा खराब लगा तो अन्दर चलेंगे।"

पेड़ के नीचे रखी कुर्सियों की ओर इशारा किया श्रीकान्त ने और आगे-आगे चल पड़ा। काफी छाया थी पेड़ के नीचे, फिर भी सूर्य-किरण को ओट में रखे हुए था श्रीकान्त का मकान।

"क्या लोगे?" मेरी ओर देखते हुए सवाल किया श्रीकान्त ने और सफेद कुर्ते की जेब से कॉर्डलेस कॉलिंग बेल निकालकर बटन दबाया।

तुरन्त आ गई एक औरत। सिर घुमाकर देखा मैंने। गाढ़े हरे रंग की साड़ी पहने हुए थी। काला-काला चेहरा, छोटी-सी नाक में दोनों ओर छोटे-छोटे नकबेसर और तरह-तरह की सिलवटदार रेखाएँ पूरे चेहरे पर। तेल लगे काले-सफेद बाल खूब चिकनाई से सिर के पीछे एक छोटे-से जूड़े में बँधे हैं। शायद श्रीकान्त के घर में काम करती होगी। वयस्क लग रही थी, लेकिन साफ-सुथरी और कर्मठ होगी शायद।

"सुनो, यहाँ आओ! घन्नू कहाँ गया?" श्रीकान्त ने उस महिला से पूछा।

"वे मिठाई लेने दुकान गए हैं।"

उसके उत्तर से मुझे लगा कि शायद वह हमारे राज्य के उत्तर-पश्चिम की रहने वाली है।

"अच्छा-अच्छा!" उसकी ओर से सिर घुमाकर मेरी ओर देखा श्रीकान्त ने। "हाँ, बताया नहीं, क्या पियोगे? कोई स्कॉच-फॉच हो जाए—विदेशी?" उसके स्वर में सबको आसानी से उपलब्ध न हो पानेवाले पेय का अधिकारी होने का सन्तोष और बड़प्पन झलक रहा था। अपनी धाक जमाने के लिए मेरे ही सामने वह इस लेबल का नाम ले रहा है, या दोस्त-यार आने पर आमतौर पर वह ऐसा खुला ऑफर देता है?—मैंने सोचा।

सिर हिलाकर मना किया मैंने। दिन में ज्यादा चढ़ जाएगी। मेरा कुंठित स्वर सुनाई दिया। हालाँकि उस तरह की कोई महार्घ चीज चखने की तरह अदम्य इच्छा बार-बार झाँक रही थी भीतर से। उसकी तलब को दबाना और वह दबाने की चेष्टा श्रीकान्त की नजरों में कहीं पकड़ी न जाए, इसका पूरा-पूरा प्रयास किया मैंने।

"दिन में!"

ठहाका मारकर हँसने लगा श्रीकान्त। "अरे, इतने दिनों बाद मिल रहे हैं, दिन-रात क्या? सबसे अच्छी चीज से शुरू करेंगे न!"

मैं चुप रहा। मेरा लालच और कमजोरी उसके आगे प्रकट न हो जाए, इसकी चेष्टा अन्दर ही अन्दर करता रहा और होंठों पर एक फीकी-सी निर्लिप्त-मुस्कराहट बिखेरी जिसका मतलब था—ठीक है यार, जैसा तुम्हारा मन।

"सुनो।" मेरी ओर से सिर घुमाकर उस महिला की ओर देखा श्रीकान्त ने। "मेरे 'बार' की अलमारी खोलना। तीसरे ताक में—ऊपर के दो ताकों को छोड़कर

जितनी भी बोतलें हैं, उनमें से एक बोतल पर पक्षी का चित्र बना है—अन्दर का पानी मटमैले रंग का है, सफेद नहीं—समझ रही हो न? बोतल आधी भरी है, आधी खाली, वह ले आओ। और रोजाना वाले दो बड़े गिलास।''

कुछ रुका श्रीकान्त और मेरी ओर पुनः देखा :

''फेमस ग्राउज—चलेगा न?'' उसकी आवाज में फिर से झलक गया किसी मूल्यवान पदार्थ का अधिकारी होने का आत्मसन्तोष।

मैं थोड़ा सिमट गया।

''सुनरी! तू ले आएगी या मैं उठूँ?'' मेरे उत्तर की प्रतीक्षा किए बिना श्रीकान्त ने पूछा उस महिला से जबकि उसकी आवाज से यह साफ लग रहा था कि तू कोशिश करके ले आ, मैं इस ठंडी छाया से इस वक्त उठना नहीं चाहता।

''ले आऊँगी।'' धीर-स्थिर भाव से कहा उस महिला ने।

''और क्या चाहिए तुम्हें—आइस? सोडा?'' मेरी ओर देखकर पूछा श्रीकान्त ने।

मैंने सिर हिलाते हुए हामी भर दी।

''बोतल और दो गिलास दे जाना और बर्फ डिब्बे में ले आना फ्रिज से—एक बोतल सोडा भी—खोलनेवाली चाबी...'' बोलने के हाव-भाव के साथ-साथ सारी जरूरी चीजें ले आने को कहा श्रीकान्त ने। समझ जाने की मुद्रा में वहाँ से चली गई वह महिला।

''हाँ, चल सुना अपने हालचाल...''

हमारे बीच आपसी बातचीत शुरू हो गई और चलती रही।

इस बीच लगभग आठ-दस मिनट बाद सुनरी नाम की वह महिला आई। बोतल, दो गिलास, बर्फ, सोडा इत्यादि एक बड़ी ट्रे में सजाकर झिझकते हुए हमारे पास आई। उसने पहले की तरह धीर-शान्त मुद्रा में हमारी टेबल पर ट्रे रख दी।

''जा, अन्दर जाकर मालकिन से कहना, कुछ स्नैक्स भेज दें।'' श्रीकान्त ने उसे निर्देश दिया।

श्रीकान्त किस तरह सफलता की सीढ़ी चढ़ता गया, उस बारे में बताता जा रहा था। मैं सुनता रहा।

पढ़ाई खत्म करने के बाद तुम सभी जहाँ-तहाँ नौकरी करने चले गए। मैं सोचने लगा कि क्या काम किया जाए! छोटा-मोटा व्यापार शुरू किया, पर कोई खास फायदा नहीं हुआ। उसके बाद यह एन.जी.ओ. शुरू किया...''

श्रीकान्त काफी कुछ कहना चाहता था। उसकी घटनाओं से भरी जिन्दगी में बहुत कुछ चमत्कार और विस्मय हुए हैं। मेरी तो एक आम-सी बँधी-बँधाई जिन्दगी थी। छोटी-छोटी जगहों में पोस्टिंग के बाद पूना। हालाँकि पूना बड़ा शहर है और वहाँ के तौर-तरीके अलग होंगे, ऐसा मेरे यहाँ के सगे-सम्बन्धियों की

धारणा थी। मेरे खयाल से मुझमें वैसा कोई खास बदलाव नहीं आया था। दफ्तर जाने-आने और छुट्टी के दिनों में घर के तरह-तरह के कामों में समय बीत जाया करता था। कुल मिलाकर सीधी-सादी नौकरी वाली जिन्दगी। बल्कि कटक तबादला होने पर खूब खुश हुआ था। अपने रिश्तेदारों, पुराने मित्रों और अपनी यादों से एक बार फिर से जुड़ सकूँगा।

"आदिवासी जनजाति के बारे में काम शुरू करने की इतनी सुविधा नहीं थी उन दिनों। मैं बीस-बाईस साल पुरानी बातें बता रहा हूँ। हालाँकि आजकल एन.जी.ओ. के लिए काफी अवसर हैं..."

इस बीच सुनरी ने दो प्लेटों में उबले मक्के, चने और मूँगफली का मिश्रण लाकर टेबल पर रख दिया और चुपचाप चली गई।

"यह जिस औरत को तुम देख रहे हो—सुनरी है, यह और इसका पति घन्नू हमारे साथ बीस सालों से रह रहे हैं। जब मैंने उस इलाके में काम करना शुरू किया था, तब से।"

श्रीकान्त ने मेरी ओर प्लेट बढ़ा दी और अपनी प्लेट के मिश्रण से एक चम्मच लेकर मुँह में डाला।

"हाँ, इन लोगों के बारे में बता रहा था न, ये खूब सरल और विश्वासी हैं। एक बार समझ गए, समझ गए बस। तुम्हारे लिए जान तक दे देंगे। थोड़ी बारिश हो जाए, अपनी छुट्टी-फुट्टी देखकर निकल पड़ो मेरे साथ, वह इलाका घुमा लाऊँगा तुम्हें।

"बहुत सुन्दर-सुन्दर जगह हैं—बस, शाम का वक्त—टेंट लगाओ और एक बोतल साथ ले लो। स्वर्ग जैसा लगेगा!"

श्रीकान्त ने जरा सी साँस ली।

"शुरू-शुरू में काम के सिलसिले में अक्सर मैं उस इलाके में जाया करता था। एक बार शाम को सुन्दरगढ़ लौट रहा था। मेनका ने गाड़ी रोकने को कहा। महेन्द्रा जीप—मैं खुद ही चला रहा था। रास्ते के ठीक बीचोबीच खड़े थे ये दोनों। सुनरी और घन्नू—साथ में तीन-चार साल का एक नंगा बच्चा। इतने दुबले-पतले और हड़ीले दिख रहे थे कि क्या बताऊँ! मेनका और मैं गाड़ी से उतरकर उनके पास गए। जो कुछ पूछा, उसका उत्तर नहीं दिया उन्होंने। उसी तरह गूँगे-बहरे से खड़े रहे। उस औरत यानी सुनरी के घुटने भी ढक नहीं पा रही, उसकी देह से लिपटी छोटी-सी साड़ी। उसका नंगा बेटा उसे अपनी ओर खींच रहा था। वे लोग टकटकी बाँधे हमारी ओर ताक रहे थे। लगभग दस मिनट तक कुछ कहलवा पाने की नाकामयाब कोशिश करने के बाद मेनका ने परेशान होकर मेरी ओर देखा—'अँधेरा हो चला है, ये न तो सड़क से हट रहे हैं और न ही कुछ कह रहे हैं। रात हो जाएगी, ये कहाँ जाएँगे ? शायद घने जंगल के किसी गाँव से चले आए हैं—कौन जाने किसलिए—सम्भवतः कुछ खाने को न पाकर...' यह सब मुझसे कहा मेनका ने। न जाने मुझे

सहसा क्या सूझा, मैंने इशारे से उन्हें समझाया मेरे साथ आने को और जीप के पीछे का दरवाजा खोल दिया। एक-दूसरे को लगभग एक मिनट तक देखा पति-पत्नी—सुनरी और घन्नू—ने। उसके बाद मुझे और मेनका को। बस, उसके बाद बिना कुछ बोले चुपचाप चल पड़ा आगे-आगे जीप की ओर घन्नू—उसके पीछे-पीछे उसकी पत्नी बच्चे का हाथ थामे हुए—बस, तब से हमारे साथ हैं ये लोग। हमारे घर का सारा काम सँभालते हैं—-मेहमानों की खातिरदारी, पार्टी-प्रोगाम से लेकर बेटे का ट्यूशन, स्कूल ले जाना, ले आना, फीस जमा करना, सब कुछ। कहा जाए तो ये ही लोग हैं मेरे होम मैनेजर।'' एक राहत-भरी साँस ली श्रीकान्त ने।

''और उनका बेटा?'' मेरे मुँह से प्रश्न निकल गया।

''यहीं है हमारे साथ। शुरू-शुरू में कुछ दिन लगे इन लोगों को हमारी भाषा सीखने में—बेटे को भी स्कूल में पढ़ाया। दसवीं तक पढ़ा है। पढ़ाई में नहीं लगा उसका मन। मैट्रिक पास होने की कोई खास इच्छा नहीं जान पड़ी उसकी। इस तरह डोलने-फिरने से तो ड्राइविंग सीख लेना अच्छा था। उसे ड्राइविंग की ट्रेनिंग दिला दी। अब पक्का डाइवर है। आधा मेकैनिक भी। थोड़ी-बहुत ठीक-ठाक भी कर लेता है गाड़ी। दो-तीन साल पहले जिद किए बैठा था आई.टी.आई. ट्रेनिंग करने की। उसके माँ-बाप ने भी मुझसे दो-तीन बार कहा। मैंने उन्हें समझा दिया। इतना पैसा लगाकर पढ़ेगा—पढ़ाने को मैं तैयार हूँ। लेकिन उसके बाद क्या करेगा? कोई गारंटी है नौकरी की? बल्कि गाड़ी चलाए। दो गाड़ियाँ मेरी यहाँ हैं, साइट पर दो और हैं, जहाँ जरूरत होगी, गाड़ी चलाएगा। तनख्वाह भी ले—यहीं साथ रहे खा-पीकर सारा जीवन। मैंने उसका नाम रखा है सुधीर—अपनी पर्सनल गाड़ी मैं उसे चलाने को देता हूँ।''

यह श्रीकान्त की अपनी सांसारिक बुद्धिमत्ता का परिचय है, मैं सोच रहा था।

दोपहर का खाना बहुत स्वादिष्ट था। श्रीकान्त, मेनका और मैंने खाया। घन्नू बाजार से लाया 'ए क्लास' रसगुल्ला भी।

''चलो यार, मैं चलता हूँ। काफी चर्चा हुई आज हमारी।'' श्रीकान्त और मेनका की ओर देखते हुए कहा मैंने।

दोनों मुझे छोड़ने गेट तक आए।

''अरे, तू कैसे आया था? तेरी गाड़ी कहाँ है?'' श्रीकान्त ने पूछा।

मैं कुछ सकपकाया।

''अरे, रुको-रुको, सुधीर छोड़ आएगा। जरा देखना मेनका, सुधीर ने खाना खा लिया या नहीं?'' श्रीकान्त ने कहा।

''क्यों परेशान होगा? मैं ऑटो रिक्शा से चला जाऊँगा।'' हालाँकि मैं जानता था कि अप्रैल की इस भीषण गरमी में ऑटो रिक्शा से श्रीकान्त की वातानुकूलित कार की तुलना नहीं की जा सकती।

"नहीं-नहीं, इस समय यहाँ ऑटो रिक्शा कहाँ मिलेगा? गाड़ी तो खड़ी ही है। शायद खाना खा रहा है वह। चलो, थोड़ी देर बैठ जाते हैं।" श्रीकान्त पीछे मुड़कर बरामदे में रखी बेंत की कुर्सियों की ओर बढ़ गया और पंखा चला दिया।

लगभग पन्द्रह मिनट के अन्दर पोर्टिको में श्रीकान्त की सफेद रंग की बड़ी-सी कार आकर खड़ी हो गई और ड्राइवर ने उतरकर मेरे लिए दरवाजा खोल दिया।

"साहब को घर छोड़ आओ। हाँ, घर याद रखना।"

श्रीकान्त ने मुझे विदा किया।

श्रीकान्त के ड्राइवर सुशील को मैंने कुतूहलभरी नजर से देखा—श्रीकान्त ने उसके बारे में बताया जो था! मेहरून रंग की शर्ट और काली पैंट पहने हुए हट्टा-कट्टा गबरू जवान—साँवला रंग, हालाँकि माँ-बाप की तरह काला नहीं—मासूम चेहरा, उम्र शायद तेईस या चौबीस होगी।

"कहाँ जाएँगे साहब?" राजमार्ग पर आ जाने के बाद पूछा सुधीर ने। उसकी आवाज में सम्मान था और वह साफ ओड़िया बोल रहा था। उसे पता और रास्ता बताकर श्रीकान्त की आरामदेह गाड़ी में सीट से टिककर बैठ गया मैं।

लगभग दो सप्ताह बाद श्रीकान्त का फोन आया। खूब प्रफुल्लित और उत्साह भरी थी उसकी आवाज।

"जानते हो, बेटा परीक्षा में इतना अच्छा करेगा, मैंने सोचा तक नहीं था—अस्सी परसेंट! मेरे तो सपने में भी इतने नम्बर नहीं आए थे। घर में खुशियों भरा महौल है। खिलाना-पिलाना, दान-दक्षिणा तो चल रहा है मेनका का। तुम कब फ्री हो रहे हो, बताओ? इतवार को आ जाओ। बैठेंगे—सेलिब्रेट करेंगे।"

श्रीकान्त की खुशी मुझमें संचरित हो गई।

"मेरी बेटी का भी रिजल्ट निकला है। उसके भी इसी के आस-पास बयासी प्रतिशत आए हैं। लेकिन मेरी बेटी और उसकी माँ खुश नहीं हैं। बेटी के नब्बे प्रतिशत आने चाहिए थे, ऐसा कैसे हो गया?"

"यह तो बहुत खुशी की बात है। कांग्रेचुलेशंस।...मैं भला क्या करूँगा? तुम्हारे दूसरे दोस्त-यार भी होंगे—मैं तो सबको जानता नहीं।" जवाब दिया मैंने।

"अरे, नहीं-नहीं, वे सारी पार्टियाँ हो चुकी हैं। आज रात भी काफी लोग आएँगे। रविवार को मैंने और कुछ नहीं रखा। दिन में सिर्फ तुम और मैं बैठेंगे। तुम्हारे साथ तो किसी तरह की औपचारिकता है नहीं।"

श्रीकान्त की आवाज के उत्साह और आमंत्रण को टालने की इच्छा नहीं थी मेरी। मैं कुछ देर चुप रहा।

"ठीक है, सुबह दस-साढ़े दस तक गाड़ी भेज दूँगा। सुधीर ने तो देख रखा है तुम्हारा घर।"

"नहीं-नहीं, मैं खुद आ जाऊँगा। वैसे भी मुझे घर से निकलना ही है।" मैंने कहा।

"ठीक है, जल्दी पहुँच जाना—साढ़े दस से इन्तजार करूँगा।"

इस बार श्रीकान्त के लॉन में अशोक की छाया में कुर्सियां नहीं पड़ी थीं। गरमी बढ़ गई थी। जब मैं पहुँचा, श्रीकान्त था अपने ड्राइंगरूम में। उसकी तैयारी और हाव-भाव से लग रहा था कि वह काफी देर से मेरा इन्तजार कर रहा है। पिछली बार की तरह मुझे सीने से लगा लिया उसने। उसके बाद हठात् हाथ छोड़कर प्रतीक्षा करने लगा मेरी ओर से किसी प्रतिक्रिया की।

"कांग्रेचुलेशंस!" मैंने कहा।

"थैंक्यू-थैंक्यू।" खूब खुश होकर मुस्करा रहा था वह।

मैं समझ सकता था—हमेशा पढ़ने में कमजोर और कम नम्बर लाने की हीनताबोध से ग्रसित श्रीकान्त के उन दिनों का गवाह था मैं। इसलिए अपनी व्यापारिक सफलता और बेटे के अच्छे नम्बरों से पास होने के बारे में मुझे बताने की जो खुशी है, वह अपने अब के मित्रों और प्रियजनों में बाँटी गई खुशी से कई गुनी अधिक है। मैंने उसकी खुशी में शामिल कर लिया खुद को।

"चीयर्स!" अपना भरा.हुआ गिलास उठाकर मैंने अपनी खुशी का इजहार किया।

"चीयर्स।" गिलास उठाते हुए वह बोला, "बच्चे को कहाँ पढ़ाऊँ, बस, यही चिन्ता सता रही है कुछ दिनों से मुझे। मेनका जिद कर रही है, उसे लन्दन भेजेंगे। मैं चाहता हूँ कि वह ऑस्ट्रेलिया या सिंगापुर जाए इंजीनियरिंग पढ़े।" श्रीकान्त गम्भीर हो उठा।

"बेटा क्या चाहता है?" मैंने पूछा।

"वह अमेरिका जाना चाहता है। तीन आदमी तीन तरह से चाहेंगे तो कैसे होगा? यही चर्चा चल रही है हमारे यहाँ पिछले दो दिनों से। अप्लाई तो किया गया था चारों ओर पहले से। सिर्फ रिजल्ट की प्रतीक्षा थी। अच्छा रिजल्ट आने से देखो, चिन्ता कैसे बढ़ जाती है!"

श्रीकान्त सचमुच चिन्तित लग रहा था। मैं क्या करूँ, कुछ समझ में नहीं आ रहा था। उस बारे में अपनी राय देना मेरे लिए सम्भव नहीं था।

"घन्नू, अरे घन्नू!" अचानक ऊँचे स्वर में पुकारा श्रीकान्त ने।

कुछ देर बाद सुनरी आकर खड़ी हो गई हमारे पास।

"वह मालकिन के हाथ-पैर दबा रहा है ऊपर।" सुनरी की आवाज ऐसी थी मानो पहले से रिकॉर्ड हुए वाक्य की पुनरावृत्ति हो रही है!

"चल, ठीक है, तू जाकर मेरा सिगरेट केश ले आ, मेरे ड्रॉअर में होगा।"

सुनरी मुड़कर दरवाजे की ओर चल पड़ी।

"अरे सुन, शायद सिगरेट नहीं होगी घर में।" एक लम्बी साँस ली श्रीकान्त ने। "मेनका के भय से सारी सिगरेट फेंक दी मैंने। इन दिनों नहीं पीता। आज की

बात अलग है। इस वक्त मेरे लिए एक सिगरेट बहुत जरूरी है। क्या तुम्हारे लिए भी?'' श्रीकान्त ने मेरी ओर देखकर पूछा।

''चलेगा।'' मैंने सिर हिलाकर हामी भरी।

''चल, जा, चौराहे से एक पैकेट ले आ, वनमाली की दुकान से। मैं कौन-सा पीता हूँ। जानती है न?'' श्रीकान्त ने सुनरी से कहा।

सुनरी चुपचाप चली गई। मेरी अप्रतिभता शायद समझ गया था श्रीकान्त।

''घन्नू अच्छी तरह दबाता है हाथ-पैर। जिसने भी उससे तेल मालिश करवाया है या हाथ-पैर दबवाया है, पूरी तरह ठीक हो गया है। मेनका खूब जोरों से दबवाती है हाथ-पैर।'' श्रीकान्त ने मेरी ओर देखा।

मैंने जरा मुस्कराते हुए समझ जाने की तरह सिर हिलाया।

''जानते हो नीरो! ये लोग उभयलिंगी हैं—ये सुनरी और घन्नू। हम इन्हें यही मानते हैं और उनके साथ वैसा ही बर्ताव करते हैं। सुनरी मेरे लिए ड्रिंक बना सकती है, अब देखना, मेरे सही ब्रांड की सिगरेट ले आएगी। घन्नू मालिश कर देता है—नारी-पुरुष सबकी। आज हम लोग मांस की जो तरकारी खाएँगे, वह घन्नू ने बनाई है। किन्तु मांस खरीदकर लाई है सुनरी। उसे अच्छे मांस की पहचान है—मुझे और मेनका को क्या पसन्द है और बेटे को कौन सा पीस अच्छा लगता है, सिर्फ वह जानती है। सबसे बड़ा चमत्कार तो यह है कि हमारे डानी को कौन-सा मांस चाहिए, सिर्फ सुनरी को मालूम है।'' ड्रिंक की एक चुस्की ली श्रीकान्त ने।

डानी श्रीकान्त का ग्रेटडेन कुत्ता है—जिसे मकान के पिछवाड़े एक बड़े अहाते में बँधा हुआ पिछली बार दिखाया था मुझे श्रीकान्त ने।

''इनमें यूनि डिवीजन ऑफ लेबर होता है। दोनों में कोई भी कुछ भी काम कर सकता है। ये लोग तो हमारी तरह हैं नहीं—नारी यह करेगी, पुरुष वह करेगा!''

इतने दिनों के अनुभव से ऐसी थ्योरी निकाली थी श्रीकान्त ने। मैं सिर्फ सुन रहा था।

''पहले जब हमारी कम उम्र थी—कभी-कभी किसी चीज की जरूरत पड़ने पर घन्नू हमारे बेडरूम में बेधड़क घुस आता था। कई बार का मुझे याद है, जब मैं मेनका की गोद में सिर रखकर सोया होता या दोनों रजाई में घुसे होते।''

हँसने लगा श्रीकान्त।

''मुझे समझाया था मेनका ने—क्या हमारा कुत्ता हर कमरे में नहीं घूमता फिरता? हम कैसी स्थिति में हैं, क्या कर रहे हैं, उसे क्या मतलब? हम लोग भी क्यों सोचें उस बारे में! ये लोग हमारी तरह कहाँ होते हैं? पहले हमारे पास एक पॉमेरियन कुत्ता था, उसके बारे में क्या बताऊँ तुम्हें! कई बार जब हम पति-पत्नी एक-दूसरे के साथ जुड़े होते, वह आकर हमारे पलंग के पास बैठ जाता। वास्तव में ये लोग हमारी तरह नहीं हैं।'' पुनः अपने एक नए प्रमेय के निष्कर्ष से चकित कर दिया श्रीकान्त ने मुझे।

उस दिन खूब खा-पीकर घर लौटने तक शाम हो चुकी थी। हालाँकि यह तय नहीं हो पाया कि श्रीकान्त का बेटा अमेरिका, इंग्लैंड या ऑस्ट्रेलिया कहाँ पढ़ेगा। उस दिन मुझे एक महत्त्वपूर्ण काम करना था। दो-तीन फ्लैट देख रखे थे मैंने। पत्नी से चर्चा भी की थी। एक फ्लैट के बारे में तय करके मकान मालिक से मिलना था और अग्रिम देकर बात पक्की करनी थी। इतना भी नहीं हो पाया।

"अरे नीरो! तुमने सुना या नहीं?" एक दिन सुबह-सुबह मोबाइल बजा। मेरे एक पुराने मित्र का था।

"श्रीकान्त—याद आ रहा है न? कितना धनी हो गया है, बाप रे!" मुझे खिझा दिया उसके असहिष्णु स्वर ने। 'धनी हुआ तो हुआ, तुम्हारे तो पैसे नहीं मारे उसने।' मैंने मन-ही-मन सोचा।

"क्या हुआ श्रीकान्त को?" मेरी आवाज में मेरी खीझ साफ-साफ झलक रही थी।

"अरे, उसके तो बहुत सारे भाई-बहन थे। छोटी बहन उनतीस या तीस की थी। शादी नहीं हुई थी, उसी के पास रहती थी। कहते हैं, दो दिन हुए, घर से भाग गई श्रीकान्त के ड्राइवर के साथ। एक आदिवासी लड़का था ड्राइवर। अखबार में खबर छपी है, नहीं पढ़ी... ?"

मैं चकित रह गया। मेहरून टी-शर्ट और काला फुल पैंट पहने श्रीकान्त के ड्राइवर सुधीर का चेहरा उभर आया मेरी आँखों के आगे। स्वस्थ-तन्दुरुस्त देह, मासूम चेहरा, घुँघराले काले बाल, मध्यम कद-काठी, भद्र—पहली बार उसे देखा था उस रविवार को जब वह मुझे घर छोड़ने आया था। दूसरी बार भी सुधीर मुझे घर छोड़ गया था। श्रीकान्त की छोटी बहन—शादी की उम्र निकल चुकी थी और श्रीकान्त के ही साथ रहती थी। शायद वह रिश्ता ढूँढ़ रहा होगा उसके लिए।

मैं लौट गया था पीछे—बहुत पीछे—स्कूल-कॉलेज के दिनों में। मैं बीच-बीच में श्रीकान्त के घर जाया करता था। उसके पिता सेक्रेटेरिएट में क्लर्क थे। कई भाई-बहन थे उसके। श्रीकान्त बड़ा बेटा था। सुना था कि अपने छोटे भाई-बहनों की अच्छी तरह परवरिश की थी उसने और उनकी शादी भी करवाई थी। शायद यही एक बहन बिनब्याही रह गई थी...।

श्रीकान्त के बचपन के घर-आँगन में खेलते धूल-धूसरित कई छोटे-छोटे लड़के-लड़कियों को याद करने की चेष्टा की मैंने। धुँधली पड़ चुकी थीं स्मृतियाँ।

सोच रहा था कि श्रीकान्त को फोन करना सही होगा या नहीं। एक बार उससे मिल आना उचित होगा। कितना चाहता है मुझे—घर बुलाता है। ऐसे बुरे समय में उसके पास जरूर जाना चाहिए।

जब मैं श्रीकान्त के घर पहुँचा, वहाँ सब सुनसान था। कॉलिंग बेल सुनकर दरवाजा श्रीकान्त ने ही खोला। बहुत परेशान लग रहा था वह। दो-तीन दिनों के तनाव से वह अधिक उम्र का लगने लगा था।

''अरे आओ, अन्दर आओ।'' सूक्ष्म मलिन मुस्कान उभर आई उसके चेहरे पर। अँगुलियों के बीच एक सिगरेट। करीब पाँच मिनट तक चुपचाप बैठे रहे उसके ड्राइंगरूम में हम।

''पुलिस को सूचना दे दी? कुछ पता चला?'' मैंने प्रश्न किया।

सिर हिलाया उसने।

''पुलिस कहती है कि वह क्या करे? उम्र तो किसी की कम नहीं है। अपनी मर्जी से ही गए हैं वे लोग।'' श्रीकान्त का स्वर असहाय लग रहा था। सिगरेट का एक लम्बा कश खींचा उसने।

घर की चौखट पर दो परछाइयाँ दिखीं। अँधेरा घिरने लगा था—लाइट नहीं जल रही थी। वे परछाइयाँ धीरे-धीरे बढ़ने लगीं हमारी ओर। मैं समझ गया, सुनरी और घन्नू हैं।

''नमक-हराम निकला साहब! मिल जाए तो खून पी जाऊँगा उसका।'' घन्नू आकर हम दोनों के बीच जमीन पर बैठ गया और श्रीकान्त का पैर पकड़ लिया उसने। उसकी आँखों से आँसू बह रहे थे। सुनरी खड़ी थी श्रीकान्त के पीछे। उसे ऐसा लग रहा था मानो घर के धुँधले प्रकाश में समा जाए वह। श्रीकान्त ने मेरी ओर देखा। 'क्या ये लोग भी...!' मानो उसकी दृष्टि मुझे बता रही थी।

पुनः एक नए प्रमेय के निष्कर्ष से चकित हो उठा मैं।

लड़की

जब बप्पा मुझे 'फुलिया' कहकर बुलाता है न, मुझे अपने अन्दर कुछ खिल उठने-सा लगता है। मैं सचमुच खुशी से खिल जाती हूँ मन-ही-मन। पर अगले ही क्षण एक अजीब-सी आशंका भर जाती है मेरे भीतर। क्या वाकई मैं फूल जैसी हूँ? फूल-सी मुलायम, सुन्दर और खुशबूदार? किस फूल-सी? याद आ जाते गुलाब, कनेर, चम्पा, गुलमोहर। फिर मन-ही-मन मुस्करा उठती मैं। धत्, क्या वाकई ऐसा होता है! नाम तो बस नाम ही होता है...।

"अरी ओ फुलिया, ए मुँहझौंसी फुलिया, अरी कहाँ मर गई तू? कब से इन्तजार कर रही हूँ मैं यहाँ बैठी। अरी, कुछ दाना वगैरह डाल आ सूअरों को।"

माँ की तेज आवाज सुनाई दी। मैं चौंक उठी। फुलिया या कुछ और? क्या फूल जल जाता है, कोयले जैसा दिखता है?

"अभी आई माँ।" इतना कहकर मैं जहाँ बैठी होती हूँ वहाँ से उठकर दौड़ जाती हूँ। अब गुलाब न फुलाब, चम्पा न पम्पा। सिर्फ करमजली फुलिया। सूअरों को दाना डालकर लौटते समय बाहर दीवार पर टँगे टूटे आईने में अपना मुँह देख लेती हूँ एक बार। क्या मेरा चेहरा वाकई झुलसा हुआ है? नहीं, ऐसा तो नहीं है। फिर भी मैला रंग, रूखे-सूखे बिखरे बाल दिख जाते हैं साफ-साफ।

माँ हमेशा मुँहझौंसी, करमजली फुलिया नहीं कहती। आज मैंने थोड़ी-सी देर कर दी उसके काम में। वह भी क्या करे? घर भर का काम, वह भी अकेले। काम का इतना बोझ न पड़ा होता उस पर... ?...इन सूअरों के झुंड के काम ने उसकी नाक में दम कर रखा है। बप्पा से कई बार मैं कह चुकी हूँ, इन सबको रफ़ा-दफा करो। मुझे लोगों के घर में काम करने जाने दो। यहाँ इतना बड़ा रेलवे का ऑफिस है। कितने बड़े-बड़े साहब और मेम साहब हैं, जितने मकान उतने काम। काश, मुझे जाने देता तेरा बप्पा!

एक घर से एक हजार रुपया मिलता है...समझी फुलिया, एक हजार। कम है क्या? अधिक न सही, तीन घरों का काम करना बहुत है। और इन सूअरों के झुंड

के साथ इतना खटने के बावजूद कितना मिलता है? शायद एक हजार भी नहीं। पर तेरा बप्पा तो समझता ही नहीं।' कल माँ मुँह सुखाए कह जो रही थी।

बप्पा कहता, 'मैं तो जाता ही हूँ काम पर। तू घर में रह। दो-दो बच्चे हैं घर में। और देखना, यह सूअरों का कारोबार भी मैं जल्दी ही छोड़ दूँगा। और दो साल इन्तजार कर।'

माँ कहती, बप्पा तो बस यों ही बोलता रहता है। न जाने कितनी मर्तबा बीत चुके हैं उसके दो साल!

बप्पा तो उसी बड़े ऑफिस में काम करता है। बाप रे बाप, कितनी बड़ी बिल्डिंग है! इस बार दशहरा का मेला दिखाने ले गया था बप्पा...माँ को, मुझे और कुना को। कुना तो पहले भी तीन-तीन बार देख चुका था...ऑफिस भी देख चुका था, मेला भी देख आया था। बप्पा के साथ ऑफिस के अन्दर भी गया था। और जब मैंने कहा कि मैं भी जाऊँगी ऑफिस देखने, माँ ने कहा, 'रुक जा, तू लड़की है, अन्दर कहाँ जाएगी?' लेकिन बप्पा ने कहा कि फिर किसी दिन दिखा देगा।

मैंने कितनी बार पूछा है, 'बप्पा, तू उस बड़े ऑफिस में क्या करता है?' हर बार उसने कहा है, 'काम करता हूँ।'

'क्या काम?' मैं फिर पूछती हूँ।

'मेरे ऑफिस में बहुत से काम हैं। चल जा, तू एक गिलास पानी लेकर आ।' बप्पा ऐसे कह देता। मेरी बात वहीं रह जाती। भला मैं क्यों बप्पा से इतने सवाल करती हूँ?

लँगड़ी खेल में मेरा जीतना मीना सह नहीं पाई, झगड़ने लगी, "तेरा बप्पा सूअर है...सूअर पालता है," कहकर उसने मुझे चिढ़ाया।

सच ही तो है, मेरा चेहरा लाल पड़ गया। मीना का बप्पा किसी की दुकान में काम करता है।

'मेरा बप्पा ऑफिस में काम करता है। रेलवे ऑफिस में। बहुत बड़ी बिल्डिंग है। देखा है तूने? तू उसके सामने पैर तक नहीं रख सकती।' मैंने ऐंठ भरकर कहा मीना को।

'ऑफिस में काम?' मुँह बिदकाकर कहा उसने। 'क्या काम करता है? तेरा बप्पा बड़े-बड़े साहबों का गू-मूत पोंछता है। मुझे मेरे बप्पा ने बताया है।'

मैं सकपका गई मन-ही-मन। क्या बप्पा सचमुच गू-मूत साफ करता होगा? यह झूठ है। वह तो सुबह-सुबह सफेद शर्ट-पैंट पहनकर जाता है। दोपहर में खाना खाने आता है और फिर चला जाता है। शाम को लौटता है। उसके बाद हाथ-मुँह धोकर, शर्ट-पैंट बदलकर अँगोछा पहनकर बाड़ी की ओर गोहाल में चला जाता है। गू-मूत साफ करता तो क्या सफेद शर्ट-पैंट पहनता?

'यह झूठ है।' मैंने चिल्लाकर कहा। 'झूठ!'

एक घिन भरी हँसी उभर आई थी मीना के चेहरे पर। मैं वहाँ से मुँह फेरकर चली आई।

'माँ, क्या बप्पा ऑफिस में साहब लोगों का गू-मूत साफ करता है?' मैंने माँ से सीधे-सीधे पूछा।

पहले तो माँ चौंक उठी।

'किसने कहा तुझसे?'

'और कौन होगा? यही मीना।' मेरा चेहरा गुस्से से तमतमा उठा था।

''हँह! जलती है वह तुझसे। साहब लोग क्या बाहर हगते-मूतते हैं? उनके पैखाने सफेद चक्-चक् होते हैं...पैखाने में बैठकर जमीन पर नमक-मिर्च रखकर खाना खाया जा सकता है। हमारे सामने वाली बिल्डिंग के पीछे ढेरों सफेद-सफेद पैखाने पड़े थे। उनके बदले नए-नए जो लगाए गए थे इसलिए पुराने उखाड़कर पिछवाड़े फेंक दिये गए थे। हमारे टीले के कई लोग उठा लाए। पॉलीथिन से घेरकर पैखाना बना लिया। तेरे बप्पा को तो कहते-कहते थक गई, वह एक पैखाना उठाकर नहीं ला सका।' माँ ने मुँह सुखा लिया।

'तो फिर बप्पा ऑफिस में करता क्या है?'

'मैं नहीं जानती, जा...! कितना सवाल करती है यह लड़की?'

माँ खीज उठी। फेंके गए पैखानों में से एक पैखाना लाकर पिछवाड़े बाड़ी में बप्पा के न लगा पाने का अफसोस उसे अब भी साल रहा था शायद। मैंने तय किया कि एक दिन मैं खुद जाकर देखूँगी कि बप्पा क्या करता है और मीना को मुँहतोड़ जवाब दूँगी।

मेरा बप्पा बहुत अच्छा है। पर पैखाना बना दिया होता तो ठीक होता। हमारे टोले में पैखाने तो हैं पर पॉलीथिन से घिरे हैं। दस घरों के लिए एक। माँ और बप्पा उसी में जाते हैं। माँ अक्सर खीझती—परेशानी भी होती थी और ऊपर से महीने में साठ रुपए भी गिनने पड़ते थे। जरूरत पर पैखाना खाली नहीं मिलता था। दस घरों के लिए जो होता है। पर दस घरों के सिर्फ माँ-बाप ही जाते हैं। हम बच्चे बाहर जाते हैं। कुना का क्या, वह तो जहाँ चाहे वहीं कर देता है 'एक'-'दो'। लेकिन मुझे अटपटा लगता है। हमारे टोले के सामने इतना बड़ा स्कूल है। वहाँ बड़े-बड़े साहब लोगों के बच्चे इंगलिश पढ़ते हैं। क्या उनके स्कूल के सामने किया जा सकता है? लेकिन कुना उन लोगों को दिखा-दिखाकर खड़े-खडे 'एक' करता है। मुझे बड़ी दिक्कत होती है। 'दो' करने के लिए मीना या अपनी किसी सहेली को बुलाकर हम साथ जाते हैं जंगल की झाड़ियों में। डर-डर-सा लगता है कभी-कभी। साँप-बिच्छू और जीव-जन्तु होते हैं। सहेली को एक बार जंगली बिच्छू ने काट लिया था। और कभी पेट खराब होने या जोर से लगने पर सब खत्म समझो। 'एक' करने के लिए अक्सर टीले के आस-पास छुप-छुपकर जगह ढूँढ़नी पड़ती है। माँ कहती है, सारी परेशानी इन लड़कियों को ही उठानी पड़ती है।

लेकिन कुना को अपनी शरारत छोड़नी होगी। अब वह बच्चा नहीं रहा। सात साल का हो गया है। दो दिन बाद स्कूल जाएगा। कल बप्पा उसकी किताबें, बैग स्कूली शर्ट-पैंट, जूते-जुराब खरीद लाया है! ज्ञान इंगलिश स्कूल में वह जाएगा। वह जो स्कूल हमारे टीले के बीचोबीच है, उसके सामने दुर्गा मंडप है। तीन स्कूल हैं हमारे टीले में। जबकि सबसे अच्छा स्कूल वही है। इंगलिश और हिन्दी दोनों पढ़ाई जाती है। शायद पैसे लेते हैं हर महीने। ट्यूशन भी चलता है। साहब के बच्चों-सा लगेगा कुना पैंट-शर्ट, जूते-जुराब पहनकर।

मैं भी स्कूल जाती ही थी। वाणीश्री विद्यामन्दिर। हमारे टोले के उस छोर पर है वह स्कूल। वहाँ सिर्फ हिन्दी में पढ़ाई होती है। तीसरी कक्षा तक है। माँ ने कहा था, 'बिटिया, दो अक्षर पढ़ ले। मेरी तरह अनपढ़ न रह जाए। भले ही मैं घर के काम, सूअरों के काम अकेले कर लूँगी।' मैंने दूसरी कक्षा पास भी कर ली। मुझे स्कूल जाना अच्छा लगता था। सुबह हम एक-दूसरे को बुलाने भी जाते थे। हमारे स्कूल का अलग से ड्रेस नहीं था, जूते-जुराब भी नहीं। कोई कुछ भी पहन ले। मेरी सहेली के पास तरह-तरह की फ्रॉक थी। उसकी माँ जिस साहब के घर में काम करती थी, उनकी बेटी, नतनियों की पुरानी फ्रॉक माँगकर ले आती। फ्रॉक बहुत सुन्दर होती। लेकिन कुछ-कुछ बड़ी। फ्रॉक की लम्बाई सहेली के टखनों तक होती और इतनी ढीली कि सहेली जैसी दो लड़कियाँ उसमें समा जाएँ। उसके कन्धे से बार-बार खिसकती फ्रॉक के गले को बेचारी सहेली पूरे रास्ते सँभालती रहती। सहेली कहती कि उसकी माँ जिस साहब के घर में काम करती है, उनकी लड़की उसकी ही उम्र की है पर बहुत मोटी है। हमेशा कुछ न कुछ खाती रहेगी और टी.वी. देखती रहेगी।

मेरे लिए दो फ्रॉकें खरीदी गई थीं तीन साल पहले। अब वे मुझे कसने लगी हैं। काँख के पास फट गई हैं—माँ जितनी भी बार सिलती, वे फट जातीं। स्कूल में मास्टरनी जी ने कहा है कि नई फ्रॉक पहनकर आना, सारी किताबें खरीदना, अच्छी कॉपियाँ, कलम लेकर आना, नहीं तो मत आना। मैंने माँ को जाकर बताई सारी बातें। माँ को गुस्सा आ गया। वह चुप बैठी रही थोड़ी देर।

'अभी और खरीदनी होंगी? तुम्हारी मास्टरनी तो बड़ी ऐंठ दिखा रही है। चल, बैठ घर में, कोई जरूरत नहीं स्कूल जाने की!'

'अरे नहीं। उसे और कुछ दिनों तक जाने दो स्कूल।' बप्पा ने कहा, 'हम नई फ्रॉक खरीद देंगे।'

'आज नई फ्रॉक, कल बही-खाता, फिर जूते—ऐसी न जाने कितनी नई-नई चीजों की फरमाइश करेंगे ये स्कूल वाले। छोड़ो भी, हमें नहीं पढ़ाना आगे। जितना हो गया, बहुत है। हो गई पढ़ाई, अब वह काम-धाम सीखे।'

माँ सिर हिला-हिलाकर कह गई। 'ये लड़कियाँ हहाकर बड़ी हो जाती हैं। इनके सारे कपड़े कस जाते हैं।' माँ ने बड़बड़ाते हुए कहा।

'मैं स्कूल जाऊँगी।' मैंने बप्पा की ओर देखते हुए कहा। मेरा माथा गरम हो गया था।

'कुछ दिन रुक जा, मैं भेजूँगा तुझे स्कूल।' बप्पा ने कहा था माँ की ओर देखते हुए।

मैं मुँह सुखाए रही दिन भर। मैंने दादी का दिया चाँदी का कनपासा उतारकर रख दिया। शायद माँ समझ गई। उसने शाम को समझाया मुझे, 'हम अपना एक घर खरीदेंगे। तेरा बप्पा पैसा बचा रहा है उसके लिए। इस किराए के मकान में और कब तक गुजारा करेंगे? पाँच सौ रुपए जा रहे हैं महीने में। इसके अलावा पैखाने के लिए साठ, इलेक्ट्रिक का सौ। कहीं से आएँगे इतने पैसे, बता तो?'

मैं क्या जवाब दूँ, समझ नहीं पाई।

अभी-अभी भाई के लिए ढेर सारे कपड़े, किताबें, बैग खरीदे गए हैं। उसके लिए कहाँ से आए पैसे? मन में आ रहा था, सीधे जाकर माँ से पूछूँ। किन्तु माँ कहेगी, मैं भी मीना की तरह जलकुकड़ी हूँ। अपने भाई को देखकर जलती हूँ। पर यह बात कब तक पेट में दबाए रखती? मेरा पेट गुड़गुड़ाने लगा। कौन जाने कि इत्ती-सी बात पेट में घुसकर गुब्बारे-सी फूल उठेगी। और शायद फूट भी जाए। पेट फटने या उल्टी होने से पहले बप्पा को कह दूँगी, यह तय किया।

'बप्पा, कुना तो स्कूल जाएगा। मैं क्यों बन्द करूँ? मैं भी जाऊँगी?' दफ्तर से लौटकर बप्पा के सुअरबाड़े में जाते समय मैं दबे पाँव उसके पीछे-पीछे गई और हठात् उससे कह दिया।

बप्पा चौंक उठा। मुड़कर पीछे देखा। मैं उसके करीब चली गई।

'अरे फुलिया बिटिया!' मेरे सिर पर हाथ फेरा उसने। 'तू मेरे पीछे-पीछे आ रही थी? आ, मेरे पास आ।'

'मैं बप्पा के पास चली गई।'

'तुझे मैं जरूर स्कूल भेजूँगा। माँ जो चाहे कहे। कुछ दिन ठहर जा। यह कुना दो अक्षर पढ़ ले।' बप्पा ने कहा।

मैं खूब खुश होकर कूदती-फुदकती वहाँ से चली आई।

हमारा एक कमरा है। पत्थर का कमरा, ऊपर टीन की छत। बाहर बरामदे में टीन की ओट है, वहीं माँ खाना बनाती है।

'बप्पा ने कहा है, मैं भी पढूँगी।' मैंने खुश होते हुए कह डाला।

माँ चूल्हे में लकड़ी ठूँस रही थी। उसने मुड़कर मेरी ओर देखा। 'अधिक पढ़कर तू क्या करेगी? बल्कि हम कुछ पैसे बचा लेंगे तो कोई पढ़ा-लिखा लड़का ढूँढ़कर तुझे उससे बाँध देंगे। फिर तू मेरी तरह इतना परेशान नहीं रहेगी।' माँ ने बड़ी सहजता से कहा। 'देख तो रही है, लकड़ी का चूल्हा फूँकते-फूँकते मेरा चेहरा किस तरह झुलस गया है।'

'क्यों ? हमारे पास तो गैस है। उसमें क्यों नहीं पकाती ?' मैंने तपाक से कहा।

हमारे घर में मेरे घुटने तक ऊँचा लाल रंग का गैस से भरा डिबा है, उसके ऊपर एक छोटा-सा चूल्हा। मुझे तो वह मेरे खिलौने जैसा लगता है। लेकिन माँ उसे छूने तक नहीं देती। दशहरे में बप्पा खरीदकर लाया था। वह आने के बाद माँ ने सिर्फ एक ही बार बप्पा के लिए और अपने लिए उस पर चाय बनाई थी। उसके बाद से वह हमारे कमरे के एक कोने में रखा है। मुझे लगता है कि वह माँ की सबसे प्यारी चीज है। माँ कहती है, रखा रहने दे उसे। कभी आषाढ़ में बारिश की वजह से लकड़ी न जली तो उसे काम में लाया जाएगा।

'गैस ? कौन-सा गैस ?' माँ खीज उठी। ''उसी पर है तेरी नजर ? खबरदार! हाथ मत लगाना उसे।' पहले कई मर्तबा कहने की तरह इस बार भी कहा माँ ने। उसके बाद न जाने क्या सोचकर उसने मेरी ओर देखा।

'ऐसे घर में तेरा रिश्ता करूँगी कि गैस के चूल्हे पर ही खाना बनाना, समझी ? पैसे बचाना होगा उसके लिए। ऐसे में भला मैं गैस जलाकर खाना कैसे पकाऊँ ? यदि कुना किसी लायक बन गया... ।' माँ ने चूल्हे की ओर मुँह फेर लिया और मैं चुपचाप वहाँ से चली आई।

वहाँ माँ के पास रहना खतरे से खाली नहीं था। न जाने मन-ही-मन क्या कुछ बड़बड़ाती रहेगी। बीच में बोलेगी, 'अरी फुलिया, जरा चूल्हा जलाती रहना, मैं जाकर सूखे कपड़े उठा लाती हूँ।' या बोलेगी, 'थोड़ा-सा लहसुन कूच ले।' कुछ नहीं तो बोतल उठाकर दिखाएगी और बोलेगी, 'ये देख, बूँद भर तेल नहीं है, मैं इधर चावल चढ़ा चुकी हूँ! जरा दौड़कर जा तो लाला की दुकान से दो सौ ले आ। कह देना कि उधार खाते में चढ़ा ले।' लाला की दुकान चली तो जाऊँगी पर वह तुरन्त तो सामान देगा नहीं। कहेगा, रुक जा थोड़ी देर, तेरी ट्रेन नहीं छूट जाएगी। उसके बाद अपने पान से लाल हुए दाँत निपोरते हुए हँसने लगेगा। क्या आज तेरी माँ पुलाव-मांस बना रही है ? तेल की क्या जरूरत पड़ गई ? चल, जा जरा, उस तरफ से आधा किलो प्याज तो निकाल ला—इस टोकरी में दे। उसके ग्राहक एक के बाद एक आते रहेंगे। कोई प्याज लेगा, कोई अंडा, कोई चावल तो कोई शक्कर। और मुझे वह उसी तरह इन्तजार कराता रहेगा। एक के बाद दूसरा काम बताता रहेगा। 'सभी पैसे देते हैं और तू उधार।' मुझे चिढ़ाएगा। कभी-कभी ग्राहक चले जाने के बाद मेरी फ्रॉक में काँख के पास फटी जगह को बाज की तरह निहारेगा। तेल की शीशी मुझे देते समय मेरा हाथ पकड़कर अपनी ओर खींचेगा और खिखियाकर हँसेगा। उसी के मकान में हम किराए पर रहते हैं। लाला के पच्चीस-तीस मकान कतार में बने हैं। सब किराए पर चढ़े हैं। माँ कहती है, सबसे पहले लाला इस टोले में आया था और उसने ढेर सारी जमीन हथियाकर टीन-टप्पर डालकर चार कतारों में कमरे बना लिये थे। उन्हें किराए पर चढ़ाकर बैठे-बैठे खा रहा है। 'इतनी बड़ी

हो गई, तुझमें अकल नहीं आई अभी तक। अरे, उसे दुकानवाला लाला क्यों कहती है? काका बोला कर।' माँ फटकार लगाती कभी-कभी। 'हम लोग आपस में कहते हैं तो क्या तू भी कहेगी?' खीझती मेरे ऊपर।

चलो, ठीक है, अब मैं बड़ी हो गई हूँ, मैं तो कब की बड़ी हो चुकी हूँ। अब मैं लगभग दस साल की हूँ क्योंकि कुना है सात साल का। और मैं उससे तीन साल बड़ी हूँ, ऐसा माँ कहती है। जब मैं कुना जितनी थी तब भी माँ मुझे—'इतनी बड़ी हो गई यह नहीं कर पाती, वह नहीं कर पाती' कहा करती थी। और जब कुना की बारी आएगी तो कहेगी—'वह तो अभी छोटा है। तू कर ले यह काम। बड़ा होगा तो वह भी हाथ बँटाएगा ही।'

कुना हमेशा छोटा रहता है। न जाने वह कब बड़ा होगा और माँ के काम में हाथ बँटाएगा! मैं ही बड़ी हूँ, मुझे हर बात की जानकारी पहले से होनी चाहिए। हर काम में हाथ बँटाना होगा। मैं मुँह बिदकाकर अपनी सहेली को ढूँढ़ने बाड़ी की ओर चल पड़ी।

हर बात जानने का मतलब माँ कभी-कभी पास बिठाकर बताया करती। दोपहर में खा-पी लेने के बाद, बप्पा के खाना खाकर ऑफिस चले जाने के बाद और कुना के क्रिकेट खेलने मैदान में चले जाने के बाद माँ मुझे पैर-कमर दबाने को कहती। यह सबसे उबाऊ काम होता है। चाहे मुझे और कुछ भी करने को कहो, यह कमर दबाना, पैर दबाना मुझसे नहीं होता, मैं मन-ही-मन कहा करती। खेलने के समय भला यह सब कौन करेगा? वह भी माँ को नींद आने तक? लेकिन माँ को देखने से दया आती। दोपहर में सबके खा चुकने के बाद वह चटाई बिछाकर इस तरह पस्त होकर लेट जाती कि मैं उसे छोड़कर कहीं जा नहीं पाती थी।

'हर बात' में एक बात वह बार-बार कहती, 'तू अभी बड़ी नहीं हुई है। बड़ी होने में और तीन-चार साल हैं तुझे, अभी कोई संकट नहीं है तुझ पर। किन्तु एक बात याद रखना, कोई अनजान आदमी तेरे बदन को हाथ न लगा पाए। बड़ी होने पर तू खुद ही समझ जाएगी।' ऊँघ में माँ ऐसी कुछ बातें चढ़ी आवाज में कहतीं। मानो मेरे अन्दर बिलकुल बींध जाएँगी। अनजान आदमी कौन होते हैं? मेरी इच्छा होती माँ से पूछने की। शायद कोई नया आदमी—जिसे मैं पहले से जानती-पहचानती नहीं। जैसे कि ये बोरिंग करके हैंडपम्प लगानेवाले लोग और मजदूर।

'बदन को हाथ लगाने का मतलब यह नहीं कि तेरे सिर पर या पीठ पर किसी का हाथ जरा-सा लग गया। जान-बूझकर बदन पर यहाँ-वहाँ हाथ न लगाए। समझ रही है न?' माँ की नींद छूमन्तर हो जाती मानो उतना कहते-कहते। वह तकिया से सिर उठाकर मेरी ओर देखते हुए कहती। शायद मेरी आँखों में देखने की कोशिश करती। मैं उसकी बात ध्यान से सुन रही हूँ या नहीं।

मैं सिर हिलाकर हामी भरती। माँ फिर से तकिया पर सिर रख लेती।

'ठीक से दबा कमर। मन तो तेरा भाग रहा है यहाँ-वहाँ, कैसे काम करेगी तू?' वह सहज रूप से कहती। कभी-कभी चिढ़ जाती, 'यहाँ कमर दबाने में मन नहीं है तेरा। कहीं और डोल रहा है।' धीरे से पैर चला देती माँ। वाकई मेरा मन माँ की कमर दबाने में नहीं होता! बहुत उबाऊ लगता। घुटनों के बल बैठकर माँ के पैरों और कमर पर हाथ फेरती रहती। पर अच्छी लगती एक बात। माँ की साड़ी से—भले ही हो वह मैली और जगह-जगह से सिली हुई—एक तरह की अच्छी महक निकलती है। वह महक मेरे नथुनों में घुसने से मुझे माँ से लड़ियाने को जी करता है। उसके पास लेटकर बाँहों में भर लेने की इच्छा होती है।

किन्तु मेरा मन एक दूसरी जगह पर अटक जाता है—यह जो अनजान आदमी है—जान-बूझकर बदन के हर जगह हाथ लगाने का क्या मतलब है? नबो चाचा तो अनजान नहीं है—वह जो गली के छोर पर बाबूना का चाचा है। बाबूना उसी स्कूल में पढ़ता है जिसमें कुना ने नाम लिखवाया है। बाबूना भी तो हमारे साथ खेलता है। उस दिन खेल खत्म होने के बाद शाम को जब मैं घर लौट रही थी तब नबो चाचा ने मुझे चॉकलेट दिया। एक नहीं—तीन। रंग-बिरंगी पन्नियों में लिपटी। मेरा हाथ पकड़कर अपनी साइकिल रिपेयरिंग की दुकान में ले गया। मैं उसके साथ अन्दर चली गई। दुकान के अन्दर थोड़ा-थोड़ा अँधेरा था। नबो चाचा कुर्सी पर बैठ गया और मुझे अपनी गोद में बिठा लिया। एक अजीब-सी आवाज निकाल-निकालकर वह हाँफ रहा था और मेरी पूरी देह में अपना दायाँ हाथ फेर रहा था। मुझे डर लग रहा था, कहीं मेरी फ्रॉक ज्यादा तो नहीं फट जाएगी! वैसे भी कई जगहों से फट चुकी है। 'मेरी फ्रॉक फट जाएगी।' मेरे मुँह से निकल गया। 'और ला दूँगा। तू बहुत अच्छी लड़की है—बहुत सुन्दर है रे तू फुलिया!' फुसफुसाते हुए कहा था नबो चाचा ने। 'और चॉकलेट ला दूँगा।' नबो चाचा उसी तरह जोर-जोर से साँस लेते हुए मेरे पूरे बदन में हाथ फेरता जा रहा था। मुझे गुदगुदी हो रही थी। यहाँ तक कि मेरी गन्दी जगह पर भी हाथ फेरा उसने। 'मैं जाऊँगी' कहकर उसकी गोद से उतरने की चेष्टा की थी मैंने।

'ठीक है जा, कभी-कभी आती रहना। और चॉकलेट दूँगा।' नबो चाचा ने मुझे गोद से उतार दिया था। 'कहना मत किसी से यहाँ मेरे पास आई थी, ठीक है?' उसने मेरे सिर पर हाथ फेरा था।

मैंने सिर हिलाकर हामी भरी थी और वहाँ से निकलकर चली आई थी। नबो चाचा की दुकान से निकलते समय न जाने क्यों मेरी नजर चारों ओर दौड़ रही थी। किसी ने देखा तो नहीं? देख लेता तो उसे बताना पड़ता। माँ को भी नहीं बताई। माँ तो कहती है अनजान...। नबो चाचा तो अनजान नहीं है—वह तो बाबूना का चाचा है। पर अब मैं नहीं जाऊँगी उसके पास। न मिले चॉकलेट। लेकिन वह उस तरह टटोलते हुए क्या ढूँढ़ रहा था मेरे बदन में? और क्या मैं सचमुच सुन्दर हूँ? छोड़ो, ये बातें सोचने से कोई लाभ नहीं!

इस बारे में मैंने किसी को नहीं बताया, माँ को नहीं, सहेली को नहीं, झगड़ैल मीना को भी नहीं—बाबूना और कुना को तो बताना ही नहीं था—वे लोग लड़के हैं। सारी बातें सिर्फ मिट्ठी को ही बता सकती हूँ। मिट्ठी हमारी सबसे मोटी और धुलधुली सुअरिया अम्मा है। अम्मा इसलिए कि वह हर साल ढेर सारे गुलाबी रंग के बच्चे पैदा करती है। हमारे गोहाल में उसी के बच्चे भरे पड़े हैं। अभी हाल ही में तो उसने बच्चे पैदा किए हैं—सत्रह। सभी छोटे-छोटे छौने हैं। अभी भी दूध पीते हैं मिट्ठी का। घर में मुझे काम न होने पर या सहेली न बुलाने पर या माँ मुझे सूअर के बच्चों को दाना डाल आने के लिए कहने पर मैं मिट्ठी के बच्चों को गोद में लेकर बैठ जाती हूँ और मिट्ठी से बातें करती हूँ।

'मिट्ठी बहुत शुभ है हमारे लिए,' माँ कहती, 'जब से वह आई है, सूअरों का वंश बढ़ा है। हर बार ढेर सारे बच्चे पैदा करती है।'

'हाँ, मिट्ठी का वजन एक क्विंटल के आस-पास होगा। इतनी बड़ी सुअरिया तो मैंने खुद ही नहीं देखी थी।' बप्पा मुस्करा देता।

'अजी! तारीफ मत करो, नजर लग जाएगी।' माँ गोबाड़े की ओर मुँह करके थूक देती।

लाल रिबन में चार घुँघरू बाँधकर मिट्ठी के गले में पहनाया है माँ ने। मिट्ठी कहीं आती-जाती तो घुँघरू बजते।

'कुछ भी कहो, मुझे यह सूअर पालने का धन्धा बिलकुल नहीं सुहाता। जिस दिन इनसे पीछा छूटेगा, मैं माता झाड़वती को नारियल चढ़ाऊँगी।' माँ अँधेरे की ओर देखकर कहा करती।

'अब ज्यादा दिन नहीं हैं। बस थोड़ा और रुक जाओ। मैं यह धन्धा छोड़ दूँगा।' बप्पा हर बार की तरह माँ की ओर देखे बिना कहता।

हमारे सूअरों का झुंड वाकई बढ़ता जा रहा है। मिट्ठी, उसके दो-तीन साल के ढेरों बच्चे, और उसके बच्चों का बाप। बच्चों में कई नर और कई मादा हैं। बड़े-बड़े बच्चे बिक चुके हैं। अभी भी ढेरों हैं। बप्पा कहता है कि हमारे सूअरों की खूब माँग है। बड़े-बड़े होटलों में जाते हैं ये सूअर। जब बप्पा काटता है, पास-पड़ोस के किसी को जरूरत पड़ने पर, और अपने लिए भी वह चार टुकड़े मांस ले आता है।

लेकिन बप्पा घर के पास नहीं काटता—माँ मना करती, 'खबरदार! यह सब यहाँ नहीं चलेगा। मैं यह देख नहीं सकती।'

मैंने भी कभी नहीं देखा। बप्पा कभी-कभी कुना को साथ लेकर काटने जाता है। 'तू लड़की है, घर पर ही रह।' मुझे कहता।

'तेरा बप्पा बहुत भला है, मेरी हरेक बात मानता है।' कभी-कभी मन ठीक होने पर माँ कहती, 'किसी बात पर जिद नहीं करता है।'

माँ कभी-कभी इस तरह न समझ आनेवाली बातें कहा करती है, 'लड़की का जनम तो ऐसा ही है। घर का आदमी अच्छा हुआ तो निभ जाएगी शान्ति से, वरना पिसते रहो। जिन्दगी नरक बन जाएगी।'

हमारे टोले में दो कतारों में घर बने हैं। हमारी कतार में पाँच घर सामने वाली में पाँच घर। सामने वालों का सब कुछ दिखाई देता है। चुईं के घर में तीन बहनें हैं। चुईं बड़ी है—उसकी उम्र चार साल, उससे छोटी हैं दो। चुईं का बप्पा जिस रात पीकर आता है, उस रात चुईं की माँ के साथ झगड़ा करता है, और कभी-कभी मारता भी है। दिन में भी कभी-कभी मारता है। चुईं का बप्पा रिक्शा चलाता है। उसके रिक्शे में साहब लोगों के बच्चे स्कूल जाते हैं। लेकिन घर पर वह हमेशा गुस्सा करता रहता है। माँ कहती है, चुईं की माँ लड़का पैदा नहीं कर सकी, इसीलिए यह सब गाली-गलौज और मार सहनी पड़ती है उसे। अभी कल ही तो चुईं का बप्पा चुईं की माँ का झोंटा पकड़कर उसे घसीटते हुए लाकर चबूतरे के नीचे पटक गया, लतियाया भी। चुईं की माँ चुईं के बप्पा को कोसते हुए रोती जा रही थी—'तेरे पैर में कीड़े पड़ें रे करमजले, मेरा जीना हराम कर दिया है रे तूने, तेरे पैर में बड़ा रोग हो।' मेरी माँ उसे चबूतरे के नीचे से उठाने गई तो चुईं की माँ ने उसे भी गाली दी—इतनी हमदर्दी दिखाने की कोई जरूरत नहीं है। तेरे घरवाले की तरह मेरा ये जोरू का गुलाम नहीं है। तू जा अपने घर।'

माँ तुरन्त वहाँ से मुड़कर लौट आई। गुस्से में तमतमाते हुए बोली, 'इस औरत के मुँह में लगाम नहीं है। यदि घरवाला लहूलुहान न करता होता तो न जाने क्या करती! यह बड़ी हुड़दंगी और मुँहफट है। यदि घरवाले ने दारू पीकर पीट दिया, दो बातें बोल दीं, सह जाती, बात-बात पर जुबान क्यों लड़ाती है? ये मार नहीं खाएगी तो कौन खाएगा? मेरी मति मारी गई थी जो मैं उसे बचाने गई। फिर कभी...' माँ ने मुँह बिदका दिया।

हमारे घर से सटा है सोनाली दीदी का घर। वे औरत-मरद दो ही लोग हैं। आपस में कोई खटपट नहीं। माँ कहती है, 'देख, उसका नाम भी है सोनाली, मानो सोने से बनी हो! अपने मरद को बहुत प्यारी है। मंत्र पढ़ा हुआ पानी पिलाया है अपने मरद को—इस औरत के इशारे पर उठता-बैठता है—इतना बड़ा गबरू जवान। सोनाली सलवार-कमीज पहनती है। घुँघरूदार पाजेब पहनती है। पीठ पर चोटी लटकती रहती है, आँखों में काजल और होंठों पर लिपस्टिक। किस तरह कमर मटका-मटकाकर चलती है, देख!' माँ कहती रहती है। 'जादू-टोना करवाकर इस लड़के का दिमाग बिगाड़ दिया और उसके बाद यह लड़का अपना घर छोड़कर इसे लेकर यहाँ भाग आया। कहते हैं, सोनाली का घरवाला ब्राह्मण परिवार का है। सोनाली छोटी जाति की है। ये भद्रख के रहनेवाले हैं। कॉलेज में पढ़ते थे दोनों, वहीं लव हो गया। सोनाली के मरद के घरवाले अड़ गए कि शादी नहीं होने देंगे। सोनाली

को मार डालेंगे। सोनाली का परिवार वैसे भी गरीब है। उसके बाद लड़के को बहला-फुसलाकर रातोंरात घर छोड़कर भाग आई उसके साथ यह लड़की। यहाँ आकर इस बस्ती में किराए का मकान लेकर रहने लगे। कम परेशान होता है यह लड़का इस लड़की के लिए! गुजर-बसर करने के लिए दिन भर कमर-तोड़ मेहनत करता है। फिर शाम को इस हीरोइन के लिए प्लास्टिक की थैली में खाने का सामान भी लटकाए हुए लौटता है।'

माँ न जाने क्यों सोनाली दीदी पर इतना गुस्सा करती है? मुझे तो बहुत अच्छी लगती है वह। बेहद खूबसूरत और हँसमुख है सोनाली दीदी।

सोनाली के घर के सामने वाला घर बीर और धीर का है। बीर और धीर की माँ तो दिन भर दिखाई नहीं देती। बहुत-से साहबों के घरों में काम करने जाती है। बीर और धीर दिन भर लकड़ी के एक फट्टे और रबड़ की फटी गेंद से क्रिकेट खेलते रहते हैं।

माँ हमेशा हमदर्दी--भरे शब्द बोला करती बीर और धीर की माँ के लिए। इतनी सीधी औरत है कि एक चींटी तक नहीं मारी जाती उससे। दो-दो लड़के हैं। इसका मरद गाड़ी चलाया करता था किसी बड़े आदमी की। सब कुछ ठीक-ठाक चल रहा था। एक दिन अचानक बस्ती में पुलिस आई और बीर-धीर के बप्पा को घर से खींचते हुए बाहर निकालकर अपने साथ ले गई।'

बप्पा कहता था, 'वह जिनकी गाड़ी चलाता था, उस मालिक ने ही झूठे केस में फँसाकर बीर-धीर के बप्पा को हथकड़ी लगवाई है।'

'बेचारी औरत कितना कष्ट पा रही है! कौन जाने वह आदमी जेल से छूटेगा भी या नहीं!' माँ जोर से साँस छोड़ती।

लेकिन हमारे टोले के सबसे किनारे बने मकान की ओर जाने से माँ मना करती है, 'खबरदार! यदि तू उस ओर गई। वो औरत अच्छी नहीं है।'

माँ के कहने पर कि वह औरत अच्छी नहीं है, मेरी बहुत इच्छा होने लगी उस औरत को जरा ठीक से देखने की। कैसे देखूँ? माँ ने मना किया है उसके घर की ओर जाने को या उससे बात करने को। यदि जान जाएगी तो पीठ पर धमाधम घूँसे पड़ेंगे और माँ कान खींच-खींचकर लम्बा कर देगी। पर वह औरत नल से पानी भरने तो आती ही है। वह जो उस ओर बोरवेल लगा है—हमारे टोले के सभी लोग वहीं से पानी भरते हैं। मैं अपने घर की ओर तिरछी नजर से देखते हुए नल के पास चली जाती। उसके बिलकुल पास नहीं जाती। थोड़ी दूर से देखती। एक तरह का रूखा और बेपरवाह-सा रंग-ढंग है उसका। मुझे देखकर भी न देखने-सा रहती। उसकी एक चीज को लेकर मुझे अजीब-सा लगता। वह है, उसकी निगाह। जब वह मुझे या किसी दूसरे की ओर देखती तो ऐसे देखती, मानो उसके आस-पास और कोई है ही नहीं! मानो मैं भी नहीं हूँ वहाँ!

माँ कहती, 'बारह खसमें हैं उसके। इसलिए उसकी निगाह आसमान में रहती है। हमसे वह क्यों मेल-जोल बढ़ाएगी, क्यों बातें करेगी? हमें भी क्या गरज पड़ी है?'

'बारह खसम का मतलब?' मैं पूछती।

'तू जानकर क्या करेगी? सारी बातें जाननी हैं इसको। क्या वकील बनेगी सब जानकर? उस औरत का असली खसम नहीं है। इसको छोड़कर भाग गया। इसीलिए यह ऐसी है।' माँ मुझे डपटकर चुप कर देती।

कभी-कभी फट-फट की आवाज के साथ ऑटो रुकते उस औरत के घर के सामने। वह धप-धप करती बाहर निकल आती। मुड़कर कुंडा लगाती और ऑटो में बैठ जाती। उस वक्त वह चमचम करती सितारों वाली साड़ी पहने होती। उस औरत का नाम-गाँव माँ नहीं जानती, न ही कोई और जानता है।

माँ की बातें सुनकर कभी-कभी मैं सोचा करती हूँ तो फिर लड़की का जन्म किसके जैसा है? जब मैं बड़ी होकर औरत बनूँगी जैसा कि माँ कहती है, तब किसके जैसी बनूँगी?

न जाने क्यों, आजकल बप्पा ऑफिस नहीं जाता। सुबह-सुबह पखाल (पानी मिला बासी भात) खाकर बाहर चबूतरे पर बैठ जाता है। बाएँ हाथ से पैरों को सहलाता है और दाएँ से बीड़ी पीता है। एक अजीब-सा दुखी-दुखी-सा लगता है और सिर्फ सामने की ओर ताकते हुए बैठा रहता है। मुझसे या कुना से कोई बात नहीं करता। माँ से पूछा कि क्या हुआ है बप्पा को। पहले माँ ने कहा कि बप्पा छुट्टी पर है। लेकिन दो घंटे के बाद मैंने फिर से पूछा। माँ ने बताया कि बप्पा की छँटनी हो गई है।

'छँटनी का मतलब?' मैंने पूछा।

'बप्पा अब ऑफिस नहीं जाएगा,। बप्पा से पहले जो लोग ऑफिस में काम करते थे, उन्हें काम मिल गया और बप्पा को निकाल दिया।'

'क्या बप्पा अब बिलकुल ऑफिस नहीं जाएगा?' मुझे विश्वास नहीं हुआ इसलिए दुबारा पूछा।

'नहीं।' माँ ने कुछ सोचा और कहा।

'तो फिर बप्पा क्या करेगा?'

'मैं नहीं जानती।' माँ फिर से उदास हो गई।

लेकिन बप्पा अधिक दिनों तक बैठा नहीं रहा। सूअर पालने और बेचने के काम में जी-जान से जुट गया। इसीलिए मुझे भी अधिक काम करना पड़ता था। किन्तु मुझे अच्छा लगता था। क्योंकि बप्पा के साथ-साथ अधिक समय तक मैं रहती थी और मिट्ठी के साथ भी।

'ये ऑफिस की नौकरी चली गई, अच्छा हुआ। कौन-सी अधिक दिनों की थी! अब मैं एक दुकान खोलूँगा, सोच रहा हूँ। ये सूअरवाला काम भी छोड़ दूँगा।' रात को बप्पा खाने की थाली के पास बैठते समय बोला।

'बहुत अच्छा होगा।' माँ खुश हो गई। 'चलो, इतने दिनों बाद तुम्हारे भेजे में इतनी-सी बुद्धि तो घुसी। मैं तो कब से कह रही थी।' माँ ने अधिक आलूदम डाल दिया बप्पा की थाली में।

'हमारी दुकान कब खुलेगी?' मैंने कुछ दिनों बाद बप्पा से पूछा।

'खुलेगी, खुलेगी, ढूँढ़ रहा हूँ यहाँ-वहाँ।' मेरा सिर सहलाते हुए बप्पा बोला। 'हमारे सूअरों की माँग बहुत है। खूब बिक रहे हैं!'

लेकिन बप्पा दुकान ढूँढ़ने नहीं जा सका, क्योंकि बरसात आ गई और बारिश की झड़ी दिन-रात लगी रही। बरसात का मौसम बहुत खराब होता है। खेलना बन्द, घूमना बन्द। इतनी बारिश होती कि कहीं जाना तक मुश्किल हो जाता। हर चीज में परेशानी होती। ज्यादातर पेट खराब रहता। पीने का पानी मटमैला हो जाता, बदबू आती। कभी-कभी हमारे घर में नाली का पानी घुस आता। ऊपर टीन से एक-दो जगह से पानी टपकने लगता। माँ वहाँ बाल्टी, पतीला रख देती। दिन किसी तरह बीत जाता। रात में सोने की दिक्कत होती। कभी-कभी नींद आ जाने पर तीन-चार बूँद पानी न जाने कहाँ से आकर शरीर पर, मुँह पर टपक जाता है। नींद खुल जाती है।

इस बार खूब बारिश हो रही है। होती चली जा रही है। थमने का नाम ही नहीं ले रही। बप्पा बीच-बीच में जाकर सूअर बेच आता है। कुना एक दिन स्कूल जाता तो दो दिन बन्द। माँ न जाने किसको कोस रही है। बड़ी मुश्किल से गैस का चूल्हा निकालकर दाल-चावल एक साथ मिलाकर पका रही है।

'गैस तो खत्म हो जाएगी, फिर कहाँ से आएगी? काम-धाम तो है नहीं! यह बारिश थमने का नाम ही नहीं ले रही! कैसे चलेगा सब?' माँ न जाने किससे पूछ रही थी।

दोपहर को बप्पा खाना खाकर गया था और लौटा लगभग शाम को। मूसलाधार बारिश हो रही थी। बप्पा के पैंट-शर्ट छपाछप भीग चुके थे। सुखाने की कहीं जगह ही नहीं थी। बप्पा के चबूतरे से साइकिल टिकाकर घर में घुसते समय मैंने उसका चेहरा देखा। बिजली नहीं थी सुबह से। बल्ब नहीं जल रहा था। ढिबरी की रोशनी में देखा, बप्पा बहुत खुश-खुश लग रहा था। मुझे भी खुशी हुई।

'कुना की अम्मा, थोड़ी चाय बनाना।' बप्पा ने पैंट-शर्ट बदलकर लुंगी पहनते हुए माँ को कहा।

गिलास से लाल चाय उड़ेलकर बप्पा कटोरी से पी रहा था। हमारे यहाँ लाल चाय बनती है बप्पा और माँ के लिए।

'पिएगी क्या रे फुलिया?' मेरी ओर मुस्कराते हुए देखकर बप्पा ने पूछा।

'नहीं,' मैंने सिर हिलाया।

'चलो, एक बड़ा काम निपट गया आज। बीस में सौदा हो गया। कुछ ज्यादा भी मिल सकता था। लेकिन मैं डर रहा था। कहीं बात बिगड़ न जाए। और फिर हमें तो अभी चाहिए।' बप्पा ने चाय की चुस्की लेकर माँ की ओर देखा। 'जेवियर

चौराहे से पहले जो बड़ा होटल है, वे लोग लेंगे। उनके यहाँ बहुत से गोरे साहब आ रहे हैं—बड़ी मीटिंग होगी। कुछ दिन रहेंगे।' बप्पा ने बाहर नजर डाली। 'एक दुकान खरीदनी होगी। डाकखाने से पैसे लेंगे। यह बीस हजार जमीन का पैसा पहले देना होगा, जिस जगह दुकान खुलेगी।'

'किस चीज की दुकान? शर्बत की?' कुना ने पूछा।

'नहीं-नहीं, शर्बत की बोतलें रखने के लिए उतने पैसे कहाँ हैं? अभी सिर्फ पान, सिगरेट, बिस्कुट जैसी चीजें।' बप्पा ने अन्यमनस्क होते हुए कहा। 'चलो, मिट्ठी पसन्द आ गई उन्हें। आज तक मैं उसे बचाता आ रहा था। एक साथ कोई बड़ी पार्टी देखने की सोचकर। खैर, एक बात नक्की हो गई। कल देखने आए थे।' बप्पा ने माँ की ओर देखकर कहा।

'अन्त में मिट्ठी को भी?' माँ के चेहरे पर उदासी छा गई थी।

'क्या करें! जहाँ इनसान ही लाचार हो, पशु-पक्षी को भला कौन पूछता है?' बप्पा ने माँ को समझाने के अन्दाज में कहा। 'पहले दुकान खुल जाए। दुकान चल गई तो बहुत कुछ किया जा सकता है।'

माँ ने बप्पा का गीला पैंट-शर्ट निचोड़ दिया। बारिश उसी तरह झमाझम हो रही थी। हम चुपचाप बैठे थे।

'कौन गया था दोपहर को गोहाल में? फाटक अच्छी तरह बन्द तो है न?' बप्पा ने माँ और मेरी ओर देखकर पूछा। 'वरना उस बार की तरह दो सूअर कहाँ चले गए, मैं ढूँढ़ता-ढूँढ़ता परेशान हो गया था। कौन गया था दोपहर में?' बप्पा ने फिर से पूछा।

माँ ने मेरी ओर देखा, 'अरी फाटक ठीक से बन्द करके आई थी न?'

'हाँ।' मैंने सिर हिलाकर हामी भरी।

'मिट्ठी और उसके दोनों बच्चे थे न?' माँ ने फिर पूछा।

मैं जवाब दे ही रही थी कि रुक गई, 'थे तो!' मैंने रुक-रुककर कहा।

''थे तो' का क्या मतलब? चल जा, देखकर आ। फाटक ठीक से बन्द करके आ।' माँ ने खीझते हुए कहा।

'रहने दो। बारिश हो रही है। वह क्या जाएगी, मैं देख आता हूँ।' बप्पा बोला।

'नहीं-नहीं, उसी को जाने दो। कुछ नहीं सीखती। बारिश तो कम हो गई है। झिपिर-झिपिर हो रही है। जा रही है न, रे?' माँ ने मुझसे पूछा।

मैंने सिर हिलाकर हामी भरी।

'भाई-बहन दोनों जाएँ।' बप्पा ने कहा।

'नहीं-नहीं, कुना अभी-अभी बुखार से उठा है। भीग गया तो लौट आएगा बुखार। बल्कि मैं ही जाती हूँ।' माँ उठने की कोशिश करने लगी।

'मैं आती हूँ देखकर।' मैं एक झटके में उठकर पहुँच गई दरवाजे पर।

'बारिश रुक गई है।' कुना ने कहा।

'कैसे जाएगी? ये ले मोबाइल। लाइट जलाना तो जानती है न?' बप्पा बोला।

मैंने उसके हाथ से मोबाइल ले लिया और लाइट जला दी। बाहर मौसम साफ़ था। बारिश थम गई थी। मैं गोहाल की ओर चली गई।

'इतनी देर कैसे हो गई? चप्पल पहनकर गई थी न? मैंने कुना को तेरे पीछे-पीछे भेजा था।' माँ ने सहजभाव से कहा।

मैं तुरन्त मुड़ गई कुना की ओर। वह मेरे पीछे खड़ा था। बिजली की तरह मेरी आँखें उसकी आँखों से मिल गईं और मैंने मुँह फेर लिया।

सुबह तेज धूप निकल आई। रात भर बारिश बन्द होने के कारण कमरे में पानी नहीं टपका और हम सबको अच्छी नींद आई। नहीं-नहीं, सब नहीं, सिर्फ मैंने और कुना ने बिस्तर नहीं छोड़ा था। दरवाजे से धूप अन्दर आ रही थी। अचानक उजाला ढक गया और बप्पा के आकार का अँधेरा दिखाई दिया दरवाजे के पास। हाँ, बप्पा ही है—बाहर से आया था।

'मिट्ठी नहीं है। उसके दोनों बच्चे भी नहीं हैं।' बप्पा नीचे बैठ गया। उसकी आवाज में हताशा थी।

'नहीं हैं! कहाँ गए?' माँ ने अचरज से पूछा।

'फाटक तो बन्द था न?' बप्पा ने मेरी ओर देखा।

तब तक मैंने बिस्तर नहीं छोड़ा था।

'क्या तूने गोहाल के अन्दर जाकर उन्हें देखा था?' बप्पा ने मुझसे पूछा।

मैं सहसा कोई जवाब नहीं दे पाई।

'क्या कहा, अन्दर नहीं गई थी? वे लोग अन्दर नहीं थे और तू जाकर बाहर से फाटक बन्द कर आई।' माँ का हताश स्वर सुनाई दिया।

'अँधेरा था। मुझे डर लगा...।' मैंने रुक-रुककर कहा।

'कहाँ चले गए सब? क्या कोई चुरा ले गया?' माँ ने डरते-डरते कहा।

'चोरी!' बप्पा चौंक उठने-सा लगा। 'मैं जरा आस-पास देख आता हूँ। बारिश की वजह से निकलकर भाग गए होंगे।' बप्पा झट खड़ा हो गया और कुना की ओर देखकर बोला, "चल, आ जा।"

कुना उछलकर खड़ा हो गया और शर्ट पहन ली।

'यह सत्यानासी फुलिया किसी काम की नहीं!' माँ भी बप्पा और कुना के साथ देहरी लाँघकर बाहर चबूतरे पर चली गई।

'पहले मैं देखता हूँ, यहीं कहीं होंगे। गोहाल में पानी जो भर गया था। साँप-वाँप देखकर ये लोग बाहर भाग जाते हैं।' बप्पा ने साइकिल निकाली।

'तुझे एक काम से भेजा था। तूने ठीक से देखा कैसे नहीं?' माँ मेरे ऊपर खीज उठी। 'सब बर्बाद हो गया!' माँ सिर पर हाथ रखकर नीचे बैठ गई। माँ न वहाँ से

उठ सकी, न ही घर का कोई काम कर सकी। शायद बप्पा के लौटने की राह देख रही थी।

काफी देर बाद बप्पा लौटा, पीछे-पीछे कुना। बप्पा के सिर के बाल रूखे लग रहे थे। चेहरा सूख गया था।

'नहीं।' सिर हिलाया उसने। 'यहाँ आस-पास तो नहीं हैं। इस छोर से उस छोर तक पूरा ढूँढ़ आया। मे-फेयर टोले में भी गया। कहीं नहीं मिले।'

बप्पा का इतना कहना था कि माँ रुआँसी हो गई। 'हे भगवान! कहीं कोई चुरा तो नहीं ले गया? आज ही यह सब कुछ होना था! क्या किसी को पता चल गया कि इतने बढ़े दाम में बिकेंगे? बगलवाले मदना के घर में भी झाँक लेते, कहीं उनके गोहाल में तो नहीं घुस गए होंगे!' दुख और आशा की मिली-जुली आवाज लग रही थी माँ की।

बप्पा ने लम्बी साँस छोड़ी और खाट पर बैठ गया, 'पानी देना' कहकर।

माँ ने गिरते-पड़ते एक गिलास पानी लाकर दिया बप्पा को। बप्पा का चेहरा उतर गया था।

मुझे बहुत बुरा लग रहा था बप्पा की ओर देखकर। माँ तो, लग रहा था, मानो अपना सिर फोड़ लेगी।

'मैं आती हूँ, उनके घर की ओर नजर डालकर।' माँ चट से खड़ी हुई और बाहर निकल गई।

मैं तो बप्पा की ओर देख तक नहीं पा रही थी।

जल्द ही लौट आई माँ। 'अरे मिट्ठी तो खड़ी है, ठीक गोहाल के सामने! फाटक जो बन्द था। उसके दोनों बच्चे नहीं दिख रहे! तुम यहाँ न देखकर किस विश्व-ब्रह्मांड का चक्कर लगा आए?' माँ खुशी से विभोर हो उठी।

'यहीं हैं, गोहाल के सामने! नहीं तो? हमने कई बार ठीक से देखा था। है न कुना?' कहते-कहते बप्पा उठकर खड़ा हो गया और जल्दी-जल्दी गोहाल की ओर भागा।

उसे अन्दर ले जाकर खूँटे से बाँध आया। फाटक भी मजबूती से बन्द कर आया। फिर से खुश हो गए माँ और बप्पा।

'सुबह से न तो किसी ने चाय पी है, न ही टट्टी गया है। चलो, चलो, थोड़ी-सी चाय चढ़ाओ। मैं जाकर डबलरोटी ले आता हूँ।' बप्पा ने कहा।

'मिट्ठी के बच्चे कहाँ चले गए? तीनों के लिए न बीस हजार में सौदा हुआ था?' माँ ने पूछा।

'नहीं, केवल मिट्ठी के लिए। उन दोनों को मैं अलग से बेचता। मुझे लगता है कि वे भी यहीं कहीं होंगे, आ जाएँगे। उनकी माँ जो आ गई है।' बप्पा दुकान से डबलरोटी लाने निकल गया।

हमें नाश्ते में कभी भी डबलरोटी खाने को नहीं मिलती। मैंने तिरछी निगाह से देखा, कुना चाट-चाटकर खुशी से खा रहा है।

'मैं चलती हूँ, चूल्हा जला लूँ। ढेर सारा काम पड़ा है।'' माँ उठकर चली गई।

बप्पा भी तुरन्त चला गया गोहाल की ओर। मेरा कुछ भी करने को जी नहीं कर रहा था। न जाने क्यों माँ ने भी नहीं कहा मुझसे कुछ करने को?

काफी देर बाद बप्पा लौटा। उसके हाथ में सफेद प्लास्टिक की पन्नी में दिख रहा है लाल-गुलाबी रंग का कुछ। मांस! मिट्ठी का मांस!

'बहुत खुश थे वे गोरे। उसका थुथना और दोनों कान अलग करवा दिये। उससे वे लोग एक तरह का फ्राई बनाएँगे। गोरों को ऐसी चर्बी और मांसल थुथना बहुत पसन्द है।' माँ की ओर पॉलिथीन का पैकेट बढ़ाते हुए बप्पा बोला।

'पैसे दिये या नहीं?' माँ ने पैकेट पकड़ते हुए पूछा।

'हाँ, तुरन्त। उसमें देर नहीं लगाते ये लोग। मैं खाना खाकर निकल जाऊँगा दुकान के लिए एडवांस देने।' बप्पा नहाने चला गया।

'चलो, इतने दिनों बाद हुआ। अब जीते जी दुबारा सूअर नहीं पालना।' माँ ने धीरे से कहा और सिलबट्टे के पास मसाला पीसने बैठ गई।

मुझे तो बस रुआँसा-रुआँसा-सा लग रहा था। खाने का समय बीत चुका था। पर न जाने क्यों मुझे जरा भी भूख नहीं थी। कुना चूल्हे के पास जाकर तीन बार लौटकर आ चुका था। पूछ आता, 'मांस बन गया या देर है अभी?'

'यहीं क्यों मँडरा रहा है? जा, बाहर जाकर एक चक्कर लगा आ। तब तक मांस पक चुका होगा।' माँ ने कहा उससे।

माँ ने भात और मांस की तरकारी लाकर कमरे में रख दिया। बप्पा और कुना थाली लेकर बैठ गए।

'क्या तुझे नहीं खाना है? खड़ी क्यों है, जल्दी बैठ। नहीं तो कुना के साथ खा।' माँ ने मेरी ओर देखकर कहा।

मैं उसी तरह खड़ी रही। न चाहने पर भी लाल-लाल दिखती मांस की तरकारी की कड़ाही पर नजर चली जाती मेरी।

'बैठो न दीदी।' कुना ने अधीर हो कहा।

'मैं तो खाना शुरू कर रहा हूँ।' बप्पा ने मेरी ओर देखा। 'आ, तू भी बैठ जा हमारे साथ; या तू माँ के साथ खाएगी?' बप्पा थाली में भात और मांस की तरकारी डाल चुका था।

लाख कोशिश के बावजूद मेरी आँखों से आँसू बह चले।

'मिट्ठी अपने से बाहर नहीं गई थी।' अब जाकर कुना ने कहा।

'तो फिर?' करछुल के साथ माँ का हाथ भी भात के पतीले में रुक गया। बप्पा का हाथ रुक गया थाली में। मेरी आँखें फिर से कुना की आँखों से मिल गईं। कुना ने माँ की ओर देखा।

'कल रात दीदी गोहाल में जाकर मिट्ठी और उसके दोनों बच्चों को फाटक के बाहर खदेड़ आई थी और किसी पतिया से मिट्ठी की गर्दन का रिबन काट दिया।

मिट्ठी जा नहीं रही थी, दीदी उसे धकियाते हुए ले जाकर काफी दूर तक छोड़ आई।' कुना एक ही साँस में कह गया।

बप्पा और माँ ने मुँह उठाकर मुझे देखा। अपने आँसुओं के कारण भले ही मैं साफ-साफ देख नहीं पा रही थी, पर इतना समझ गई थी कि बप्पा का चेहरा सख्त हो गया है। मुझे लगा कि वह तुरन्त उठकर मेरी पिटाई करेगा। माँ की ओर तो मैं देख ही नहीं पाई। किन्तु न जाने क्या हुआ कि बप्पा का चेहरा नरम पड़ गया। जिस तरह मुझे लाड़ करते समय दिखता है वह।

'उसको थोड़ा-सा प्याज और अचार दे दो। और तो कुछ बना नहीं है। न खाए वह मांस की तरकारी।' माँ की ओर देखते हुए बोला बप्पा।

उसके बाद मैंने फूट-फूटकर रोना शुरू कर दिया।

'लड़की जो है!' कुना को देखकर बप्पा बोला।

अब मैं दहाड़ें मार-मारकर रोने लगी। मानो मेरे अन्दर कोई चिल्ला-चिल्लाकर कह रहा था—हाँ-हाँ, मैं एक लड़की हूँ...महज एक लड़की ही...!

जबकि मेरी रुलाई के सिवा वह बात जरा भी सुनाई नहीं दे रही थी मेरे बप्पा, माँ और कुना को।

❂❂❂